ハヤカワ文庫JA

〈JA1538〉

楽園とは探偵の不在なり

斜線堂有紀

JN092302

早川書房

8881

目次

塔

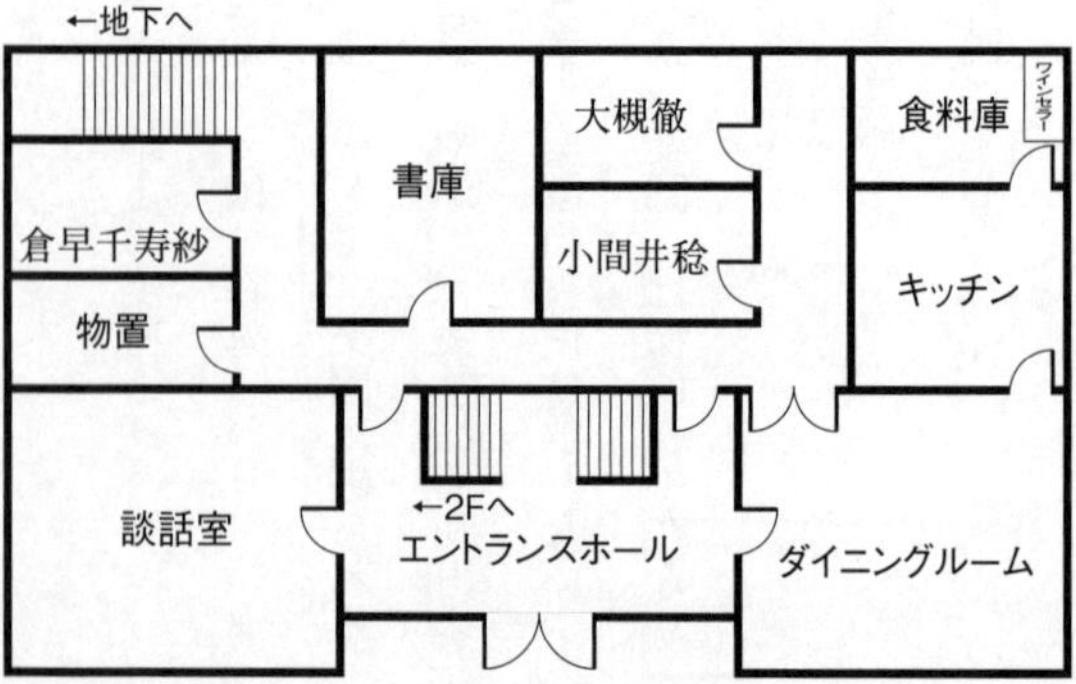
←地下へ
書庫
大槻徹
食料庫
ワインセラー
倉早千寿紗
小間井稔
キッチン
物置
←2Fへ
談話室
エントランスホール
ダイニングルーム

1F

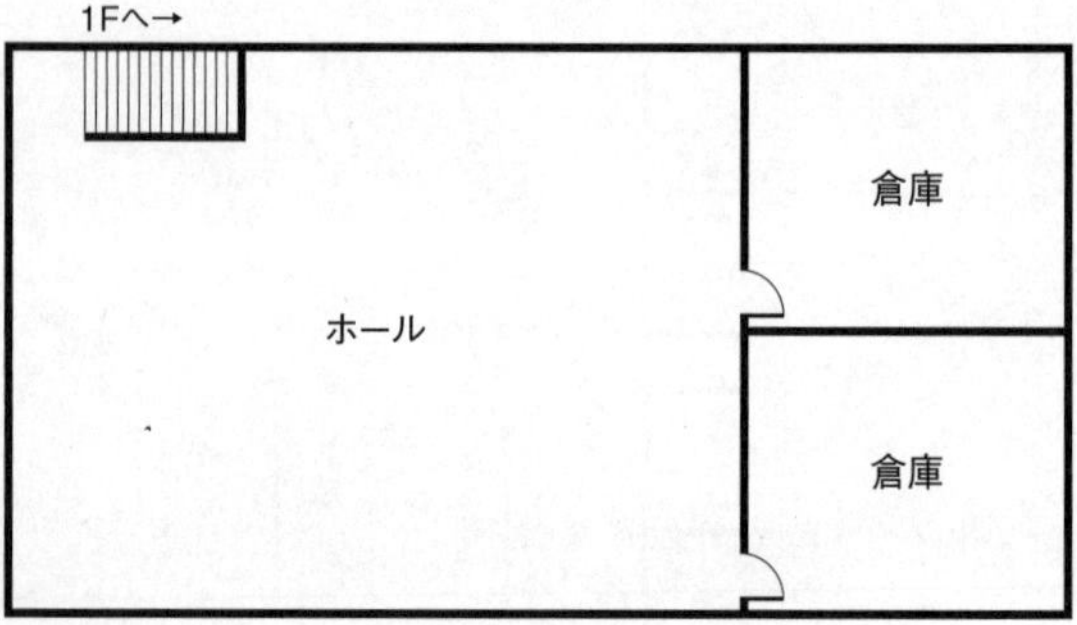
1Fへ→
倉庫
ホール
倉庫

地下

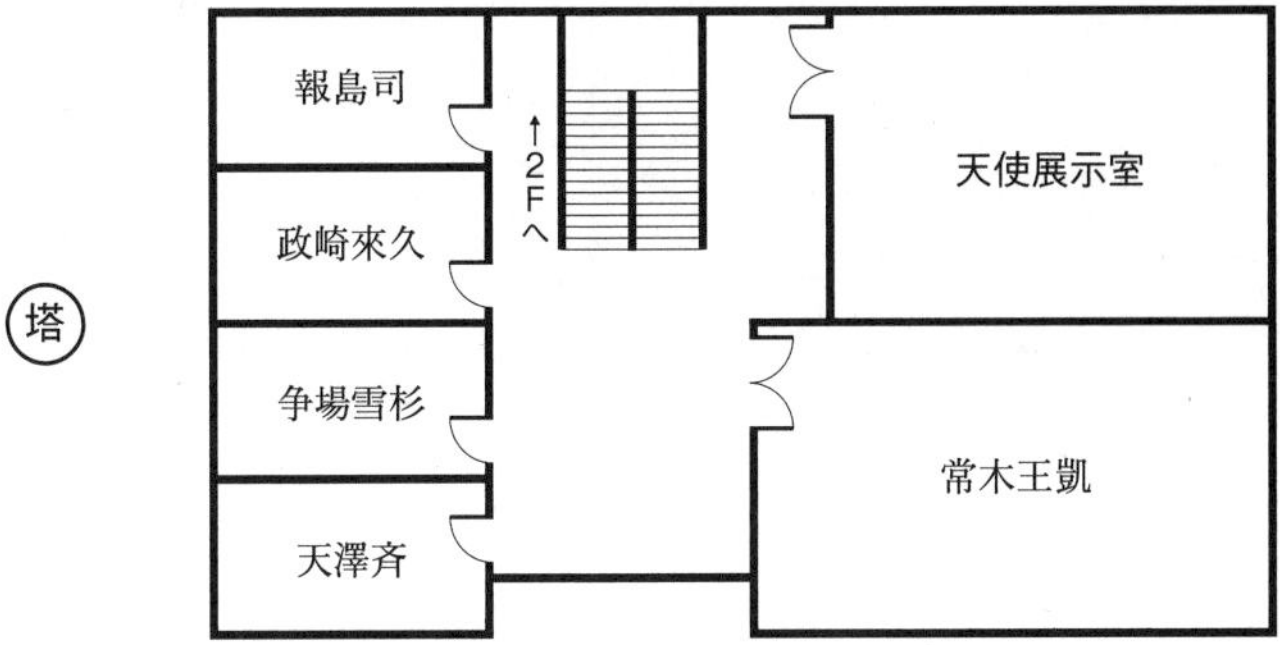
塔
報島司
政崎來久
争場雪杉
天澤斉
↑2F へ
天使展示室
常木王凱
3F

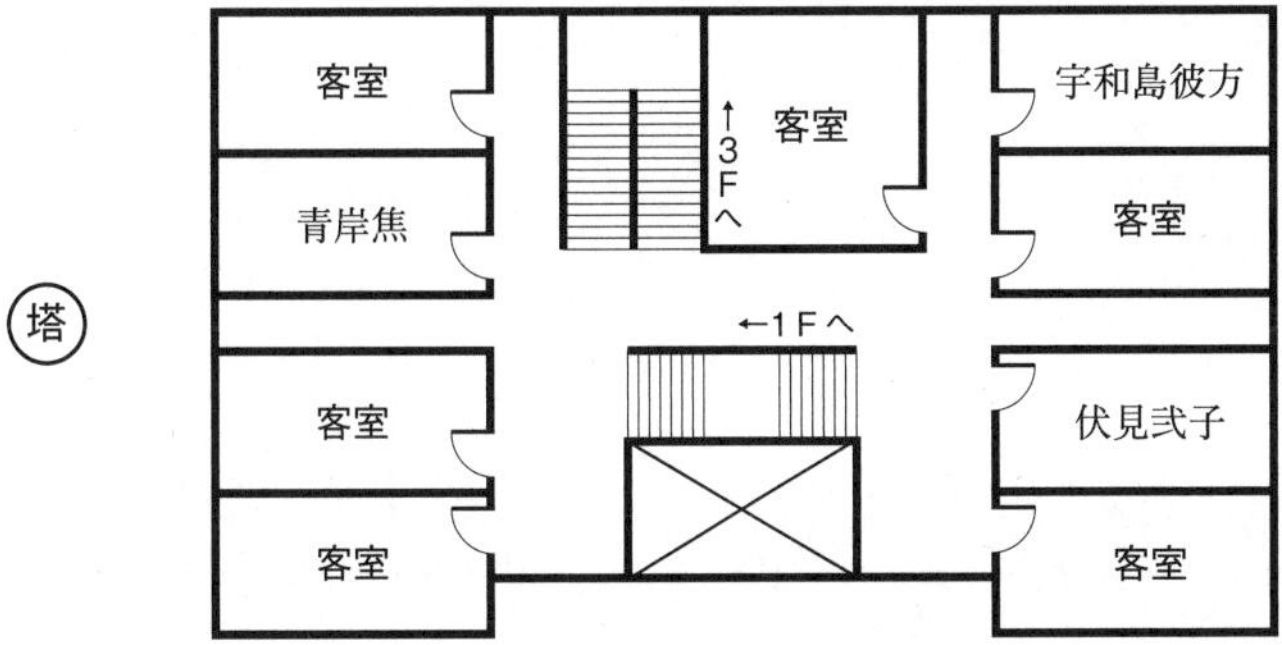
塔
客室
青岸焦
客室
客室
↑3F へ
客室
←1F へ
宇和島彼方
客室
伏見弐子
客室
2F

楽園とは探偵の不在なり

登場人物

青岸《あおぎし》 焦《こがれ》……………………………探偵

常《つね》木《き》王凱《おうがい》……………………………常世館の主人
政崎《まさざき》來久《くるひさ》……………………………代議士
天澤《あまさわ》 斉《ただし》……………………………天国研究家
報島《ほうじま》 司《つかさ》……………………………記者
争《そう》場《ば》雪杉《ゆきすぎ》……………………………実業家
宇《う》和《わ》島《じま》彼《か》方《なた》…………………………常木の主治医
伏《ふし》見《み》弐《に》子《こ》……………………………招かれざる記者

倉早《くらはや》千《ち》寿《ず》紗《さ》…………………………館のメイド
大槻《おおつき》 徹《とおる》……………………………館の料理人
小《こ》間《ま》井《い》 稔《みのる》…………………………館の執事

第一章　地上の楽園

1

顔の削れた天使たちが灰色の空を飛んでいく。

天使は雨が降る前の空を飛ぶのが好きらしく、二、三体も群れて意気揚々と飛んでいくのを見た後は、必ずと言っていいほど雨が降った。

となれば、常世《とこよ》島《じま》にもじきに雨が降るのだろう。

そう思うと、青岸《あおぎし》は一層陰鬱な気持ちになった。昨日、四時間もかかった船旅の末にこの島に着いてから、青岸は溜息ばかり吐《つ》いている。

部屋の居心地はいい。十畳ほどの室内は青岸の自宅よりも広いし、家具もそこらのホテルでは太刀打ちが出来ないほど豪華だ。

半ばおまけのような形でここに招かれることになった探偵風情《ふぜい》には、過分な待遇だと言えるだろう。今回招かれているのは、誰も彼もが超が付く有名人だ。気後《きおく》れするわけじゃないが、そこに自分が入る不自然さは拭《ぬぐ》えない。

そもそも、ここで何をするのかすら青岸には教えられていないのだ。甘言《かんげん》に釣られて島までやって来たはいいものの、この館に放り込まれて歓待されている。詳しい説明もされずに窓から天使を眺めていると、妙に不安な気持ちになってしまう。

一体何に巻き込まれるのか想像もつかない。何しろここは天使塗《まみ》れの島で、集まっているのはある種の『天使狂い』なのである。

ある意味では、青岸もその一人だ。

時刻は午前六時。七時半の朝食まではまだ時間がある。けれど、目は完全に冴えていた。だらだらとベッドの上で過ごす気にもなれない。

軽く頭を掻き、適当に支度をしてから部屋を出た。

過度に柔らかいタオルは顔に纏《まと》わりつく感触が抜けない。磨かれた鏡に映った、冴えない風体《ふうてい》も目に焼き付いている。三十代後半にして既に寿命が近そうな顔つき。縒《よ》れたスーツも相まって、全体的にボロボロだ。このままうろついていたら、天使が迎えに来てくれないだろうか。

廊下を適当に歩いていると、後ろから声を掛けられた。

「おはようございます、青岸様。お早いですね。何かご不便などございませんでしょうか」

振り返ると、使用人の倉早千寿紗《くらはやちずさ》が立っていた。

館の主人である常木王凱《つねきおうがい》の趣味なのか、彼女は滅多にお目にかかれないようなクラシカルなメイド服を着ている。足首丈のロングスカートを見て、青岸は思わず中に武器でも仕込まれていないかと考えてしまった。職業病にしたって悪趣味な連想だ。

「特には。ここ、本当に三人で切り盛りしてるのか？　そんじょそこらのホテルよりずっと行き届いてる」

「掃除も洗濯も、大体のことは機械に頼らせていただいておりますし……何よりここは、」

倉早は窓の外に目を遣《や》った。美しい海景色に、天使が二、三体飛んでいるのが見える。

ややあって、彼女は笑顔で言った。

「この世の楽園、常世島ですから」

「……楽園か。確かに天使が多い。餌をやったら鳩並みに寄ってきそうだ」

「お望みならば角砂糖をお持ちしますが。青岸様の仰《おつしや》る通り、二、三個放るだけで天使たちが集まってきますよ」

「いや、忘れてくれ」

瀟洒《しょうしゃ》なメイドが笑顔を崩さずに一礼するのを見て、青岸は柄《がら》にもなく反省した。迎えの船は四日後まで来ないのだ、自分の不機嫌で場の空気を悪くするなんて赦《ゆる》されない。理由はどうあれ、この島に行くと決めたのは青岸自身だ。いつまでも腐っているわけにはいかない。

階段を下り、何とはなしに談話室に向かう。あそこにはドリンクサーバーが置かれていたはずだ。

旧時代的な館にはにつかわしくない設備だが、こういうところが景気よく近代化されているのはありがたい。常世館《とこよかん》の談話室は古式ゆかしい憩《いこ》いの場というより、空港のラウンジのような印象だった。そこでなら朝食の時間まで適度に暇を潰《つぶ》せるだろう。

しかし、談話室には先客がいた。しかも、青岸が一番会いたくない人間だった。

談話室の椅子に座っているのは、仕立てのいいスーツを着た五十絡《がら》みの男だ。ロマンスグレーの髪を撫でつけ、整った顔をした男は、正体を知らなければ俳優かモデルに見えるだろう。他人の目に晒《さら》されることに慣れていると一目《ひとめ》で分かる。彼は湯気の立つコーヒーを飲みながら、優雅に本を読んでいる。

小憎らしいことに、読んでいるものは洋書だったので、詳しいタイトルは分からなかった。読みとれるのは『Heaven』という単語だけだ。

「ああ、おはようございます。青岸さん」

この時間ならお偉方とは遭遇しないと思っていたのだが、よりによって最も会いたくない人間と遭遇してしまった。顔を引き攣《つ》らせる青岸に向かって、男はにこやかに歩み寄ってきた。

「もう少し早くご挨拶させていただきたかったのですが、タイミングを逃しましたね。常世島へようこそ。まあ、私の島ではないのですけれど。お会い出来て光栄ですよ、名探偵」

「……そりゃあどうも」

「私は天国研究家の天澤斉《あまさわただし》といいます。嬉しいですな、ご縁が出来て」

言われなくても知っていた。最近では天澤の名前を知らないでいるほうが難しい。何しろ、テレビでも書店でもネットでもこの涼やかな顔に出くわすのだから。

彼こそがこの国の天使研究の最前線、その分野の第一人者である。天使にまつわる単語は全てこの胡散臭《うさんくさ》い専門家が命名しており、その影響力は計り知れない。だからこそ、この島に来ている権力者たちの中でも、一層好きになれない。

いやいやながら、青岸も挨拶を返す。

「……どうも、青岸焦《こがれ》です」

「凄いですよね。たくさん事件を解決されてると聞きました。憧れますよ。私も子供の頃はシャーロック・ホームズに熱を上げたものです。いいですよね、正義の味方って感じで」

無頓着に投げられた言葉に、少しだけ反応してしまいそうになる。どうにか取り繕《つくろ》って、謙遜した。

「……別に大したもんじゃありませんよ。第一、今となっては探偵なんて……」

「そうでしょうか。今だからこそ探偵という職業には特別な役割があるとは思いませんか」

「特別な役割とは？」

「天使の手が届かない部分の解決ですよ」

人懐っこい表情でそう言う天澤の言葉に、深い意味などないだろう。大方、お世辞の延長線でしかない。

実際、探偵の役割なんて無いのだ。残っているのは浮気調査や犬猫探し、それに事件の後処理くらいだ。

正義の味方としての探偵の仕事なんて、この世界には殆《ほとん》ど残っていない。

2

五年前に起こった『降臨』は、世界をすっかり塗り替えた。

最初にどこでそれが起きたのか、正確には分かっていない。何しろ降臨に必要な悲劇の舞台は、世界中でたくさん用意されていたからだ。

なのでここでは一番有名な例を挙げることにする。

とある国で起きた、村人と国王軍の戦いの話だ。

その国では以前から、独裁的な性質の王と虐《しいた》げられる民のありふれていて不幸な構図が出来上がっていた。権力者に不都合な者は殺される。シンプルだからこそ最悪な地獄。そんな場所に村人たちは放り込まれていた。その村が何故粛清されるに至ったかは誰も覚えていない。きっとろくでもない理由だったはずだ。

具体的な理由が無いが故に終わらない虐殺は、多くの犠牲者を生んだ。武器も持たない村人たちを、兵士が追い、淡々と射殺する。

そうして兵士の一人が逃げ惑う村人を撃ち抜いた時、空から光の柱が降り注いだ。

曇り空を裂くようなその光を見て、誰もが言葉を失ったらしい。どんよりとした空の中で、それは何にもまして幻想的だった。その間も倒れた村人の血は地面を赤く染め続け、足を撃たれた子供が痛みから地面を掻いていたが、それすら忘れてしまうほどその光景は衝撃的だった。さっきまで逃げようとしていた村人までもが足を止めて空を仰いだ。

同時に、光の柱から天使たちが飛び出してきた。

天使は極めて動物的な仕草で兵士に絡みつき、その身体を押さえ込んだ。天使の容貌は今と同じで、人間が想像するよりも数段化物染みていたから、襲われた方は奇怪な猿に組み敷かれたのだと思ったかもしれない。

天使が濁った灰色の翼を広げた瞬間、兵士の足元が煌々《こうこう》と赤く光り始めた。

次第に肉の焦げる匂いがあたりに立ち込める。燃え盛る地面に押さえつけられた兵士はのたうち回るが、天使の手から逃れることは出来ない。そのうちに、焼けつく地面からも天使が顔を出し、手を伸ばす。そのまま数秒で、兵士は炎に輝く地面へと引き摺り込まれていった。耳を塞ぎたくなるような断末魔の絶叫が響く。

そんな光景があちこちで散見された。兵士たちは同じように天使に引き摺り込まれ、何処とも知れぬ炎の沼底に沈んでいった。この世のものとは思えない絶叫と、天使の飛ぶ耳障りな翼の音が響く。

あたりが静かになる頃には、虐殺を行っていた兵士たちの姿はすっかり消えていた。村民を撃つことに躊躇《ちゅうちょ》していた数人の兵士だけが残り、目の前の光景と頭上を飛ぶ天使に怯《おび》えていた。彼らは自分たちが何故襲われないのか、その理由をまだ知らなかった。

村人はグロテスクで奇怪な天使に感謝の祈りを捧げたが、天使はさして嬉しそうでもなく、ただただ血の匂いのする場所を旋回していた。

同じようなことが世界各地で起き、二人以上の人間を殺した者は漏れなく地獄に堕ちた。

これが世界を塗り替えた『降臨』である。


天使は人間の期待の半分に応え、半分は裏切った。

天使は人間が思い描くように翼を持っていたが、それは鳥類のような羽毛に覆われたものではなく、灰色がかった骨ばったものだった。その時点で、人間は妙な嫌悪感を覚えた。色の悪い血管が透ける様《さま》は、蝙蝠《こうもり》の翼に似ていた。

骨ばった翼が接続しているのは、手足の異常に長い灰色の身体だ。細くて人間に近い構造をしており、雄のものとも雌のものともつかないそれには、何故か常に霜《しも》が降りていた。

天使の外見で一番目立つ特徴といえば、やはりその顔だろう。

鉋《かんな》で削られたかのような平たい顔には、表情はおろか目鼻口も存在しなかった。表面は鏡のように輝いているものの、そこには何も映らず、光すら反射しなかった。触れれば固く、何を使おうとそこには傷一つつかなかった。

天使は、ともすれば悪魔を連想するような見た目をしていた。しかし、この生き物を観測した人間は、一様にこれを『天使』と呼称する。

こんなものが天使のはずがないと憤懣《ふんまん》やる方ない様子で怒っていた人々も、実際にそれを見ると何故か天使と呼び始めるのだ。蛇《へび》を蛇としか呼べないように、天使は天使としか呼べなかった。強い抵抗を抱いていた人々も仕方なくこの新しい天使を受け入れた。

そうして、酷い猫背で空を飛ぶ『天使』は、旧来のイメージとはかけ離れていながらも、すぐさまその地位を確立した。

天使の性質は、瞬く間に世界を変えた。

天使によって殺人者が地獄に堕ちる様を見た人間は、ぴたりと大人しくなった。同時多発的に起きた審判と、街中に現れた天使を見れば、どんな愚か者でもルールを把握したからだ。

一人を殺しても地獄には堕ちないが、二人を殺せば地獄行き。

何故一人はよくて二人は駄目なのか。何故降臨がその日であったのか。罪人が引き摺られていく地獄には何が待ち受けているのか。疑問は尽きなかったが、人間に出来ることは一つしかなかった。理解し、受け入れることだ。

すぐさま各報道機関が天使の存在を伝え、それから大分遅れて政府が天使に関する想定情報を伝えた。天使が疫病を持っている可能性や、人を害する可能性などが提示され、各国ではしばしの外出禁止令が出た。

しかし、そんな心配は無用だった。天使は病をもたらすことも、誰かを傷つけることもなかった。ただ人間たちの作った文明の間をふわふわと飛び回るだけだ。彼らが与えたのはルールだけ。一人はセーフ。二人殺せば地獄行き。地獄の救いの無さは、生きながら焼かれる罪人の恐ろしい断末魔の叫びが示していた。

世界中がパニックに陥り、特に医療機関などは混乱の様相を呈した。二人殺せば地獄行きなら、術中死はどうなるのか。どんなに有能な医師でも、命を救えないことはある。彼らはその至らなさにより裁かれるのか？

この疑問に応えたのは、とある特殊な天使だが、それはまた別の話なので一旦置いておく。


降臨の起きた頃、青岸はある連続殺人犯を追っていた。

連続して若い女性を襲い、喉笛を切り裂いてそこに私物を詰めるという残虐かつ目立ちたがりな犯人だった。自身の犯行を報《しら》せる挑発的な手紙を送っては警察やマスコミを煽《あお》る、典型的な劇場型犯罪だ。青岸は執拗《しつよう》に聞き込みを続け、着実にその影へと迫っていた。

青岸が初めて天使を見たのは、そうして証拠集めに奔走していた日のことだった。

犯人の使っていたアーミーナイフの出所が割れるかもしれず、青岸は販売店に向かっていた。ナイフに使われていた特別な研ぎ粉は、犯人の残した数少ない手掛かりだ。これさえあれば、雲を摑むような犯人像に一歩近づけるかもしれない。そんなことを思いながら、息急《せ》き切って歩いていた時だった。

青岸の頭上を一体の天使が横切った。

天使はパーツの無い顔を青岸に向けると、何度かその場で旋回した。二メートルほどの、天使にしては小柄な個体であるが、気圧《けお》された青岸は後ずさり、近くにあった壁に凭《もた》れ掛かって『それ』を仰ぎ見た。

神を信じたこともなければ、聖書の内容も知らない。賽銭《さいせん》は神社への義理だと思っていたし、墓ですら単なる石だと思っていた。

それでも、その他大勢の人間と同じく、青岸もはっきりとそれを天使だと認識した。子供が不器用に作った針金細工のような天使は、彼にも分かるほどに神々《こうごう》しかったのだ。

青岸の反応に満足したのか、天使はややあって飛び去った。

青岸はしばらく動けないまま、抜けるような青空をじっと眺めていた。

青岸が追っていた連続殺人犯は、降臨以来ぱったりと犯行をやめた。

無理もない。二人殺せば地獄に堕ちる、というルールは連続殺人犯とは相性が悪い。警察やマスコミへの手紙も送られてこなくなり、ひっそりと事件は終息した。犯人が殺人から手を引いたことで、彼の行方は永遠に分からなくなった。

殺人犯の凶行を止めたのは探偵ではなく、地獄の存在だった。誰だって地獄に堕ちたくはない。生きながら地獄の業火《ごうか》で焼かれることは、逮捕されるよりもずっと恐ろしい。これで人間が殺人から手を引くというのなら、神の采配《さいはい》は素晴らしい。カインとアベルの悲劇から随分経って、神はようやくその重い腰を上げたのだ。

そう何度も自分に言い聞かせても、青岸は荒れた。

保身の為に手を引いた犯人は、この世の何処かで罰せられているのか。それとも改心したとみなされ、無事に天国へと迎え入れられるのか。その答えすら青岸の知るところではない。

降臨以降、探偵の存在意義は消えた。少なくとも青岸はずっとそう考えている。探偵が必死の調査で事件を解決しようと、そんなものは犯罪を無くす一助にはならなかった。

それに対して、地獄の存在はどうだ。地獄は探偵よりもずっと直接的に連続殺人を減らした。件《くだん》の殺人犯のこともあり、その事実は青岸に耐え難い無力感を植え付けた。

だからこそ、降臨直後の青岸はああまで荒れたのだ。

「そう腐らないでください、焦さん」

そんな青岸を、妙に明るい声で励ます男がいた。

不機嫌な青岸を宥《なだ》め、のんびりした猫のような顔で、赤城昴《あかぎすばる》が続ける。

「どうせ例の犯人が捕まえられなかったからふて腐れてるんでしょう」

「そういうことじゃない。やるせないんだよ。あいつがしたことを知ってるだろ。だが、降臨以前の殺人じゃ何人殺してようと裁かれない。あんな悪人が地獄にも堕ちず野放しになってるんだぞ。こんな世の中で腐らずにいられるか」

「何言ってるんですか。僕らは正義の味方です。こんな世界でも取りこぼされる人はたくさんいる。僕らは彼らを救えばいい。拐《さら》われそうな子供をすんでのところで助けたりね」

その声を思い出した瞬間、心臓が大きく鳴り、頭の端がきいんと痛くなる。

脳に巣食ってやまない部下の言葉を、頭を振って無理矢理追い出した。

あれから五年も経っていて、ここは本土から遠く離れた島に建つ館の談話室だ。回想に浸るような場所じゃない。それに、タイミングも悪い。急に思い詰めたような表情になった青岸を見て、目の前の天澤が驚くというより引いている。

「失礼、偏頭痛が酷いもので」

「……それは、お大事に」

天澤からの印象が悪くなった気がするが、別に構わなかった。どうせいけすかない相手だ。この島を出れば会うこともない。

気まずい沈黙を消化しながら、珈琲をちびちび飲んでいると、別の男が談話室に入ってきた。

青白い顔に、神経質そうな面立ち。長い髪の毛を束ねずに放っているのは、外界との接触を断ったことで人目を気にしなくなったからだろうか。常木の主治医であることを招待客に対して示す為に、男はいつでも白衣を着ていた。

この島で顔を合わせるのは初めてだが、青岸はその男の名前を知っていた。それどころか何度も話したことがあるし、彼が今何をグラスに注ぐかも予想出来る。烏龍茶だ。当たった。

宇和島彼方《うわじまかなた》は、青岸の姿を認めるなり忌々《いまいま》しそうに顔を顰《しか》め、余所《よそ》を向いた。それを見て、何か言われる前に立ち上がる。自分たちが鉢合わせた時は青岸の方が立ち去る。それは青岸が勝手に決めたルールだった。カップの中身を飲み干すと、台に下げて部屋を出る。それ宇和島が青岸と親しく言葉を交わしていたのは、青岸探偵事務所が崩壊していなかった頃の話だ。青岸がまともな探偵であった頃だ。今とはまるで違う。

宇和島は未だに青岸のことを赦していないのだ。

当たり前だ。青岸には憎まれるだけの理由がある。どれだけ悔やんだところで、この溝が埋まることはないだろう。

3

常木王凱は煙草を喫《す》わないので、喫煙所は館の外に設置されている。曇り空の朝に外に出るのは気が進まなかったが、談話室を追い出された青岸にはそこくらいしか行き場がない。

玄関ホールから館を出て、少し歩くと『日和見《ひよりみ》の塔』に着く。中世趣味の石造りの塔は、灯台のように見えるが、本物の灯台は港の近くにあり、ここはその名の通り日和見だけに使われていたらしい。

今ではその塔の一階が喫煙所として開放されているので、いよいよ存在意義が分からない。塔のてっぺんは開けた展望台になっているが、わざわざ昇りたいとは思えなかった。

新しいセブンスターの箱を開けながら塔に向かい、重い木の扉を押す。するとまたもや先客がいた。

「あ、どうも」

同世代くらいの男が寝間着姿のまま会釈をする。まじまじと見られていることに気がついたのか「支度する前にヤニ入れないと駄目なもんで」と言い訳が返ってくる。

髪型だけはきっちりと切り揃えられているのがアンバランスだ。小綺麗な服装をすれば、印象は反転するに違いない。ガワを取り繕わないといけない職業で、ここにいる人間といえば。

「……ああ、記者さんか、あんた」

「そうです。記者の報島《ほうじま》です。覚えていただいてるとは」

敢えて選んだような敬語で、報島はにんまりと笑った。

「島には、懇意にしている記者も招きます」と、常木が言っていた。恐らく彼がそうなのだろう。正直な話、招かれるほど優秀な記者には見えない。狐のような目に締まりなく開いた口元は、愛嬌がなくもないが。

「えーと、あなたは……」

「青岸焦だ。探偵」

「へえ、探偵ですか！　常木さんもいーい趣味してる。だってこういうのって付きものでしょう。島で館でって。てことは庭園隠者ならぬ館探偵……あ、そりゃ普通か」

「庭園隠者って何だ？」

「中世の風習ですよ。庭に小さい小屋を建てて、そこで人間を飼うんです。小屋に住まわせてもらう代わりに、庭に住んでる隠者っぽい振る舞いをして、ありがたーいお話をするんです。まあ、生きてるインテリアみたいな」

そこまでまくしたててから、報島は失礼にあたると気づいたらしい。仕切り直すように煙草に口をつけた。しかし、今の世界での探偵の役割を考えると、それは鋭い指摘とも言える。生きたインテリアとしての館探偵だ。

小さく溜息を吐いてから、青岸は尋ねた。

「報島さんはここに何をしに来たんだ」

記者を呼んだのだから、それに相応《ふさわ》しい役割があるんじゃないかと思ったのだ。しかし報島はにやついた顔のまま返す。

「理由なんかないですよ。単に常木さんのご厚意で呼んでもらっただけです。薄給の記者をリゾートにって戯《たわむ》れですよ。ま、今回もどうせ常木さんの天使趣味に付き合わされるだけでしょうけど。あの人も飽きないっすねえ。天使に関わるもんなら金に糸目付けないってんだから」

「そうか……」

　思わず落胆の言葉が漏れた。確かに常世島は他に類を見ないほど天使関連の資料が揃っているし、天使がこれだけ集まっている場所も珍しい。だが、わざわざそれらを見せるために青岸を呼んだわけじゃないだろう。それだけでは到底青岸の目的には適《かな》わない。釈然としない顔でいると、報島が思い出したように「あ、でも今夜は少し特別な催《もよお》しがあるとか」と言った。

「特別な催し？　何をするんだ」

「具体的には聞いてませんよ。そうやって招待客を驚かせるのが常木さんの遣り口です」

　驚かせたいだけではないだろうな、と青岸は思う。このいかにも口の軽そうな男に話せば、催しの内容を客全員に言って回りそうだ。

「気になるんですか？　もしかして青岸さんもそういうのがお好きとか？」

「そんなことはない」

　食い気味に否定したものの、報島は気味の悪い笑みを浮かべていた。

「何かはわからないですけど『天使食』だったら、俺は逃げますね。青岸さんはゲテモノ大丈夫ですか」

「大丈夫じゃない。何が何でも拒絶する」

青岸はうんざりした顔でそう返した。煙草がやけにまずく感じた。

諸々の事情が呑み込まれ、人々が天使のいる世界に順応した後、人間はあっという間に不遜な方向に向かった。

命知らずな人間や、痺《しび》れを切らした学者たちが天使を捕獲し始めたのだ。

天使を捕まえるのは、カラスを捕まえるより容易《たやす》かった。クラゲのように浮いている個体に飛びかかり、翼と手足を縛ればいい。人間を地獄に堕とす時はあんなに強い力を発揮するのに、罪なき人間の前で、天使は呆気《あっけ》に取られるほど弱かった。

こうして天使は解剖された。

実際は解剖される間にさまざまな研究が為され、その骨と肉は人間に、皮膚は爬虫類《はちゆうるい》に似ていることが分かり、一番気味の悪い翼は得体の知れない物質であることが確認され、平らな顔のついた小さな頭には脳が入っていないことが明らかになった。霜の降りた身体に通う血は生温かく赤い。しかし、それで人間の好奇心は終わらなかった。

天使を最初に殺したのは誰だったのだろう。公式にはとある大学の生物学教授だったそうだが、正確には分からない。天使は死んだ後、徐々に灰色の砂に変わる奇妙な性質を持っていて、町中には死んだばかりの形を残した天使の死骸も、風に捲《ま》かれた灰色の砂もいくらでもあった。微《かす》かではあるが、天使の血痕も足跡のように残っていた。それに、降臨後の黎明期《れいめいき》には天使の駆除を試みた人間もたくさんいたのだ。天使は各所で死んでいた。天使を殺してもどうもならないのではないか、とは思われていた。

最初の公式な『天使殺害』の時、教授の周りには誰も近づかなかった。

教授は一体目の天使に薬剤を投入し、その身体を死に至らしめたが何の天罰も受けなかった。

二体目の天使は首を切断し、その身体を死に至らしめたが何の天罰も受けなかった。三体目の天使は首を絞められたが、この時の天使はなかなか死ななかった。首の骨が折られたことで、ようやくその個体も死んだ。やはり天罰は受けなかった。

その日教授が殺した天使は十八体にも上ったが、彼が地獄に引き摺り込まれることはなかった。二体以上の天使を殺しても地獄には堕ちないらしい。

こうして天使を殺すのは容易く、かつ天罰も下らないことが分かったが、だからどうというわけでもなかった。天使はいくら殺しても次から次へと現れたし、死骸は時間が経つと単なる砂に変わった。これほど殺す意味がない生物はいない。いや、生物であるかも怪しかった。

人間を裁く天使への鬱憤《うっぷん》を、殺すことで晴らそうとしても、天使はあまりに他愛がなかった。彼らは傷つけられても精々身じろぐほどで面白味に欠けていた。もし天使が人間と同じような顔を持ち、表情の一つでも変わったらこうはならなかっただろう。

　それから新たに分かったことと言えば、天使が異常に砂糖を好み、人間が角砂糖を撒《ま》けば、わらわらと寄ってきて平らな顔に擦《こす》り付けることくらいだろうか。天使の見た目は可愛くもなんともないので、何の益もない発見だった。ペットとして飼おうにも、天使が犬や猫に勝《まさ》っているところがない。

　降臨以来、人間は天使に何かを奪われ続けていて、天使の活用方法を思いつくことで復讐出来ると思い込んでいる。

　捕獲した天使を食べるという『天使食』はその一つだった。


「天使食はまだまだ世間では変態趣味扱いされてますし、常木さんの『特別な催し』らしくありませんか？」

　報島の言う通り、大抵の人間は天使を食べることに抵抗を覚える。天使を食べて地獄に堕ちた例はないが、何となく忌避感があるのだ。食べるには人間の姿に近すぎるし、食欲をそそられる見た目でもない。おまけにそんなに美味《うま》くないと聞いている。

「天使ってクソ不味《まず》いんだろう。あんな気持ち悪いのを食う気がしない」

「ですよね。俺もごめんです」

報島がうげえ、とわざとらしく舌を出してみせた。オーバーなリアクションをする記者もまた信用出来そうにない。

「今回は常木さんが自信を持ってお偉方を呼ぶってんで、俺も張り切ってここに来たわけですよ」

「こういう……常世島での会合みたいなもんは何回か行われてるのか？」

「ええ、それはまあ、結構」

含みのある言い方で頷きながら、報島が壁に煙草を押し付けて火を消した。壁には同じような焦げ跡が、数えきれないほどあった。報島は何度もここに来ているのだ。

「それで？　青岸さんは何でここに来たんですか？　もしかして天澤先生のお知り合いとか？　それとも代議士の政崎《まさざき》さんに誘われたとかかな」

「俺も常木さん直々《じきじき》の誘いだ」

「へえ、あの人が。何でですか」

「なりゆきだ。常木さんが俺に依頼を寄越したんだ」

4

常木王凱からの依頼は破格の内容だった。

降臨から五年が経ち、青岸探偵事務所はすっかり寂れていた。所属しているのも、もう青岸しかいない。虚しい場所だ。依頼を受ける頻度もまちまちだった。生きるのに必要最低限の仕事だけをこなし、あとは断る。そんなムラのある探偵にまともな依頼が来るはずもない。

そんな青岸探偵事務所に、常木は法外な額の謝礼を提示した。かつては繁盛していた事務所ではあるし、今は興信所としての仕事を引き受けるところ自体が少ない。とはいえ、相場より大分高級だ。

「私は常木王凱。あなたが青岸焦さんだな」

事務所に現れた常木は、そう言って優雅に一礼した。スーツの下には防弾チョッキも防《ぼう》刃《じん》用の何がしかも着ていないように見える。世界が変貌してからすっかり平和を信じるようになったのか、護衛もいない。

六十五にもなろうというのに、常木は随分と若々しく、四十代後半と言っても通用するくらい凛としていた。彼は有名居酒屋チェーンをはじめ、飲食産業で名を馳《は》せた一大実業家だ。常に人の上に立ってきた人生は伊達《だて》じゃないのかもしれない。物腰は柔らかいが、目だけが異様に鋭く、底知れなさを感じさせる。

「……ええ、そうです。どのようなご用向きで？」

「私をつけ回している者を突き止めていただきたい」

常木は真面目腐った顔で言った。さながら任侠《にんきょう》映画の登場人物だ。

「もし危害を加えられているのであれば、俺よりも警察のほうがいいんですがね」

「まだ危害を加えられるような段階には至っていない。青岸さんもこの段階での警察がどれだけ無能かはご存じだろう」

ただ尾行されているだけで警察が動くことはほぼ無い。しかし、常木くらいの権力者ならいくらでも融通が利きそうだ。なのに敢えて青岸を頼ろうとする常木はキナ臭いといえばキナ臭い。

「こういう仕事をしていると、信頼出来るかどうかの見定めが一番肝要になってくる」

常木は、青岸の疑念を察したようだ。

「私は青岸さんを信頼している。だからこそ、お願いしたいのだ」

結局、青岸は常木の依頼を引き受けた。

常木を尾行している人間と同じく、彼を尾《つ》けて同業者を探り当てるのだ。

尾行者の一人は比較的簡単に見つかった。昔界隈《かいわい》で有名だったブン屋崩れの強請《ゆす》り屋だった。大方、何の根拠もないまま適当にゴシップを探っていたのだろう。目障りではあるが、一月《ひとつき》もすれば次のターゲットに移るはずだ。

ここで調査を引き揚げてもよかったのだが、青岸はもう一人の存在にも気がついた。

こちらはケチな強請り屋よりも尾行が上手く、最初は単なる勘違いかと思ったほどだった。ただ、常木の周りを張っていると、その女が必ず居合わせた。偶然を装い、風景に溶け込んではいたが、流石《さすが》に頻度が高すぎる。ゴシップを狙っているにしては、何だか雰囲気が違う。彼女には謎の切実さがあった。

調査を始めてから十日後、青岸は普段なら絶対にやらないことをした。いつものように尾行に勤《いそ》しむ女に近づき、その背に声をかけた。

「おい」

近くで見ると、女の顔は想像よりも遥かに幼く見えた。顔のパーツの一つ一つが小さく、口元が特にあどけない。広い額の下に位置する目は、子供のように黒々としていた。一瞬、見ず知らずの少女に声を掛けてしまったんじゃないかと狼狽《うろた》える。もしかしたら叫ばれるかもしれない。

しかし、そうはならなかった。時間が止まったかのように、女が青岸を見つめ返す。黒目がちな目が一層丸くなった。

「青岸……焦……」

彼女はしばし呆然としていたが、突然青岸の腕を掴み、爛々《らんらん》と目を輝かせて言った。

「ちょっと待って、あなた、青岸さん？　探偵の――」

「ああ。そうだ」

表舞台からは退《しりぞ》いたものの、まだ青岸を知る人は多いらしい。探偵失格だ。動きにくいことこの上ない。

「ねえ！　話を聞いて、私、記者なの！　どうせ常木に依頼されてるんでしょう？　待って、私、伏見弐子《ふしみにこ》っていうんですけど！」

その名前が文責に記されていた記事に覚えがあった。青岸の表情にもそれが現れたのだろう。伏見は勢いづき、息荒く迫ってくる。

「もしかして記事を読んでくれたんですか！……ですよね。青岸さんですもんね。なら、分かってくれるはずです。私が真っ当な記者だっていうことが」

「……記事は読んだ。だが、読んだだけだ。それと常木氏へのストーキング行為は関係がない。第一、あっちはもう気がついている」

「へえ、意外と察しが良いな。やっぱりやましいことしてる人は違うのか」

伏見が、悔しそうに掌を握りしめる。面白いほど表情が変わる女だった。彼女が書いた記事はあくまで冷静な筆致で、大袈裟《おおげさ》な表現は一つもなかった。あの理性的な言葉と、目の前の童顔の女が結びつかない。

「お願いです、青岸さん。常木の依頼なんだとしても、どうか私のこと見逃してください。私にはやらなくちゃいけないことがあるんです」

「一般市民のプライバシーを侵害してまでやらなくちゃいけないことがあるのか」

伏見は物々しく頷いた。

「あれが一般市民だなんて本当に言えるんですか。ご冗談がきつい」

「そりゃあ大富豪だからな。言えないだろうさ」

「それだけじゃない！　あの人が裏で何をしてるかを知れば、青岸さんだって私に協力してくれるはずです」

「常木王凱が一体何をしたって言うんだ。ふっかけるだけの証拠はあるのか」

「……それは言えませんけど、これは確かな筋からの情報なんです」

「情報ソースも内容も言えない状態じゃ、協力も何も無いだろう」

伏見は悔しそうに唇を嚙み締め、じろりと青岸のことを睨《にら》んだ。

「……これは青岸さんにも関係があることですよ。もし常木の尻尾が摑めたら、私の言っていることも分かるはずなんです」

「何の話だ」

「青岸さん。お願いです。だって、あなたは『あの事件』の生き残りじゃないですか」

思わず伏見の手を振り払った。過剰に反応してしまった自分を嫌悪するより先に、伏見のほうが失言を悔いるような表情を見せた。傷つけてしまった、とこちらを慮《おもんぱか》るような目。

それを見て更に苛立《いらだ》たしい気持ちになる。社会正義に燃えた記者。自分の言葉で何かを変えられると思っている側の人間。そんな彼女の話を、今は聞く気にもなれなかった。あからさまに冷たい声で、青岸は言い捨てる。

「これ以上、常木王凱に近づくな。次は警察に突き出すぞ。わかったか」

伏見はショックを受けた様子で青岸を見つめ返すと、そのまま走り去っていった。

後日、青岸は調査報告として例の強請り屋の資料を差し出した。

伏見のことを報告しないのは不実だろうが、何人調べろとは指定されていない。青岸は敢えて伏見弐子の名前は出さなかった。

「ご苦労だった。やはり青岸さんに頼んで正解だった」

幸い、常木はそれで納得したようだった。伏見は青岸の忠告通り、常木の尾行を諦《あきら》めたらしい。

「何故、私なんぞが今のタイミングで強請り屋に目をつけられたのだろうか。その点については何か分かったか？」

一瞬、伏見の言葉が頭を過《よぎ》る。けれど、殆ど根拠がない。確かな筋と言ったって、どうせゴシップレベルだろう。

「いいえ。むしろこういうものは火の無いところに煙を立てる為に行うものでしょう」

青岸がしれっとそう言うと、常木は頷いた。

「手付金を抜いた報酬は指定通り支払おう。ところで青岸さん、今月末は空いているだろうか」

「ええ、大丈夫ですが。また何か？」

常木が目を細める。もしかすると微笑んだのかもしれないが、青岸には獣が獲物を見つけた時の顔に見えた。

「青岸さんは、天使にご興味は？」

いきなり差し込まれた質問に、頭の端がすっと冷える。

「いいや。あれの所為《せい》でこっちの商売は上がったりです。間違っても好きにはなれそうにない」

「ならば天国にご興味は？」

矢継《やつ》ぎ早《ばや》に繰り出される質問は、青岸に逃げることを許さない。

「天国は……」

「ええ。地獄の対《つい》になるもの。天使たちが本来いるべき場所だ」

「そんなもの、信じられませんよ」

「地獄があるというのに？　信じられなくとも、信じたいと思いませんか」

「何かそういう兆《きざ》しでもあれば信じられもしましょうが……。生憎《あいにく》、そんな話はどこにも無いようなので」

大々的に観測される地獄の存在とは対照的に、天国は全く観測されていない。

天使は悪人を地獄に引き摺り込むが、善人を天国に連れて行くことはない。その事実も数多《あまた》の人々を落胆させた。

人間は神を発明して以降、天国の存在に焦がれ続けている。天使と地獄があるのなら、どうしたって天国を信じたくもなる。しかし、ノーベル平和賞を受賞した聖人が死ぬ時ですら、天使は目もくれなかった。二人以上殺さなかった者は、祝福を受けることも無く淡々と死んでいった。それは酷い裏切りのように思えたが、天使も神も死後の楽園を約束したことはない。天使は嘘を吐かなかった。

「私は天国の存在を信じている。天使の存在するこの世界で、何故私たちのような善良な人間の流れ着く先は無いのか。不公平だと思わないかね」

「……よく分からないですが。人間ってのは元々原罪を背負ってるとかなんとか」

「ならば一様に地獄に堕とせばいい。そうでなければ、我ら全てに祝福を授けてくれなければ困る」

そう言って、常木は上を向いた。そこには煤《すす》けた天井しか無いが、常木はその先に神を見ているかのようだった。

「あの天使を初めて見た時、私は不遜にもあれを醜《みにく》いと思った」

「はあ。まあ、俺は今でも慣れません」

「しかし、今では天使があいった姿である理由が分かる。意識の変革を起こした人間にのみ、その美しさを受容出来るようになっているのだ。その証拠に、今の私の目は天使の真の美しさを捉《とら》えられている」

既に青岸は常木の話についていけなかった。様々な葛藤を経て、天使に美しさを見出すようになった者は少なくない。だが、こうして間近でその狂気に触れると、背筋が寒くなった。表情を硬くした青岸を気にせず、常木はなおも話し続ける。

「私たちの人生は天国へと向かう為の梯子《はしご》でしかない。それに気がついてから、私は真剣に天国というものに向き合おうと考えた。そして、ついにその梯子を掛けるべき場所を見つけたのだ」

ようやく、常木が何故自分に依頼をしてきたのかを悟った。

常木は知っている。天使がやって来たことで、この事務所に何が起こったのかを。この事務所がここまで寂れた理由も。どうしてこのがらんとした事務所に青岸しかいないのかも。全部、全部だ。

ならば何が目的だろう。どうせろくなことではない。今の青岸焦に天使の組み合わせなんて、いかにも縁起が悪すぎる。これ以上話を聞いてはいけない。常木を追い返さなければ、と思った時には、もう決定的な一言が吐き出されてしまった。

「常世島に来ないか、青岸さん。その島で我々は、天国の有無を知ることが出来る」

5

この島に来た本当の理由を教えたくはなかった。天国の有無を確かめに来た、なんて言いたくもない。教える代わりに得られる情報もあるかもしれないが、この動機は青岸の傷でもある。それを晒け出したくはない。しばらく悩んでから、青岸は言う。

「常木王凱に誘われたら、大抵の人間は来るだろう。それにこの滞在にも報酬が発生してるんだ。来ない理由がない」

「あは、いい仕事ですねえ。ま、常世島は何もないとこですけど、館の設備とかはリゾートホテル並みだし、大槻《おおつき》くんの料理は絶品だし、来ただけ得ですよねえ」

頷いて、煙草を消す。ちゃんと備え付けの灰皿に押し付けてやった。早く会話を切り上げて、塔を出たかった。

「あ、そうだ」

報島がポケットからペンとメモを取り出した。そのまま塔の壁と右手の側面を器用に使って、さらさらと電話番号を書く。

「これ、俺の電話番号なので。この島から帰った後もよかったら連絡してくださいよ。青岸さんのお役に立てるかもしれません」

「生憎、記者に頼むようなことはない」

「そんなすげないこと言わないでくださいよ。一応これでも敏腕で通ってるんです。世論も何もこの右手次第って。何か書かせる時はいい仕事しますよ」

報島は無理矢理紙片を握らせると、得体の知れない笑みを浮かべた。

結局「天国の有無をどうやって知るのか」という青岸の知りたかったことは何も分からなかった。報島の言葉を信じれば、今夜は特別な催しがあるらしい。そこで全てが明らかになるのなら、やはり夜を待つしか無いのか。

天国の有無を天使が教えてくれれば楽なんだが、と青岸は詮《せん》無いことを思う。

頭上を飛ぶ天使は、今日も不気味な佇《たたず》まいでゆらゆらと旋回しており、天国どころか神すら知らなそうな気配を漂わせていた。

大人しく部屋に帰ろうと塔から館の玄関に向かい、またも人に出くわした。

「お、探偵さん。はよーございます。朝早いんですね」

コックコートのまま大槻徹《とおる》が煙草を喫っていた。玄関ポーチの階段に座り込み、曇り空を眺めている。まだ二十代半ばにもなっていないだろうに、気だるげに煙草を喫っている様は堂に入っていた。

「ここで喫っていいのか」

「『喫煙塔』まで行くのしんどいんですもん」

率直過ぎるネーミングだが意味は伝わる。塔の壁の惨状を見れば、そう呼びたくもなる。

「歩いて一分もかからないだろ。いや、四十秒くらいか」

「その四十秒がしんどいんですよ。分かるでしょ」

聳《そび》える塔を横目で見ながら、大槻がそう呟《つぶや》く。塔への小道は整備されていて、いい散歩道になっている。この島で長く働いている彼にとってはもう飽きた道なのかもしれないが。

「こんなところで喫ってて怒られないのか」

「そりゃまあ、見つからなきゃね。どんな犯罪もおんなじ。あ、絶ッ対小間井《こまい》さんに言わないでくださいよ。あの人マジでうるさいんで」

「言わない。昨日厨房で煙草喫ってたの誤魔化してやっただろう」

昨日、もてなしの一環として、船を下りるなり館の中を一通り案内してもらった。その途中、厳重に鍵の掛かった食料庫や最新鋭の器具でいっぱいの厨房周りを見ている時に、座り込んで煙草に火をつけたばかりの大槻を見つけた。どう考えてもまずい光景だと思った青岸は、咄嗟《とっさ》に気分が悪くなった振りをして、厨房を出たのだった。

「あれはマジのファインプレーでした。引き返してくれるの見て泣きそうになりましたもん。まーじで小間井さんに見られたら何言われてたか」

小間井稔《みのる》は、この館で一番年長の使用人だ。古い言い方をするなら執事頭《しつじがしら》ということになる。倉早千寿紗がフィクションに出てくる古式ゆかしいメイド姿であるのと同様に、小間井は全身隙の無い燕尾服《えんびふく》を着ている。

染め上げたかのような均一な白髪を一本に束ね、背中が反《そ》って見えるほど過剰に姿勢がいい。年齢は主人である常木王凱と同じくらいのはずだが、こちらも負けないくらいしっかりとしている。じっと眺めていれば眺めているほど、彼がモノクルを付けていないことが不思議に思えてくるスタイルだ。

それに対して、髪を金色に染めた大槻はいかにも型破りで、常木王凱の趣味からは外れているように見える。そのことを率直に伝えると、大槻は何でもないことのように言った。

「でもまあ、俺は天才っすからね」

そうなのだ、と青岸は思う。コックコート姿で煙草を喫い、料理をあからさまに面倒がっているこの男は、天才だ。

この島に着いて一番驚いたのは、出てくる料理のレベルの高さだ。何を食べても美味しい、という体験は稀有《けう》である。常世島では白米の一粒から、つけあわせの酢の物に至るまでが限りなく美味しかった。

その料理を一手に担っているのが、目の前の大槻徹だ。

聞けば、彼は数々の賞を獲ってきた天才料理人なんだそうだ。もし店舗を構えていれば、この国でも数少ない三つ星を獲れると期待されていた。だが、彼は突如として姿を消し、常世島に引っ込んでしまった。

曰く、常木王凱の提示した報酬額が法外な数字だったから。それだけで。

「だって、普通に料理作るよりいっぱいお金もらって作った方がいいじゃないすか。どっちにしたって作るのは面倒なんだし」

晩餐《ばんさん》の席であっけらかんとそう言った大槻のことを、何だか尊敬した。晩餐のメニューを説明しに来ただけなのに、どういう流れでそんな言葉が出たのだったか。

こうして玄関で煙草を喫っていても、型に嵌《は》まらない彼らしいと思ってしまうのが悔しい。小間井に告げ口する気にもならない。不真面目に見える大槻は多分、十全に職務をこなすだろう。

「はーあ、嫌な天気ですね。天使も滅茶苦茶飛んでら」

「雨が降るかもしれないな。これだけ多いと」

「ま、天使が多かろうが少なかろうが俺には関係ないっすけど。常木さんが無茶ぶりしなきゃ外に出る用事も無いし」

「そうだ。今夜の催しが何か知ってるか？　報島さん曰く、特別な催しだとか」

「さー、天使食とか？　でも、それじゃあ大したことないですよね。ゲテモノ期待されても、俺ならそこそこ上手く作るだろうし」

報島と変わらない発想だが、大槻ならそこにすら自信がある。

「天使を調理したことがあるのか？」

「まー、何度か。料理人ってのは業《ごう》が深いんで、食材として出されたら何でも使おうと思っちゃうんですよ。でも、味が駄目っすね。見た目取り繕っても、悪いレバーみたいな味がするんでよっぽど上手く誤魔化さないと無理」

淡々と大槻が言うのを聞きながら、湧き上がってきた疑問を抑えつける。――たとえば、この料理人は、天国の存在を信じているのだろうか。天使を調理することで、神の国に入れないとは思わないのか。あるいは、天罰が怖くないのか。最初に包丁を入れた時、欠片でもそういう恐れは抱かなかったのか。

大槻が天使に向かって大きく煙を吐き出す。顔のない天使は避けようともせずに、ふわふわとその煙を纏《まと》う。ややあって、青岸は尋ねた。

「人は死んだらどうなると思う？」

唐突な質問だったかもしれない。おまけに少しずるい。青岸が本当に聞きたいこと、天国の有無からはズレている。

「生き物はみんな土に還《かえ》ります。そんなもんです」

天国のことなど全く考えていない声で、大槻は応えた。

6

朝食は摂《と》る摂らないの習慣が分かれる為、個別で御用聞きをしているのだという。この島に来ている招待客一人一人に、食べるか食べないか、部屋に運ぶかダイニングルームに来るかを選んでもらうのだ。スタッフが少ないのに、ホテル並みのサービスである。

朝からあわただしく働かされる倉早たちが不憫《ふびん》で、青岸はダイニングルームに顔を出すことにした。

そこにはゲストの姿はほぼ無かった。主人である常木や、代議士の政崎もいないし、さっき談話室で暇を潰していた天澤すらいない。朝食は部屋で摂るのがお偉方の主流なのだろうか。

唯一席に着いていたのは、実業家の争場《そうば》雪杉《ゆきすぎ》だった。

争場はお偉方の中でも一番若い。まだ四十代後半だが、既に、彼は常木に迫るほどの有名人である。メディアへの露出も多く、時代の寵児と持て囃《はや》されている。その自負があるからか、顔つきがやけに厳《いか》めしい。柔和な常木とは対極だ。背も高く体型も大柄なので、隙が無さすぎてとっつきにくい。わざわざ話しかけたい相手じゃない。

何より、青岸は争場の事業が気に入らないのだ。

率直な表現をすれば、争場は武器商人だ。

国内向けには防犯グッズのような自衛用のものを販売する一方で、国外向けには銃だのなんだのを送り出している。長らく先行企業が牛耳《ぎゅうじ》っていた事業に、争場は勇猛果敢に切り込んだ。

勿論、天使が現れてから、兵器の需要は激減した。二人以上殺す可能性のある兵器は殆ど姿を消したと言っていい。

しかし、今でもなお争場ホールディングスは好調な成績を叩き出し続けている。武器製造とは別の事業が上手くいっているというのが表向きの理由だ。けれど、本当のところはどうか知れない。

このどうか知れない部分が、青岸の目を曇らせる。降臨以後の争場ホールディングスは、その成功を賞賛されると同時に、後ろ暗いゴシップの対象でもあった。

二人きりで同じテーブルについているのに、争場はこちらを見ることもなく食事に集中している。傍《かたわ》らにつきっきりの小間井は神経を尖《とが》らせながら、サーブをしていた。まるで王と従者のようだ。

話しかけられないのは楽だった。大槻の作った朝食は相変わらず美味しく、これを食べられるのは幸福である。卵焼き一つで何故こうも差が出るのだろう？

関心も持ちたくないが、気になることもある。

争場雪杉のような男が、何故常世島にやって来たのだろうか。

天使にも天国にも興味がありそうにない。いや、それを言うなら常木だって天使フリークには見えないのだが。

オカルトとは縁遠い人間が、実は信心深いという話は聞く。兵器などの製造販売を行っていると、思うところがあるのかもしれない。あるいは単純に、常木王凱と個人的な親交があるのだろうか。

あと顔を合わせていない招待客は代議士の政崎來久《くるひさ》くらいだ。あっちは常木から多大な支援を受けている政治家だし、繋がりは分かりやすい。彼は天使の保護政策に熱心だから尚更お気に入りなのだろう。対して一見して業界的にも繋がりの無い常木と争場は、何故仲良くなったのか。

そんなことを考えているうちに、不意に争場と目が合った。丁度食事が終わったところらしい。視線を逸《そ》らされるだろうと思っていたのだが、意外にも争場はそのまま話しかけてきた。

「君が探偵の青岸くんだね」

厳めしい顔つきに似合わない――と言ったら失礼かもしれないが――柔らかい声だった。

圧の強い外見を自覚しているぶん、意図的に調整を加えているようだ。

そのギャップの作り方は上手いと言わざるを得ない。争場の稼業に嫌悪感を抱いている青岸ですら、少しばかり彼への印象が変わった。

「……そうですが」

「ああ、よかった。話しかける機会を窺っていたのだが、どうにも上手くいかなくてね。こんなタイミングになってしまった。君のような探偵さんがこの島に来るというのが何だか不思議議で」

「不思議、ですか」

「何しろ天使は不条理の象徴だろう。不条理は探偵と相性が悪い。天使が存在するのなら、密室を不思議な力ですり抜けるなんて話もありそうじゃないか？」

「はあ、なるほど……不条理の象徴ですか」

不条理の象徴。青岸は天使をよく思っていないが、そういう観点で見たことはなかった。

「巷《ちまた》では天使の存在について神の意志の発現だとか、世界浄化の前触れだとか囁《ささや》かれているけれど、僕は本質的にそう意味の無いものだと考えている。疫病や災害によって世界のルールが書き換えられることはあったんだから、同じだよ」

「ペストや地震と同列に降臨を捉えるのは、なかなか無い視点だと思いますが」

「そうだろうか？　あの天使たちに人間の善性の喚起《かんき》や、大いなるものの意志を見出すほうが難しいよ」

　やれやれといった様子で、争場が大仰に肩を竦《すく》める。

「たとえば、争場ホールディングスが武器製造から殆ど撤退することになったのは、平和主義な神の意志だと考えませんか」

　青岸の踏み込んだ質問に、争場が一瞬だけ目を細める。生意気だと思っているのか、あるいは興味を持たれたのだろうか。

「青岸くんの言う通り、降臨以降、護身用の拳銃ですら売り物として成立しなくなった。人を殺せるものの販売が立ち行かなくなるのは、人殺しが嫌いな天使にとっては嬉しい展開なのかもしれない」

　争場はこちらを教え諭すような穏やかな表情で話し続ける。

「けれど、青岸くんもよく知っているだろうが、この世にはまだ殺人が存在し、それどころか『天使がいかにも嫌いそうな悲惨な結末』も多く見られるよね。それを防げない以上、やはり平和主義の神なんて存在しないんじゃないだろうか」

『天使がいかにも嫌いそうな悲惨な結末』という持って回ったような表現に顔を顰《しか》める。そうなのだ。降臨以降、この世が平和になったわけではない。むしろ天使の出現で、思わぬ副産物が生まれてしまった。それを目《ま》の当たりにすると、神がただ罪人を裁くために天使を遣わしたとは思えない。

「天使に崇高な意味なんか無い、ただの災害だ。なんて言うと、常木さんに怒られてしまうんだけどね。あの人は天使を本気で崇《あが》めているようだから。一度『天使は酷い商売敵《がたき》だ』と言ったら、険悪なムードになったよ」

「争場ホールディングスの立場からすればそうでしょうね。争場さんの事業は好調のようですが」

「そうでもないんだよ。常木さんのところと協力させてもらって、どうにか騙し騙しやってるような感じでね。こんなご時世でも、いや、こんなご時世だからこそ防犯関連のものは伸びているから。そのあたりを常木さんに取り立ててもらっただけで」

「飲食業の常木さんのところと……となると、食料庫のセキュリティなんかですか。どこも鍵を掛けていると聞きましたし」

「そうそう。あれはかなりのシェアになるでしょう」

一応、常木と争場の繋がりが分かった。その口振りからして、争場は明らかに天使フリークではない。となると、報島と同じく常木本人と仲が良くて招かれただけなのだろう。食えない印象の男ではあるし、腹に一物《いちもつ》を抱えていそうではあるが。彼の内面を推し量ろうとする青岸に対し、争場はのんびりと言った。

「そういえば、常木さんは今日何を見せてくれるんだろうね」

「見せる？　ああ、今夜は特別な催しがあるんでしたか」

「うん。何だか凄いものを見せてくれると聞いているけど」

これはかなり有益な情報だった。この島に青岸を誘った時の常木の言葉を信じるなら、その何かが天国の有無を教えてくれるということなのだろうか。

「青岸くんは常世島に何かを期待してきたのかな」

「期待……しているといえば、そうですが」

「個人的な意見だが……天使に何か意味を見出すのはやめた方がいい。あれは無意味だよ。常世島はのんびり楽しんだ方がいいね。何なら、船釣りもいい。僕はこう見えても船の操縦が上手いんだ。……あ、もう出来ないんだっけ。まあいいや、とにかくリゾートとして楽しむのがいいよ」

それだけ言うと、争場はさっさと行ってしまった。慌てて小間井が後を追いかける。

一人になった青岸は食事を続けながら、争場のことを考える。厳めしい外見に反して、随分穏やかな語り口の男。天使によって大きな方針転換を迫られながら、それを気にも留めていない様子だった。事業の縮小を迫られたのだから、天使に思うところがあっていいはずなのに。

そうならないのは、争場の度量が大きいからか、さもなくば天使の出現によって被《こうむ》った不利益よりも利益の方がずっとめざましいからか。後者の発想は飛躍しすぎだろうか。

結局、特別な催しの具体的な内容は誰も知らないらしいし、大人しく夜を待つしかない。ゆったりとした時間が流れる常世島では、面倒事も起きないだろう。

そんな青岸の予想はあっさりと裏切られた。

朝食から数時間も経たないうちに、招かれざる客がこの館にやって来たからだ。

第二章　天国の在処

1

赤城昴と出会った時、青岸はまだ一人で探偵事務所をやっていた。事務所は今ほど広くなかったし、扱う事件もそう多くは無かった。一人で出来ることは限られている。青岸は手の届く案件だけを引き受け、こぢんまりとした部屋で一人資料とにらめっこをするような生活を送っていた。孤独で地道な世界だ。青岸にとって探偵とはそのようなものだったし、それで何の問題も無かった。当然、助手を募集したこともない。だから、赤城昴から「ここで働かせてほしい」と言われて、青岸は面食らった。反応が大分遅れたのもその所為だ。

事務所に押しかけてきた赤城はあれよあれよという間に中に入り込み、青岸の机の前に陣取ると履歴書を掲げた。

「あの、僕、赤城っていいます！　青岸さん！　僕をここで働かせてください！」

「……お前、何言ってんだ？」

「お願いします！　僕は青岸さんみたいな探偵になりたいんです！」

暑苦しいほどの熱意で訴える赤城を、改めて眺めた。

大学を出たばかりぐらいの年齢だろうに、上に着ているシャツも、下に合わせた紺色のスラックスも誰もが知るハイブランドのものだ。恐らくはいいところのお坊ちゃんだろう。奇妙なことに、その高級そうな服の右側だけが盛大に汚れていた。

長めの髪は整えられておらず、彼が動く度に大袈裟に跳ねる。これで探偵ときたか、というのが青岸の感想だった。探偵というよりインドア派のミステリオタクのようだ。

「何が探偵だ。いきなり押しかけてきて迷惑だと思わないのか」

「でも、探偵になる為には名探偵の弟子《でし》になるのが一番早いでしょう」

「アホか。興信所を当たれ」

「僕はどうしても青岸さんじゃないと駄目なんです」

興奮しすぎている所為で、手に持った履歴書はしわだらけだった。無理矢理押しかけてきた癖に履歴書だけはきっちりと持参する、その妙な育ちの良さが疎《うと》ましい。しばらく考えてから、青岸は口を開く。

「お前、法科大学院生だろ」

「え⁉」

赤城が大きく目を見開く。不意を衝《つ》かれた彼が何かを言う前に、そのまま畳みかけた。

「お前は法律を学んだ院生で、就職口が見つからずここに来た。しかし、ここに来る前に他の探偵事務所に弟子入りを志願して断られている。お前が探偵に固執しているのは、父親が推理小説家だからだ。その父親とは仲が悪く、実家にも殆ど帰っていない」

「ど、どうしてそんなことが分かるんですか？」

「お前の服の右側が汚れているからだ。当たってるか？」

一通り捲《まく》し立てると、青岸はじっと赤城を見た。

赤城は驚いた顔のまま固まっている。随分戸惑っているのだろう。逆の立場だったら、青岸もそういう顔になる。赤城がおずおずと答えた。

「凄いです、青岸さん。全然違います」

その言葉に対し、青岸は大仰に鼻を鳴らしてみせた。

「僕は法科大学院生じゃなく美大卒のフリーターですし、ここに来る前にどこかの探偵事務所から追い返されたわけでもありません。父親は食品産業で働いていますし、服の右側だけが汚れているのは、さっき自転車を避けようとしてうっかり転んだからです」

　赤城は未練がましく青岸を見つめている。大方、ここからどんでん返しがあるとでも思っているのだろう。探偵は推理を間違えないものだし、間違える時は更なる驚きの真相が待っているものなのだ。

　けれど、青岸はそんなにサービス精神が旺盛な探偵じゃない。ひっくり返してやるつもりは毛頭無い。黙ったままでいると、赤城は段々と困ったような顔になっていく。それをしばらく眺めてから、青岸はようやく助け舟を出した。

「な？　探偵なんて大したことは出来ねえんだよ。精々こっちが出来るのはドブ浚《さら》いだ。シャーロック・ホームズに憧れてんなら余所へ行け。パイプ一本から人間の何がしかが分かってたまるか」

「……僕は、ホームズを求めて来たわけじゃないんです」

「じゃあ何でこんなとこに来たんだ。美大上がりってことはお坊ちゃんだろう。言っとくけどな、ここは固定給じゃないぞ」

「――僕は二年前の誘拐事件の被害者です。青岸さんに助けられました」

「……待て、俺は赤城なんて知らない」

「そうでしょう。二年前は高階《たかしな》昴という名前でした。あれから変な注目を浴びることが多くて、母方の苗字に改姓したんです。……まあ、見た目も大分違ってますしね」

赤城が苦笑する。その名前で、完全に記憶が呼び起こされた。

二年前、青岸は誘拐事件の調査にあたった。とあるローカルファミレスチェーンの経営者の息子が誘拐された事件だ。

衝動的で短絡的な犯行であり、犯人は身代金の要求の際にヘマをした。

最悪なのは、犯人が人質である高階昴の居場所を明かさないまま逃亡したことだ。

青岸は犯人の残した僅《わず》かな手がかりから高階昴の居場所を割り出さなければならなかった。犯人の逃亡から一日が経ち、三日が経ち、一週間が経った頃になると、高階昴の生還はほぼ絶望視されていた。

しかし、青岸は諦めなかった。生存は絶望的かもしれないが、青岸は探偵として依頼を受けたのだ。割に合わなくてもいい。ただ、見つけてやりたかった。

誘拐発生から十日後、青岸はとうとう高階昴を見つけ出した。

発見された時の高階昴は酷く衰弱しており、外見も様変わりしていたが、生きていた。監禁されていた地下室には水回りの設備だけはあり、水を飲んで生き延びていたのだ。

生還した高階昴の証言で、程無くして犯人も捕まり、事件は幕を下ろした。この一件では探偵や警察よりも、高階昴の功績の方が称えられるべきだろう。過酷な状況下にありながらも、決死の覚悟で生き抜いたのは彼なのだから。

その高階昴が目の前にいる。今度は青岸が言葉を失う番だった。

「聞きました。犯人が逃亡してから、僕の生存は殆ど諦められてたって。それでも青岸さんは僕を見つけてくれた」

「……仕事だったからだ」

それに、まだ十日だった。これが一年なら諦めていたかもしれない。可能性があったから、諦めなかっただけだ。

「その時に思ったんですよ。探偵は正義の味方だなって。青岸さんは、僕の憧れなんです」

正義の味方なんて青臭い言葉を赤城は躊躇《ためら》いもなく口にした。今時子供だって使わないだろう。一人きりの地下室で地獄のような苦しみを味わってもなお、赤城は立ち直って、こうして青岸のところまでやって来たのだ。

「お前が求めてるようなものはここにはないよ」

「そんなことはありません」

「きっと失望することになる」

「もう一度だけ言います。何でもします。僕を助手にしてください」

ぐしゃぐしゃになった履歴書を差し出しながら言われた言葉に、何故頷いたのだろう。

やたら斜めった文字で書かれた志望動機を、青岸は今でも一言一句覚えてしまっている。

2

とにかくやることがなかった。

意味もなく館をうろついてはノルマのように煙草を喫い、思い出したように小間井や倉早と鉢合わせる。迷い込んだ猫の気分だ、と青岸は苦々しく思う。

そうこうしているうちに昼食の時間になり、ダイニングルームに向かう。一段重に収められた和懐石は、ディナーとはまた違った趣《おもむき》があって美味い。

これでは大槻の料理を食べるためだけに来たかのようだ。昼は誰とも被《かぶ》らなかった。おそらく偉方はみんなどう過ごしているのだろう。この島には案外娯楽が無いのだ。

食事を終えた青岸がダイニングルームを出た瞬間、悲鳴が聞こえた。

「離して！　誰か助けて!!!」

慌てて声のした方へ向かうと、小間井がエントランスホールで小柄な女性を取り押さえていた。女性は小間井にがっちりと捕まってもなお、手足をバタつかせている。まるで罠に掛かった小動物だ。

恐ろしいことに、彼女の顔に見覚えがあった。

「いいですか、あなたのやっていることは犯罪ですよ！　然《しか》るべきところに訴えますからそのつもりで！」

小間井に怒鳴られ、押さえつけられた女性の顔が青褪める。

殆ど泣きそうな声で、伏見弐子が叫んだ。

「私は……私は記者なんです！　伏見といって……どこかに所属しているわけじゃないフリーランスなんですけど……えっと、どんな記事を書いたかとかは申し上げることが出来るんですが……」

最後に近づくにつれ弱々しく呟く彼女を見て、思わず舌打ちしそうになった。前も思ったが、伏見はジャーナリストにしてはお顔が正直すぎるのだ。

「どうやってこの島に来たのか言いなさい」

「それは……昨日の船で……こっそり……」

昨日の船と言えば、青岸が乗ってきた船だ。

人一人を運ぶには大きすぎるクルーザーだったから、潜む場所ならいくらでもあった。強《し》いて言うなら巡回していた倉早の責任になるだろうが、あの広さなら責められない。

「今まで何処にいたんですか、まさか屋敷で妙なことをしていないでしょうね」

「昨日は行くところが無かったから、あの変な塔に……」

喫煙塔のことだろう。展望スペースには注意を払っていなかったが、まさかあそこにずっと潜んでいたのだろうか。

「昨日から何も飲んでなくて。近くの井戸は枯れてるし……だから、水だけ貰って出ようと」

「窃盗まで働こうとしていたんですか！」

小間井の悲鳴のような声を聞いて、伏見がますます身を縮こまらせた。

「違うんです！　ちょっと、お水だけ……」

「ほう、これが件の」

その時、階段から事務所で会った以来の常木が現れた。後ろに倉早が控えている。彼の姿には相変わらず威厳が満ちていて、輝かんばかりだ。常世島の主として相応しい態度だ。

彼を見た瞬間、伏見の目に、敵意と恐れが混じる。

「申し訳ありません、旦那様。まさかこんなことがあるとは……」

「それはいい。君は何故そうまでして常世島に？」

小間井の言い訳を軽くいなすと、常木は伏見に尋ねた。伏見がしどろもどろに返す。

「実は、天使の集まる不思議な島があると知って……それが大富豪である常木王凱氏の島だって聞いて……えっと、私は記者で……」

「誰から聞いたんだ？」

「えっと、……インターネットから……」

あからさまな嘘だ。インターネットに常世島の情報や常木王凱のことが載っているはずがない。そんな言い訳で常木は騙されないだろう。このまま問い詰められて本当の情報源を吐かされるのがオチだ。

「……まあいい。来てしまったものは仕方がない」

だが、常木は穏やかにそう言うと、傍らに立っていた倉早に指示を出した。

「倉早。彼女にも部屋の用意を」

「よろしいのですか？」

「当然だ。客には違いないのだからな」

「かしこまりました」

一礼する倉早に頷いてから、常木は伏見に向き直った。

「伏見さんと言ったかね」

床に伏せたままの伏見が少しだけ畏《かしこ》まって頷く。

「降臨以降、この世に偶然は無い。少なくとも私はそう考えている」

「……えっと、そう……なんですね？」

「つまり、君がここに来たことにも何か意味があるのだ。この世は今や新たな理《ことわり》と共に動いている。もし君がここに来るべきではないのなら、必ずや天使がそれを阻んでいたはずだ。よって君に罪は無い。常世島が君を迎え入れている」

本来なら無罪放免を喜ぶ場面なのだろうが、伏見はぽかんとしている。青岸もついていけない。この島に来るべきではないのなら天使が阻んでいた？　馬鹿馬鹿しい。天使は基本的にふわふわ飛んでいるだけの生き物だ。あれに比べればクラゲの方がよっぽど知性があるように見える。

常木は自分の論理を全く疑っていないようで、意気揚々と話し続ける。

「後で私の部屋に来なさい。詳しく話が聞きたい」

「えっと……わ、私でよければ……大した話は出来ませんけど」

伏見はすっかり毒気を抜かれたようだ。

「その前に何か食べるといい。それは小間井に任せる」

「は、はい。かしこまりました」

慌てて小間井が立ち上がり、伏見を立たせてダイニングルームへ連れて行く。常木は何事も無かったかのように、また階段を上がっていった。

その背を見送ってから、倉早に尋ねる。

「なあ、聞いてもいいか」

「どうなさいましたか？」

「どうして伏見とかいう記者をこの島から出さなかったんだろうか。彼の中ではこの世の全ては天使の思《おぼ》し召しなのか？」

「それについては半分は当たりで、半分は外れです」

「というと？」

「青岸様の言う通り、最近の常木様は全ての物事が天使の導きであるとお考えになる傾向にあります。株価の増減から今日の天気に至るまで、全ては天使の思し召しなのだと。だから、常木様は何があろうと動揺なさることがありません」

なかなか強迫観念的な話だ。動揺しないというのは、ある意味でかなり経営者向きの資質ではあるだろうが。

「それで、外れの半分の中身は？」

「単純なお話です。四日後まで何があろうと船は来ませんので」

果たして、あっさりと倉早が答えた。

「何故だ。船くらいいくらでも寄越せるだろう。何せ天下の常木王凱だ」

青岸の疑問に、倉早がゆっくりと首を振る。

「この島にはたくさんの天使がいますが――こうして天使たちを定着させるのは、なかなか難しいのです。彼らがどのような意思でもって定住地を決めるのか、そもそも定住という概念が彼らにあるのかが分かりませんから」

窓の外に視線をやれば、そこにも天使が舞っていた。窓枠は天使を切り取る額縁だった。

「なので、常木様は船がお嫌いなのです」

「つまりどういうことなんだ？」

「船が発着すると、天使の何体かは船について島を出て行ってしまうんです。理由は分かりません。その習性に気づいてからは、常木様は必要最低限の回数しか発着を許さなくなりました。それどころか、この近くを船で通りかかることも禁じています」

「それは――……」

それは妄執《もうしゅう》の域じゃないか。

続く言葉を言っていいか迷って呑み込んだものの、倉早は聡《さと》く察したようだった。主人の天使趣味の過剰さは承知しているらしい。

「俺は後から来た。そのぶんだけ余計に船を出さなくちゃならなかった」

青岸は仕事の都合がつかず、他のゲストより後の船で来た。それは常木にとっては耐え難いことだろう。

倉早はたおやかに笑った。

「それを顧みないほど、青岸様を呼び寄せたかったのでしょうね」

さっきの話を聞いた後だと、裏返しの期待が恐ろしかった。そうまでする目的が分からない。だが、もう逃げ場はない。

「にしても、今夜は特別な催しがあるんだろう？　いくら天使の思し召しとはいえ、招かれざる記者は邪魔なんじゃないか。下手に何かを見せたら記事にされかねない」

「問題は無いかと思います。彼女の記事を載せるメディアはもう無いでしょうから」

倉早は静かに断言した。

「同じようなことが前にもあったそうです。常木様の周りを探っていた記者が、突然会社をクビになり、持ち込んだ記事も突き返されるようなことが。今回の催しが終わったら、常木様は同じことをなさるでしょう。彼女の記者人生は終わったも同然です」

そうか、何もこの島で彼女を叩きのめす必要はないのだ。本島に戻った後、改めて伏見の人生を握り潰していけばいい。彼女がこの島に滞在することは思し召しとして認めるだろうが、それはそれとして制裁はきっちり受けさせる。

伏見の顔と名前はバレてしまった。せめて偽名を使えばよかったのに。倉早の言う通り、常木からの圧力を撥《は》ね退《の》けてまで、彼女の記事を載せる媒体は恐らくない。

「発表くらいは出来るだろう。今は誰でもインターネットに記事が載せられる時代だし、常木に不当な圧力を掛けられていることも告発してしまえば」

「何の後ろ盾もない人間が潰されるのは早いですよ」

倉早はさらりと言った。今まで、常木の近くで同じような事例を嫌というほど見てきた、という口振りだ。

「決定的な証拠を握られていないと、いいえ、握られていたとしても、常木様はどうとでもなります。それに、彼女が島にやって来ている以上、欲しがるような情報は絶対に出しません。常木様はそういう方です」

言い過ぎたと思ったのか、倉早が気まずそうに目を逸らす。彼女の目にも、常木王凱は容赦のない人間として映るのだろう。

あの時、青岸が伏見の名前を常木に報告していれば。結果的に、そちらの方が傷が浅かったかもしれない。まさか、こんなことになるなんて思わなかった。そこまで伏見が常木王凱に執着しているとは。たった一人でこんな島までやって来るほど、彼女が常木に抱く疑念は大きいのだ。

もし伏見が突飛な行動を起こしたら、その責任の一端は青岸にある。そう思うと、更に一段階気分が落ち込んだ。

3

昔のことを思い出す。

ある日、事務所にやって来ると、ソファーの上で見知らぬ女がくつろいでいた。上はパーカー、下はスウェットのコーディネートは部屋着にしか見えない。伸びっぱなしの髪は腰のあたりまであり、前髪はヘアバンドで上げられている。広い額と丸い目が相まって、迷い込んだリスのようだった。

「なんだ、お前は」

「どうも。……真矢木乃香《まやこのか》です。名字嫌いなんで、木乃香って呼んでいいですよ」

彼女は手元のタブレットで動画を見始めた。イヤホンを接続していないので、音が垂れ流しになっている。

目の前の状況が分からず、赤城が来るまでそこに立ち尽くしていた。

あとから悠々と出勤した赤城は、全く動揺する風でもなく「新しい従業員ですよ」と言った。

「はあ？　お前、何勝手に決めて……」

「歩合制でもいいって言ってますし、これは本人の社会復帰の為でもあるんです。マイペースに通ってもらって、段々慣らしていく形で」

「ちょっと待て、あんな子供みたいなのに何が出来るってんだよ」

「彼女はホワイトハッカーです」

「なんだよホワイトハッカーって」

「探偵なんだからそういう方面の知識も無いと駄目でしょう」

木乃香は話をしている二人をまじまじと見つめている。その目には不安と訝《いぶか》しさが同居していて、何だか落ち着かなくなった。

「この子、青岸さんを頼ってきたんです。……ちょっと、その、いろいろやらかして、行くところがないんですよ。本人は反省していますし、能力を生かせるところで働けたらって」

「しかもこいつ前科持ちかよ！」

「クソブラック企業の求人広告にほんとのことを載せてやっただけ。あいつらが過労死万歳って思ってるのは事実」

木乃香が不満げにそう呟く。

「ね、正義の味方っぽいでしょう。前科はともかくとして」

「ハッキングして求人広告を書き換えることがか？」

「どうせ僕みたいなのを入れちゃったんですから、一人も二人も同じですよ」

「それがお前の目指す正義の味方の発言かよ」

「ええ、そうです。正義の味方はチームを組むものなんです」

結局、青岸は真矢木乃香を受け入れた。

二十歳のホワイトハッカーである彼女の腕は確かによかった。その分野に詳しくない青岸を、木乃香は上手くカバーしてくれた。自分では手の届かない分野に精通している仲間がいれば、今まで解決出来なかった事件にも手が届く。

たとえば、とある高級レストラン宛てに執拗に繰り返されていた殺害予告のメールの発信元を、木乃香はすぐに特定してみせた。そして青岸たちが現場に向かい、犯人を確保して警察に突き出した。

「ほら、私がいてよかったでしょ」

子供のように胸を張る木乃香を、生意気だなと思いつつも素直に賞賛した。年相応の顔で照れる木乃香とは、案外上手くやれそうだと思った。従業員を増やすのも悪くない。

その後も、赤城はどこからか従業員を見つけてきた。

刑事を辞めて放浪していた嶋野良太《しまのりょうた》をスカウトして、機動部隊に据《す》えたり。ストーカー被害に悩み、事務所に相談に来た大企業秘書の石神井充希《しゃくじいみつき》をスカウトして、渉外担当に据えたり。どんどん変化する青岸探偵事務所は、所長の青岸だけを置き去りにしているようだった。

「ここに来てどうするつもりだ」

「どうというわけではないんですがね、よりよい自分になりたいと思ったんです」

事務所に来たばかりの嶋野は答えた。柳のように痩せた身体と柔和な笑み、それに野暮ったい眼鏡は元刑事よりは元教師の肩書の方が似合う。

「どうして警察を辞めたんだ？」

「警察も一枚岩ではなくてですね。僕の思っている正義とそちらさんの正義が相容《あいい》れないところもありまして。価値観の相違による退職を」

「いや、違うか。そういやクビになったんだったな。何やったんだ」

「そうですね。夜な夜な新人を賭け麻雀に付き合わせる同僚を殴って」

「価値観の相違ってのはオブラートか」

「どうでしょう。見栄かも」

「また前科持ちか……」

嶋野は大袈裟に肩を竦めて「いや、ついてません。示談です」と言った。それで喜んでいいものか分からない。嶋野は朗々と続ける。

「正義がなされよ。天は落ちるがよい。たとえ天が落ちようとも正義はなされよ」

嶋野には引用癖があり、それが有名なラテン語の名句だと青岸は後で知った。また厄介なのが来たな、というのが第一印象だった。

次に来た石神井にも、青岸は同じことを尋ねた。

「ここに来てどうするつもりだ」

「まだ分かりませんけど、昨日より少しだけマシなことをしようかな、と」

「ちなみに前科は？」

「あら、あるように見えます？　今まで生きてきた三十四年で、捕まったのはゲームの中だけです」

石神井は、寂れた探偵事務所にいるよりは、女優でもやっていた方が似合いそうな人目を引く美女だった。ストーカーの一件は解決したものの、結局秘書は辞めてしまったらしい。無理もないだろう。予想外なのは、赤城がそんな石神井をここにスカウトしたことだった。

「私ね、結構諦めてたんですよ。世の中にはどうにもならないことがあって、私はそのどうにもならないものに足を掴まれちゃったんだって。だから、青岸さんに依頼した時も、正直期待してませんでした。でも、本当に事件が解決して、あるのかなって思ったんですよ」

「何があると思ったんだ？」

「正義ですよ」

正義です、正しいこと。石神井が丁寧に言い添える。

「多分役に立ちますよ。私も秘書として長く働いてましたし、敏腕だって言われてました。ところで、この事務所って車ありますか？」

「無いな。必要ならレンタカーだ」

「そうですか。車さえあれば役に立てると思ったんですけど」

「運転が得意なのか？」

「いえ。ペーパードライバーです。探偵事務所に所属出来たらカーチェイスとかやってみたいですね！　興奮してきました！」

カーチェイスも石神井充希も断ろうとしたのだが、結局赤城に丸め込まれた。後から思い返すと先見の明はあったのだが、当時の青岸にとっては狂気の沙汰でしかなかった。

赤城が連れてくる人材には共通点があった。一つ、色々な理由で居場所のないはぐれ者。二つ、それでいて各々が青岸探偵事務所に必要な優秀な人材であること。そして最後に、誰もが『正義の味方』という赤城の理念に大真面目に賛成していること。

青岸もその言葉に絆《ほだ》された一人だが、それでも驚きの方が大きかった。この世界で大真面目に正義を語れる人間は珍しい。少し前の青岸なら、絶対に反《そ》りが合わないと言っていただろう。こんな場末の探偵事務所から世界をよくしようなんて夢見がちが過ぎる。

気づけば、青岸探偵事務所のメンバーは青岸を含めて五人に増えていた。

それだけじゃない。赤城は様々なところに人脈を築いていった。

本来探偵とは相性がよくないはずの警察や、医学的な助言を得る為の医者の伝手《つて》や、人探しなどに実力を発揮する商店街の情報網など。赤城は洞察力があるとか、推理が得意であるというわけではなかったが、人と人を繋ぐことには異様に長《た》けていた。

青岸の探偵活動にも徐々に幅が出るようになっていった。

今までは断っていた難しい依頼も引き受けられるようになったし、手の届かなかった事件も解決出来るようになった。

たとえば、銀行での立てこもり事件だ。犯人との交渉なんかどう考えても探偵の仕事じゃない。けれど、赤城がわざわざ自分と人質の交換を申し出たお陰で、青岸が出て行く羽目になった。この時ばかりは赤城を雇ったことを後悔したが、どうしようもなかった。赤城昴はそういう男だ。

犯人との交渉には石神井があたり、その間に青岸が犯人の本当の目的と、銀行に仕掛けられた爆弾のことを明らかにした。木乃香の力を借りて銀行に忍び込み、人質の解放に一役買ったのは嶋野だった。嶋野はその身に似合わないほど俊敏な動きで機動部隊に相応しい役割を果たした。結局、この事件では一人の死者も出なかった。

赤城の独断専行を叱ったものの、聡明なる青岸焦は、自分たちが首を突っ込まなかった場合に被害がどれだけ大きくなったかも理解していた。銀行には六十人が残っていて、諸共に爆死するはずだったからだ。

「本当にすいません。次からは青岸さんに一言宣言してからやります」

「せめて『一言相談してからやります』だろ」

青岸は呆れたように呟く。思わず笑いそうになったのを堪《こら》えるのに必死だった。

派手な大捕物を演じたこともある。とある殺人事件を解決した青岸だったが、あろうことかその犯人は人質を取って逃亡を図ったのだ。

今までの青岸なら、その時点で警察に一切を任せていただろう。自分の失態を悔やんでも出来ることがないからだ。

　だが、赤城は近くを走っていたスポーツカーを強引に止め、借りることに成功した。当然のように乗り込む嶋野たちに促され、青岸も助手席に座る。

「私の出番が来ましたね！」

　運転席に陣取った石神井が高らかに宣言する。本当に彼女のカーチェイスを見る羽目になるとは思わなかった。快適なドライブとは言い難かったが、犯人には追いついた。

　青岸一人では解決出来なかった事件も、そもそも関わろうとしなかった事件もある。今までより、青岸は『探偵』をしている。

　そのことは素直に喜ばしかった。赤城の言う『正義の味方』とやらに近づいているのかは分からなかったが、活動が充実しているのは確かだった。

『青岸焦』の名前が知れ渡る度に、赤城は諸手を挙げて喜んだ。それが気恥ずかしくて、ややぶっきらぼうに青岸は言う。

「何がそんなに嬉しいんだ。給料が上がったことか」

「焦さんが探偵としてどんどん世間に見つけられることですよ」

「俺自身の能力が上がったわけじゃないけどな。それに、お前の人脈だの木乃香の技術だののお陰だし、嶋野の方が断然動けるし、石神井は……まあ運転はアレだが……。何にせよ俺は手を借りてるだけだ。俺の力じゃない」

「そんなことないです。僕らは勿論、三船《みふね》刑事も、宇和島先生も、みんな焦さんのことを認めて協力しているわけじゃないですか。凄いのは僕らじゃなくて焦さんですよ。推理をしてるのは焦さんですし」

赤城は本心から言っているようだが、そうは思えなかった。確かに推理をしているのは自分だが、最近の青岸は探偵として推理をすることと、事件を解決することはイコールではないのだと知ってしまった。自分一人で推理は出来ても、事件そのものを最良の形で終わらせられるのは周りのお陰だった。

それに、周りが協力してくれる理由だって的外れだ。赤城が作った人脈に青岸が上手く乗れるのも、偏《ひとえ》に赤城が青岸のことをよく話すからだ。

赤城は、青岸焦がどれだけ優れた探偵で、自分をどんな風に救ってくれたかを屈託なく話す。その所為で、周りは青岸に対して良い印象を持ったままコミュニケーションを取ってくれる。青岸は少し下駄を履かせてもらっているわけだ。

それは自分の力じゃなくて赤城の力なんじゃないのか。ややあって、青岸は言う。

「……お前がここに来て、ちょっとは世界がマシになってるかもな」

それは青岸なりの最大限の感謝の言葉だった。

あの時に赤城を受け入れてなければ、ここまで事務所は大きくならなかった。助けられる人や解決出来ることが増えたのは、赤城が来たからだ。

赤城なら、そう言われていつものように無邪気に喜ぶだろうと思っていた。

しかし赤城は呆けた顔をしたまま、静かに涙を流し始めた。それがあまりにも予想外だったので、青岸まで呆然としてしまった。大の大人が二人して見つめ合っているのは異様で、戻ってきた石神井がげらげらと笑ったのを覚えている。

青岸探偵事務所は世界の片隅で正義を目指していた。

4

夕食時は、昼とはうって変わって盛況だった。

ダイニングルームに全員が集まると、やはり緊張感があった。

貴族の食事にしか使われなそうな十二人掛けの長テーブルのうち、八席が埋まっている——即ち、この館にやって来た八名全員が揃っていた。

寛容なことに、招かれざる客である伏見にも席の用意があった。青岸の向かいだ。気まずいことに隣の席は宇和島だったので、出来るだけ大人しくしていようと決める。

給仕に入っているのは小間井と倉早で、大槻の姿はない。恐らくは厨房にいるのだろう。

小間井が全員にワインを注ぎ終えた後、グラスを掲げた常木が挨拶に入った。

「この度は常世島にようこそ、皆さん。今回の滞在では楽園の如き待遇を約束しましょう。その一環がこの宴席です。あなた方は天使に拒まれることなく常世島の地を踏むことを赦された。年寄りの道楽に付き合う酔狂な皆さんに、天使の加護あれ。乾杯」

乾杯の音頭に合わせて、青岸もワインを飲み下す。上等なものなのだろうが、味はよく分からなかった。それよりも、さっそく運ばれてきた前菜のトマトと山羊乳のスープなるものの美味しさの方が理解出来る。この絶妙な塩梅《あんばい》のスープを、玄関先で煙草をふかしていた不真面目な男が作っているというのが不思議だ。

「いや、実に美味い！　流石は常木氏だ！」

代議士の政崎の大声が雰囲気をぶち壊す。全体的に小柄で、鼠《ねずみ》のような印象を受ける男だ。左手に持ったフォークの柄までソースを飛ばしており、食べ方が汚い。

「楽しんでいただけて何よりだ」

「いつ来てもここの料理は素晴らしい！　私も色々なものを食べてきたが、常世島での食事が一番だ！　常木氏は食材のなんたるかを分かっている！」

逐一《ちくいち》感嘆符を付けながら、政崎が常木を持ち上げる。ここで褒められるべきは常木ではなく作っている大槻なのだが、その点は全く頭にないようだ。

政崎はことあるごとに常木を褒め、天澤を褒め、周りを持ち上げ続ける。その様子から、この集団での力関係が窺い知れた。お喋りで周りに媚《こ》びる役回りの男。

対照的に、争場は大人しかった。最低限の受け答えだけに徹している。朝食の席であれだけ穏やかに親しみやすく話しかけてきた姿とは別人だ。この集団の中にいる時は、あまり喋らないのだろうか。

周りを観察しながら食事を続けていると、不意に常木から話しかけられた。

「時に、青岸さん」

今まであれこれ話をしていたゲストたちが、ぴたりと会話をやめる。目の前の金目鯛のポワレに集中していた青岸は、フォークを取り落としそうになった。

「何でしょう」

「……こうして見ると、やはりあなたのオーラの特別さには目を見張るものがある。この島にやってきて何か感じるかね。天使との絆の高まりは？」

思わず「は？」と訝しげな声が出そうになった。天使趣味は知っていたが、何を言っているのか理解出来なかった。この島で見る天使はやはり小汚い異形《いぎょう》の化物でしかなかった。絆だの、オーラだの本気で言っているのか。

「常木さん、まだ青岸さんはこの島の強い天力に慣れていないんじゃないでしょうか。感度が高すぎるからこそ、天使のアウラを無意識に遮断しているのかもしれませんね」

返事をしない青岸を見かねたのか、天国研究家の天澤が口を挟む。天澤の言う天力も天使のアウラも同じくらい訳が分からないのだが、それを聞いた常木が「なるほど、天使のオーラと波長が合っていないというわけか」と訳知り顔で頷くので、引き続き黙っておいた。居心地がどんどん悪くなっていくが、天澤以外に助け舟を出してくれる人はいない。

常木が再び口を開く。

「先ほどは不躾《ぶしつけ》な質問を失礼した。改めて尋ねたい。青岸さんは探偵として、降臨をどう捉えている？」

比較的答えやすい質問だが、慎重に答えなくてはならない。少しだけ迷ってから、どうにか答える。

「……ええと、そうですね。あまり一概には言えませんが。人間はまだまだ天使のことがよく分かっていないわけで。あれがどういうものかを判断するのは難しいんじゃないかと」

「ほう、なるほど」

「常木さんは降臨に対して肯定的のようですね」

答えは分かりきっていた。船の件といい、乾杯の音頭といい、常木は降臨肯定派どころか完全に天使信者だ。案の定、常木は破顔する。

「ああ、私は素晴らしいものだと思っている。君の事務所で、美しさを知ったと言っただろう？　天使がよくやってくるという理由でこの島を買ったくらいだ」

それを聞いて、面食らった。この島は元々所有していたわけじゃないのか。

だとすれば、常木の天使信仰は想像よりも重度だ。青岸にはいよいよ理解出来ない。目の前に座る伏見も、分かりやすく動揺している。

「私はね、天使がこの世界を少しだけ楽園に似せたと思っている。このまま天使が人間を見守っている限り、悪人だけが淘汰されていく。そう思わないかね」

「……いや、どうでしょうね」

青岸は注意深くそう答える。

「何故だ？　殺人を犯すような罪人が地獄に堕ちていくのだから、世界はよくなっていくはずだろう。現に世界の殺人事件の被害者数は減っているのだから」

「ええ、まあ減ったは減ったでしょうが……。悪人だけが裁かれ、善人が救われる仕組みにしては、この世は穴が多すぎる気がします。それに、善人だって地獄に堕ちないわけじゃない」

たとえば『牧師造薬殺人事件』という出来事があった。とある牧師が天使降臨にいたく感銘を受け、自分で薬を調合して信徒に配り歩いた事件だ。

牧師はそれを奇跡の妙薬と称し、万病に効くと触れ回った。しかし、薬を配ってから程なくして惨劇が起こった。薬を貰った母親が子供たちに飲ませ、結果二人の子供が死んだのだ。母親はルールに従い、地獄に堕ちた。

それを皮切りに、薬を飲んだ者が次々に体調不良を訴え始め、やがて牧師は母親達の後を追うようにつつがなく地獄に堕ちた。

のちの調査にて、牧師が配っていた薬に水銀が含まれていることが発覚した。どうしてこんなものを配ろうとしたのかを訝しむほどの毒だ。

それを、彼は特効薬だと信じていた。三日三晩月の光を浴びせ、抜け落ちた天使の羽を粉にしたものと混ぜ合わせた水銀は、身体の中を殺菌することが出来るのだという。最終的には六人が彼の薬で死んだ。

地獄に堕ちた牧師は人格者だったらしく、彼に救われたという人間が多かった。

ここで重要なことは一つ。『本人が有毒だと思っていなかった場合でも、他人に水銀を飲ませて殺せば地獄行きである』という単純な事実だ。

誰かを救えると思い込み、清貧を貫いて薬を作り続けた彼は悪人だっただろうか。

そうではない、ただ彼は馬鹿で罪深いだけだった。そういう人間が道を誤ることを止められない時点で、この世界には不備が多すぎる。

「そうか。面白い」

常木は一心に青岸のことを見つめている。

常木王凱は、事務所で話した時よりもずっと得体の知れない雰囲気を湛《たた》えていた。彼の天使趣味は青岸の理解を遥かに超えている。お互いの間には、確かな溝がある。今の一連の質問で量られているものが何かすら、青岸には分からないのだ。ややあって、

「正直に言えば、探偵と天使の裁きはかなり相性が悪いんですよ」

青岸は観念したように言った。

「探偵と天使は相性が悪い。それは一体どうして？」

「そりゃあ、犯罪が無くなれば探偵もお役御免ですから」

わざと露悪的な風に言って、常木の反応を見る。だが、彼は不快さを示すこともなく、むしろ青岸の言葉を面白がっているかのようだった。

探偵は天使と相性が悪いはずだが、赤城昴は天使降臨についてもずっと楽観的だった。

赤城は不貞腐《ふてくさ》れる青岸に向かって、人好きのする笑顔で明るく言ってのけた。

「これでもしかしたら世の中がよくなるかもしれませんよ」

降臨が始まり、大体のルールが把握された直後にはもう、そんな期待を懸けていた。

「あの薄気味悪い化物に何を期待してんだ。生きた人間を地獄に引き摺り込んでんだぞ、ありゃ悪魔だ」

青岸がうんざりした顔で言うと、赤城は少しだけ顔を顰める。あの過剰な裁きには思うところがあるのかもしれない。殺人は赦されざる罪だが、生きたまま焼かれる様は、凄惨だし残酷だ。

「もっと単純に考えましょうよ。少なくともこれで連続殺人は無くなる。それだけでもいいことです。死後の世界があるって知った人たちはいいことをしようって思うでしょうし」

「どうだかな。地獄に引き摺り込まれんのは見たが、天国があるかは分かってないんだろ」

「ありますよ。善人がいるんだから、天国は絶対にある」

まったく躊躇いなく言う赤城の姿は、ここに来たばかりの時を思い起こさせる。まっすぐで、見ているこちらが恥ずかしくなる。彼で無ければ青岸は一緒に働こうとは思わなかった。

「……第一、このまま行くと俺らが食いっぱぐれることになんぞ。いいのかよ」

「いいじゃないですか。探偵が仕事をしなくていい世界は平和な楽園ですよ。楽園でもぺットは迷子になりますから。それを探せばいいじゃないですか」

「それだけで食っていけるかよ」

「もしあれなら、みんなで独立しましょう。ご飯屋さんでもやって……」

「そうなったらお前は最初にクビだな」

「え!?　なんでですか!?」

「美大上がりなんか一番要らねえだろ」

「えー、そんなことはないですよ。看板とかチラシとかタダで描いてもらえるありがたみ、実際やってみないと分かんないってことかー」

赤城が唇を尖らせて、あれこれやってみたい店の話をする。

正義の味方が平和に飯屋か、と思ったものの、赤城の語る未来の話はそう悪くなかった。この世の不道徳を全て天使に任せ、お役御免の夢を見ていた。

「意外だ」

常木のその言葉で現実に引き戻された。慌てて常木の方を見る。

「意外ですか」

「ああ、意外だね。青岸さん自身もそう思うだろう。自分が未だ天使に心を預けていないことが」

ぞくりと背が粟立つ。美食に喜んでいた胃が重くなり、喉の奥が鳴った。素知らぬ顔をして、青岸は答える。

「……さあ。そうでもありません。人間、そう簡単には変わらないので」

「私は変わった。明確な変化が起こったよ。天使が私の人生をよりよい方向に向かわせてくれたんだ」

「というと？」

「……実を言うと私は二年前に大病を経験してね。死を強く意識したんだ。その時に啓示を受けたのだよ。神は人を受け入れる場所を作ってくださっているが、その場所に辿り着く為には資格が必要なのだ、と。病から立ち直った私は、天国にアクセスする為に天使に心を開くことを決めた」

死の淵をさまよって、そういうスピリチュアルな方面に目覚める例は珍しくない。この世界には天使なんてものが降臨したから、余計に影響されたわけだ。しかし、彼はそれが世界の真理であるかのような顔をしている。

「天使に極限まで近づいたものなら分かるはずだが、君は――」

常木は更に何かを畳みかけようとしたがすんでのところで呑み込んで、穏やかに言い直した。

「……いや、ここで議論しても始まらない。今は食事をいただこう。答えはすぐに出る」

「答え？　何のことですか」

「勿論、青岸さんの一番知りたいこと、天国の有無だ」

常木が再びグラスを掲げた。それを合図に各々も会話を再開する。

その仕組まれたかのような態度は不穏だった。しかし、ここまで来たら逃げるわけにはいかない。天国の有無、と常木ははっきり言った。つまり、そのはったりを利かせるに足る催しがあるということなのだ。青岸もぎこちなく食事を再開する。

食事をしながら、政崎や天澤の他愛ない質問にぽつぽつと答え、昔の話を振られた時は適当に躱《かわ》した。青岸探偵事務所について彼らに語ることなんて無い。

ぎこちない夕食が終わると、この館にいる全員が地下のホールに移動させられた。

5

地下の石造りのホールはシェルターのような空間だった。『せっかくだから作ってみました』といった雰囲気のホールには必要以上の照明が焚《た》かれており、それが却《かえ》って不気味だった。奥の方には小部屋が二つあり、そちらはちゃんと倉庫として使われているらしい。

「ここで何をするんです？」

いつの間にか合流していた大槻が尋ねた。後片付けもあるだろうにわざわざやって来たあたり、彼も催しが気になっていたのだろう。不躾な質問にも拘《かか》わらず、常木は笑顔で答えた。

「見ていただきたいものがあってね。ここにいる皆さんは同じ奇跡を共有するに足る絆がある。そうだろう」

政崎と報島が媚びたような薄ら笑いを浮かべる。ここに何か絆があるとは思えなかった。

「何を見せていただけるんですか？」

争場が落ち着き払った声で尋ねる。彼だけは全く興味が無さそうな上に、常木に媚びる様子はない。

「争場くんは天使にはあまり興味が無いようだが……天国についてはどうかね」

「いやあ、私は天国とも縁が無さそうな不信心者なので。こちらから天使とも天国とも距離を置いている形です。あると知れたら、少しは生活態度を改めるやもしれません」

「素直でよろしい。なら、今日出会う天使は争場くんの生活習慣を変えるトレーナーになるかもしれない。……この比喩は少し俗に寄り過ぎか？　慣れないことを言うものじゃないな」

「ということは、我々は秘蔵の天使にお会い出来るんですか？　それは素晴らしい」

　政崎が右手に嵌めた腕時計をさすりながら、すかさず持ち上げる。何が素晴らしいのかも分からない薄っぺらい言葉だ。こっちもこっちで大して天使には興味が無さそうだ。落ち着きがない。

「そうだ。私はその天使こそが、我々と天国を繋いでくれる架橋《かけはし》であると考えている」

　感嘆を漏らす政崎の近くで天澤がしきりに手の平の汗を拭っていた。天国研究家として積極的に発言をしてもおかしくないだろうに、この雰囲気や地下室が怖いのだろうか。取って付けたような愛想笑いを浮かべていた。明らかに様子がおかしいが、青岸以外は気づいていないらしい。

「最初はこの奇跡にどう向き合えばいいか分からず、拒絶反応を覚えるかもしれない。しかし、これは神から我々への歩み寄りなのだ。もしこの天使のオーラに当てられても心配は要らない。私たちはいずれ必ずこの天使のことを理解出来る。溢れんばかりの天力によって！」

　オーディエンスの反応は気にも留めず、常木は一人恍惚《こうこつ》とした表情で語る。そうしているうちに、小間井が地下室の奥から大きな台車を押してきた。その上には、布の掛かった箱状のものが載っている。

そこから、既に奇妙な『声』が聞こえていた。

「何だ、この声……」

青岸の反応を見て、常木は言った。

「さあ、青岸さん。こちらへ。この声がもっと聞こえるところまで」

指名された青岸の心臓が痛いほど跳ねる。嫌な予感がした。オーディエンスの期待を読むことには慣れている。何せ、青岸はずっと探偵として生きてきたのだ。

なのに、何故ここに来るまで、常木の歪《いびつ》な期待に気がつかなかったのだろう。

青岸は促されるままふらふらとその箱の前に立った。箱は何かを察知しているのか、がたがたと大きく揺れている。地下室はおぞましい空気に包まれ始めていた。この箱の中に恐ろしいものがいると全員が察したのだ。

「さあ、小間井。覆いを取りなさい」

常木の声に従って、小間井が覆いを取り払った。

そこには美しい銀の檻《おり》に閉じ込められた天使がいた。

天使の外見は何の変哲もない。いつもの通り痩せた身体を檻の中に畳み、翼を下ろして這いつくばっている。平らな顔は部屋中に取り付けられた照明を浴びても、何も映さない。

唯一特筆すべきは、天使が絶えず『声』を発している点だ。

「ううぅ、ゅうぅぅう、」

正確に言えば、天使が発しているのは声とも言えないような雑音だった。しかし降臨以来、天使が羽搏《はばた》き以外の音を発したことはない。なら、これが初めて確認された天使の肉声なのか。

檻の中の天使は自分を見つめる人間たちを順繰りに眺め、「ぅるるぅぅぅ」と鳴いた。ひく、と青岸の喉が鳴る。感じていたのは紛《まぎ》れも無い恐怖だった。化物が意思を持ち、発声を行っている。

「こ、これ……これは……」

天澤が小さく声を漏らす。その顔にも困惑と恐怖が浮かんでいた。天澤は見えない手に引きずられるかのように、天使から後ずさっていく。今にも地下室から逃げ出しそうだ。

周りの反応も大差ない。声を発する天使は、想像したよりもずっと恐ろしい。天使が神の声を代弁するのではないかという、根源的な恐怖。

「どうですか、青岸さん」

その中で、常木だけが恍惚とした表情を浮かべていた。

「どう、とは」

聞き返す間も呻《うめ》きに似た天使の声は、地下のホールに深く響いていた。

「お分かりでしょう、青岸さん。この天使は言葉を喋れるんです。他に言葉を解する天使が発見された例はありません。この天使は特別なのです」

馬鹿な、と反射的に思う。これが天使の言葉だと無邪気に言えるだろうか？　こんなものは獣《けもの》の呻き声と変わらない。

「青岸さん、天使に対して何か言いたいことがあるんじゃないですか」

「言いたいこと、だと」

その時、天使が銀の檻から手を伸ばし、青岸の腕を摑んだ。体温の感じられない、作り物めいた手だ。しかし、それは紛れも無く生きている。

「忘れたわけじゃないだろう」

常木の声は妙に明るく、調子が外れていた。

「あなたは天使に選ばれたことがあるじゃないか。あれは祝福だった。私は確信している。あなたは特別な人間だ。あなたならその天使と会話が出来るはず！」

「出来るわけないだろう！　こんな……」

天使の手を振り払おうとしたものの、びくともしない。人間を地獄に堕とす時以外の天使は力が弱いはずなのに、まるで溶け合って癒着しているかのようだ。冗談じゃない、これじゃあ逃げられない。

「さあ青岸さん！　天国があるのかどうか、天使に尋ねなさい！　私の言葉は通じなかったが、あなたならきっと」

「おい、今すぐこの茶番をやめさせろ！」

誰に向けるでもなくそう叫ぶ。

それに合わせるかのように、青岸の腕を掴む天使が一段と大きな声をあげた。

鳴き声にも吠え声にも聞こえる奇妙な音だった。

ぞわぞわと全身が寒気立ち、重力が反転したような気味の悪さを覚える。天使のつるりとした顔面が青岸を向く。

何も映らないはずのその場所に赤城の幻影を見た。それだけじゃない。彼に連れられてやって来た木乃香に嶋野、石神井の姿もだ。その瞬間、視界が暗くなった。

青岸が倒れると同時に天使の手が離れた。天使はまだ鳴いていた。

赤城たちの幻は未だに目蓋《まぶた》の裏に居座っていた。片時も忘れたことはない。

常世島を出ても、青岸はもう彼らには会えない。

天使のいる世界で正義の味方を目指していた理想家たちはもういない。

全員死んでしまった。殺されてしまった。

『たった一人でも多く道連れにしたい』という破滅的な願いの犠牲になって、一瞬のうちに燃えてしまったのだ。

6

二人以上殺した人間が地獄に堕ちるようになると、殺される人間の総数は減った。

しかし、前よりも衝動的な殺人事件は起きやすくなった。

——二人殺せば地獄行きなら、一人までは殺していいのでは？

そんな風潮が、いつの間にか出来上がってしまったのだ。

勿論、そんなことが赦されるはずもない。天使の存在は殺人を肯定しているわけじゃない。前よりも活発に活動するようになった宗教団体や、あるいは事態の収束に奔走する政府がいかにそれを説いても意味が無かった。

連続殺人が起こらなくなった代わりに、その『権利』を用いて人を殺す人間が増えた。

折角一人までなら殺せるのなら、殺した方が得なのではないか？　本当におかしな理屈だ。

でも、その理屈は人々に納得を与えた。

天使が現れて以降、全ての国が死刑を廃止していた。二人以上の殺人に地獄行きという罰がある以上、世界に死刑執行人は存在出来ない。どんな理由であれ、二人殺せば地獄行きなのだ。この世で連続殺人犯を裁けるのは天使だけになった。それによってもまた『赦された』実感を得る人間が増えた。

「おいおい、マジで世紀末じゃねえか……」

報じられる殺人事件は日々増加した。犯人の多くは罪の意識すら感じていないようだった。この頃の青岸はまだ殺人事件の調査にあたっていたが、自分の犯行を隠さない者や、少し追及されただけで自白する者が増えた。

そういう時の彼らは「たった一人を殺したくらいで何だというのだ」というような態度をとった。自分たちの殺人は神に赦されたものなのだ。人に裁かれる謂《い》われはない。

降臨によって世界が正義の方向に向かっているとは思えなかった。むしろよくない方向に向かっている。

「ずっと収束しなかったらどうなるのかな」

ソファの上の木乃香が不安そうに呟く。残念ながら、収束のビジョンは見えなかった。

このままこれが倫理のスタンダードになり、地上は天使の決めたルールに制圧される。

そうなった時、人間はどうなるのか。

「大体お前、こんなので怖がるタマじゃないだろ。それともあれか、誰かの恨みを買ってる自覚あんのか」

「恨みを買ってる自覚はあるし、私はろくな死に方しないとは思ってる。でも、私が怖いのは殺人より、それ」

木乃香は新聞の一面に報じられている事件――とある会社で起きた爆破事件を指した。

犯人は勤めていた会社に爆弾を仕掛け、一斉に起爆させた。死者が八名、意識不明が二人。

犯人は諸共爆死したはずだが、すんでのところで地獄に引き摺り込まれたという生存者の証言もある。どちらが正確なのかは分からない。天使の短距離走のタイムを知らないからだ。

天使による地獄行きのルールが判明した後、急激に増えたものがもう一つある。

この事件のような無差別テロだ。

二人殺せば地獄行き。動機も何も関係なく、人を殺したものは業火に焼かれる。

そのルールを聞いて、別の方向に振り切れてしまった人間たちもいた。

二人殺して地獄行きなら、まとめてたくさん殺すべきなんじゃないか。

どうせ地獄に堕ちるなら、もっと多くの人間を道連れにした方がいいんじゃないか。

まともな発想じゃない。けれど、この発想に至る人間はそもそもがまともじゃないのだ。

地獄に堕ちても構わないほどの殺意を抱いた人間が、最後の瞬間に考えるコストパフォーマンス。それが大規模な無差別殺人を引き起こす。

様々なパターンがあった。手っ取り早い爆破だけではなく、銃の乱射を行う者もいれば、人混みの中に車で突っ込む者もいた。毒ガスの噴霧を行った者も、駅構内で地獄に堕ちるまで鉈《なた》を振り回した者もいた。

世界中で似たようなことが起きた。

誰かを殺さざるを得ない人間は、限られた命を効率よく使うために、一度でたくさん殺す方向へ進化した。三人以上のターゲットを順に殺す猶予もない。なら、一度に殺してやるしかない。それ専用の爆弾が出てきたと聞いた時は、青岸でさえ思わずえずいてしまったほどだった。

「焦さん、私怖いよ」

木乃香が不安そうに呟く。いつも飄々《ひょうひょう》としている彼女が、やけに年相応に見えた。どれだけ優秀なハッカーでも、まだ二十歳そこそこなのだ。

木乃香の肩が震えていた。その震えが止まるとも思えないが、思わずそこに手を載せると、床に向けられていた木乃香の視線が、くるりと青岸の方を向いた。

「大丈夫だ」

その目が言葉を求めていたので、何の根拠もないがそう言った。

「心配してるようなことにはならねえよ。きっと収まる。赤城のやつも、嶋野のやつも、石神井のやつも、こんな世界でどうにか正義の味方をやろうと頑張ってる。俺もそうだ」

「……青岸さんも？　見えない」

「見えないじゃねえよ。お前らの為に雑事だの事務所経営だのしてんのは誰だと思ってんだ。俺はこういうことする探偵じゃないっつったのに」

いつの間にか変わっていた。赤城に誘われるがままに、青岸も正義の味方であろうとしてしまった。今でも、探偵は正義の味方ではないというスタンスは変わらない。探偵がそんなものになれるはずがないとも思っている。

だが、赤城昴が馬鹿なことを言うので、少しだけそちらに舵《かじ》を取るようになってしまった。なれなくとも目指すことだけは正しいのではないかと思うようになった。

「大丈夫だ。お前だって青岸探偵事務所の一員だろ。天才だっていっつも調子乗ってんだから、こういう時こそ胸張れ」

「……私が天才なことと、事件に巻き込まれるのが怖いって話は関係ない」

不満げに呟く木乃香は、少しだけ落ち着いたようだった。

――これじゃ地上が地獄になってるじゃないか。

心の内でそう呟く。天使を遣わせた神様は一体何を考えているのだろうか。こんな道連れを赦すような世界で、本当に満足なのだろうか？

一体、地獄は何の為にある？

このままの事態は見過ごせなかった。

自分たちの正義を信じて、青岸たちは非合法に銃などを扱っている人間の摘発に血道を上げた。突発的な大量殺人は防げなくとも、それに使われる凶器の受け渡しは取り締まれる。そうすれば、その先を防げるかもしれない。

少しでもおかしな動きがあれば現地に行って確認し、ショットガンの取引現場を押さえたこともある。新しい爆薬やら何やらが次々現れている状況では焼け石に水かもしれなかったが、やらないよりはマシだった。

当時追っていたのは、とある爆弾の密輸入だ。延焼性能が高く、犯人が地獄に堕ちてもなお被害を広げる、最悪な部類の凶器だ。

「焦さんが当たりつけてたところがペーパーカンパニーっぽいんですよね。明日、僕らが行って見てきます。石神井さんは途中で降ろして、蘇我《そが》弁護士のところに向かってもらいます。四人とも出かけますけど、事務所はお任せしてもいいですか？」

赤城はてきぱきと資料を捌《さば》きながら、真面目な顔で言った。赤城は出会った頃とは比べものにならないほどしっかりしてきていた。連日の仕事でまともに休めていないはずだが、その目はやる気に満ちている。そんな彼を感慨深く見つめながら、青岸は返す。

「おーおー、任せろ。そもそもお前らがいないほうが事務所の風通しがいいぞ」

青岸の役割は事務所に残って、そのペーパーカンパニーが関わっている企業の洗い出しをすることだった。怪しい取引が無いか、妙な動きが無いか。世界が変わっても、犯罪が関わっているところのキナ臭さは変わらないし、青岸が育《はぐく》んできた探偵の直感はこういう時にも役に立つ。木乃香が怖がっていたのもあって、絶対に犯人を挙げてやると決めていた。

それにしても妙ではあった。死のうと思っている人間がどのように非合法の取引に辿り着くのか。車で人混みに突っ込んでいた初期に比べて、悪意がどんどん先鋭化している。追い詰められた人間が、そこまで害意を煮詰めることが出来るものだろうか。

青岸は、とある可能性に行きついた。

この流れに乗って利益を得ている者がいる。死のうとしている人間に近づき、爆薬や銃などの『手段』を提供していると考えると、この一連の傾向にも説明がつく。病人に棺《ひつぎ》を売るような話は想像するだにおぞましいが、もしこのラインが確立していれば、安定した商売になる。

「ちょっと、焦さん。めちゃくちゃ顔色悪いですよ。最近全然休んでないからですかね」

よほど思い詰めた表情をしていたのか、赤城から心配されてしまった。推理にもならない想像をして酷い顔になっていたらしい。

「馬鹿か。お前らの方がよっぽど動いてるだろ。それに、俺はこういうのに慣れてる」

「僕らも、ここに来て三年近くになるんですよ。それなりに様になってきたでしょう」

「まだまだだっての」

赤城の笑い声を聞くと、ささくれ立っていた心が少しだけ和らぐ。

不意に、赤城が真面目な顔になった。

「焦さん、ここに僕たちを迎え入れてくれてありがとうございました」

それは、別にその日だけの言葉じゃない。

一緒に働くようになってから、赤城は折に触れてそう口にした。聞いているこちらが恥ずかしくなってしまいそうな、ストレートな感謝の言葉を。

だから、そうだ。

赤城は自分が死ぬと分かっていてあんなことを言ったわけじゃない。

翌日はよく晴れていた。天使が飛び回るのには適さない晴天だ。天使のいない空を見て、何だか妙に嬉しく思ったのを覚えている。

長らく自前の車を持っていなかった青岸探偵事務所だったが、忙しく全国を飛び回るようになってからは念願の所用車を導入していた。

車は石神井が選んだ。出会ったばかりの頃から車のことを気にしていた彼女は、購入時に息急き切ってカタログを持ってきた。

「まさかこんなに早く車が持てるなんて思いませんでしたよ！　青岸探偵事務所に来て本当に本当によかったなぁ〜」

石神井は本当に幸せな顔をしていた。

「よかったことがそれでいいのか」

「いえいえ、日々幸せは感じてますし、やりがいを覚えてますけど、それはそれですよぉ」

最終的に選んだのは水色で五人乗りのボックスカーだった。

お前のじゃなくてみんなのだぞ、と言う青岸に「だから青にしたんですよ」と返してきたのが忘れられない。納車の日、石神井は嬉し過ぎて吐いていた。はしゃぎすぎだ。

あの日のことに話を戻そう。車庫から四人の乗った車が出た。運転していたのは石神井で、助手席には赤城、後部座席に木乃香と嶋野が乗っていた。

事務所の前の交差点に差し掛かったところで、それは起こった。

信号を無視した白い車が勢いよく走り出てきたのだ。石神井たちには避けようもなかった。水色の車体が勢いよく弾《はじ》き飛ばされ、轟音が響く。その音で、青岸は窓に駆け寄った。

事故だ。直後、ガラスが震えるほどの衝撃を感じる。誰かの悲鳴が遅れて届く。

世界から音が消え、こわい、という木乃香の声だけが青岸の脳内に反響していた。怯えるのも無理はない。その光景は、青岸の想像よりも数倍恐ろしかった。

ぶつかってきた白い車が爆発したのだ、と把握した瞬間に、青岸は事務所を飛び出していた。二台の車は火に包まれていて、車内の様子が分からない。助けなければ、と思った。

「木乃香！　赤城！　嶋野！……石神井！」

名前を呼ぶ。返事はない。炎に包まれた車内に人間がいるという事実を、頭が拒絶する。泣きたくも無いのに涙が溢れてきた。泣くなんて最悪だ。これじゃあ本当にあいつらが助からないみたいじゃないか。

その時、白い車の下が炎に負けないほど緋《あか》い光に染まった。天使の腕が伸び、何かを引き摺り込んでいく。引き摺り込まれるものですら原形を留めておらず、だらりと伸びた舌だけが微かに動いていて、間に合った、と反射的に思った。

『犯人』は、死ぬ前に地獄行きになったのだ。

天使の裁きは公正に為された。死んで逃げることを赦さなかった。

同時に、恐ろしいことにも気づいてしまった。突っ込んできた車の運転手は地獄に堕ちた。二人以上殺したのだ。

ようやくサイレンの音が聞こえてくる。消火活動が始まるのを待たずに、青岸は燃える車に突っ込んでいった。炎に巻かれるのにも構わず、扉に手をのばす。この中にいる人間のうち、二人は死んだ。なら残りの二人は？　まだ助かるのか、まだ生きているのか。

そんな青岸の身体を、天使が押し返した。

光にたかる虫のように、数体の天使が車に張り付いていた。天使はつるりとした頭を青岸に向け、これ以上青岸が近づけないようにしてしまう。いつもは飛んでいるだけの天使が明確な意思を見せるのは初めてだった。

「なんだ、なんだよそりゃ、お前ら……そこに何があるのか知ってんのか」

天使は答えない。天使の翼や肉が焼けていくが、彼らが苦痛を感じているようには見えなかった。ただ、炎を受け入れそれに捲かれている。

「おい！　クソ天使ども！　邪魔すんならお前らが救え！　助けろよ！　おい！　頼む、助けてくれ！　そいつらは何も悪いことはしてないだろうが……」

必死にそう叫びながら、頭の端でこう考えてもいる。——何でもする。助けてほしい。今まで天使に悪感情を持っていたことを反省する。これから毎日祈りを捧げてもいい。散々天使に反感を抱いていたはずなのに、この期に及んで縋《すが》ってしまう。こんな風に、最も大切なものが焼かれようとしていれば、もう駄目だ。青岸のそれまでの人生なんか消し飛ばされてしまう。

「いやだ、やめろ、頼む、ゆるせ、赦してくれ」

涙声でそう繰り返す。

何でもするから。何もしていないのに。そこにいるのは、この世で最も不幸とは縁遠い人間たちなのに。

しかし、天使は燃え盛る車の中から、みんなを助け出してくれはしなかった。

ただ、車に張り付いて青岸の方を向いていた。

事件としては単純なものだった。

莫大な借金を抱え、自暴自棄を起こしていた男が、白い車に爆弾を積み込み、徐々に速度を上げて交差点で赤城たちの乗っていた車と衝突。歩道にいた歩行者も巻き込んで爆発を起こした。

男は、外国で流行っている『フェンネル』という名前の新型の爆弾を積んでいた。プロメテウスが原初の火を入れて運んだとされている、植物の名前に由来する。それは軽量でも爆発力と延焼力が高いのが特徴で、この爆弾でついた火はなかなか消えなかった。確実に周りの人間を巻き込んでいく。

たった一人で大勢を殺すのに適した、降臨以後のニーズに合った殺人兵器。……青岸たちが、追っていた爆弾だった。

犯人の目論見《もくろみ》通り、このテロは大きな成果を上げた。死者八名、重軽傷者六名。爆発の被害を直接受けた青岸探偵事務所の社員四名は、一人残らず死んだ。あまりに凄惨な有様で、最初は誰が誰だか判別出来ないほどだった。

報告は病院のベッドで受けた。青岸も両手に酷い火傷を負っていたからだ。もう二度とまともに指を動かせないという話だったが、全く気にならなかった。もっと重要なことがある。

四人が死んだ。助からなかった。

あの事務所にはもう誰もいない。

そのことが上手く理解出来ない。

正義の味方になりたいと言っていた赤城も、自分の正義を貫いて警察を辞めた嶋野も、渉外を一手に引き受けてくれていた石神井も、優秀で頭がよく、――巻き込み型のテロに怯えていた木乃香も、全員死んだ。

それも、対象を全く限定しないテロで。

善人も死ぬのだ、という当たり前のことを見せつけられた気がした。

あれだけ人の為に尽くしたのだから、何か見返りがあっていいはずだが、そんなことはなかった。むしろ、普通の人より大分運が悪いことに巻き込まれてしまっている。

車に群がる天使は、何もしてくれなかった。

あれは一体何だったのか。それを熱心に考えていたのは、青岸よりもむしろ周りの人間だった。

事件の一部始終は動画に収められていたらしい。必死過ぎて周りの様子なんか覚えていないが、人だかりが出来ていたのだろう。その動画には、燃え盛る車に飛びつこうとする馬鹿な青岸と、それを防ぐように車に纏わりつく天使の姿が映っていた。

拡散されていく動画には、たくさんのコメントがついた。天使が青岸を守ろうと燃える車に纏わりついたのだという意見もあれば、天使の行動に意味はなく、ただそこにいただけだという意見もあった。

あるいは、車内から立ち昇る煙の臭いが、天使の好きな砂糖に似ていたのだという意見や、燃える車に故郷である地獄を思い起こしたのだという意見も出た。

その中で一番我慢ならなかったのは、車内にいた四人を祝福していたのだ、という意見だった。

赤城を筆頭に、四人の経歴が晒されていく。木乃香に前科があったとはいえ何処に出しても恥ずかしくないくらい、彼らは善良な人間だった。天使たちが祝福し、天国に昇らせるのに相応しいほどに。それが余計に憶測を呼んだ。天国の存在は確認されていないけれど、彼らは天国に行けたのだ、と無責任に思われてしまった。

そんなもので四人が救われるわけじゃないのに。

青岸はやって来た取材陣を全て追い返した。話を聞きたいと言う記者を口汚く罵《のの》り、嚙みつかんばかりに暴れ回った。

あんなものが天使の祝福であっていいはずがなかった。もし彼らが神に目を懸けてもらえるほど善良なら、どうしてあのテロで殺されなくちゃいけなかったのだろう？　奇跡的に無事でなければ、祝福なんて意味がない！

痛む両手を抱えながら、毎日のように自問して過ごした。

本当に神はいるのか。あの時の天使は何を考えていたのか。何で赤城たちはあんなことに巻き込まれなくちゃいけなかったのか。どうしてあのタイミングで送り出してしまったのか。答えは出ない。天使は窓の外を飛び回り、今日も悠々自適に過ごしている。

そして、決定的なことが起こった。

青岸の両手が何の後遺症もなく、綺麗に治ったのだ。

「神の奇跡ですよ。こんなことはありえません」

ペンすら持てないと言われていた青岸の手には、火傷の痕すら残らなかった。焼けた皮膚は歪にくっついていたはずなのに、知らない間に別人の手に挿《す》げ替えられたようだ。

このことがバレて以降、尚更好奇の目に晒された。治らないはずの火傷が治った。それも、まともなリハビリも無しに。古来、似たような奇跡の逸話には事欠かなかった。

祝福だ、とまた言われた。

こんなものが祝福であるはずがない。単に青岸の回復力が高かっただけだ。仮に奇跡であったとしても、こんな奇跡を望んでいたわけじゃなかった。

代わりとでも言うかのように、手を治した神は悪趣味だ。もう一度両手を火傷しようと思い、熱したフライパンに手を押し付けたが無駄だった。数秒も耐えられない。あの時、自分がどれだけ必死だったのかと思い知らされた。

空の事務所で、青岸はただただ呆然としていた。自分が何故探偵をやっていたのかすら思い出せない。正義の味方を目指していた赤城は死んでしまった。それも、身勝手な殺人者による最悪のテロに巻き込まれて。

泥のような日々の中で、青岸は段々とある疑問に頭を支配されるようになった。

はたして、天国はあるのだろうか。

あるというなら、最後に天使が纏わりついた四人は、天国に行けたのだろうか。

勿論、神や天使への憎悪と不信はある。彼らが本当に善人だけの暮らす楽園を作ろうとしているのなら、あの四人が無残に殺されるはずがない。青岸の中での神は、節穴の目を持った愚かなクソ野郎でしかなかった。

その憎悪を抱えてもなお、天国に焦がれた。馬鹿げた考えだと分かっていても、日を追うごとに天国の存在が頭を離れなくなった。

常木の言葉にのこのこ誘われてしまったのもその所為だ。もし本当に四人が天国にいるのなら、せめてもの救いになる。だって、こんな終わりが赦されていいはずがない。

「僕にとって、探偵っていうのは正義の味方なんです。青岸さんみたいに、誰かを助けられる探偵に僕もなりたい」

赤城の言葉が頭から離れなかった。

こんなことを言っていた彼らすら迎えられないのなら、天国は一体誰の為にあるというのだろう？

7

気づくと部屋のベッドに寝かされていた。喉がからからに渇いている。

時計を確認したが、一時間も経っていない。それほど長い時間気を失っていたわけではないようだ。

「青岸様」

起き上がろうとすると、頭上から涼やかな声がした。

「大丈夫ですか？」

倉早が心配そうにこちらを見下ろしている。いきなりゲストが倒れたのだから、現場はさぞかし最悪な空気になったことだろう。最低の催しではあったが、申し訳ない気分になった。

「……大丈夫だ。悪い。あんなに……取り乱して……」

「当然だと思います。あんな目に遭わせてしまい、誠に申し訳ありませんでした」

「倉早さんの所為じゃない。これは俺の問題だ」

「この館でご不快な目に遭われたのですから私の責任です」

倉早はきっぱりとそう言うと、心の底から辛そうな顔をした。

「もう常世島を離れたいと思っているでしょうが……その、迎えの船は来ません。申し訳ありませんが、当初の予定に従って青岸様にはここに滞在していただくことになります」

「……分かってる。そんな顔しなくていい」

彼女を責めるつもりはなかった。まんまと常木に嵌められた青岸が悪かった。

あの天使趣味の金持ちは『祝福を受けた探偵』と『呻き声を出す天使』を引き合わせたくてたまらなかったのだろう。オーラがどうとか祝福がどうとか言っていた時点で気づけばよかった。あんなことで、天国の在処なんて分かりようもないのに。

それとも、あのまま会話をしていたら、本当に天国の話が聞けたのだろうか？　そうは思えなかった。常木は本気で祝福とやらを信じていて、天使が青岸に語りかけると思っていたのだろうか？

何にせよ、青岸には天使の言っていることなんて欠片も分からなかった。天国の有無も知れず終《じま》いだ。

「俺が天使に祝福を受けた、なんて馬鹿な言いがかりをつけられてること、あんたも知ってたのか」

「……はい。常木様からうかがっていました。その所為で常木様は青岸様にご興味を持っていて、どうしても常世島に招待したいと……」

「……そうか」

今となっては知っていてくれる方が気が楽だった。

凄惨な事故。死んだ同僚たち。焼けた両手。天国への飽くなき執着心。

「どうしてこんな世界なんだろうな。俺にはもうさっぱり分からん。天使の奴らに聞いてやりたい。何であいつらが死ぬようなことになったんだって」

赤城の言葉を馬鹿げたものだと一蹴《いっしゅう》しながら、本当は何より焦がれていた。

正義の味方になりたいと真面目な顔で言う美大上がりは、阿呆くさくて眩しかった。

あいつが死ななきゃいけない理由が見当たらない。最悪な言葉だと思うが、言わずにはいられない。他に、もっと、死ぬべき人間がいただろう。何なら青岸でよかった。あの四人は青岸よりもずっと善良だったのだから。

「だってそうだろ。あの日誰かが遅刻でもすれば、いや、そうまで言わない。一分でも出るのが遅れていたら、あいつらは死なずに済んだ。もしかしたら、他の犠牲者も出なかったかもしれない。なのに神様はなんでそれを見過ごしたんだ？」

解けない謎を抱え、あの日からずっと、青岸は地獄の中にいる。

「あの天使は本当に喋るのか」

ややあって、青岸は静かに尋ねた。

「そうみたいです。……その、例の天使の世話は私ではなく小間井さんが行っておりまして。私はさきほど初めて見ました」

「……あれで言葉を喋れる判定だっていうなら、大分ザルだけどな」

獣のような声を聞いて、常木がショックを受けなかったのが不思議なくらいだ。あんなものでも、常木には美しく感じられるのかもしれない。常木のことが羨ましくなった。あそこまで天使に耽溺《たんでき》出来たらどれほど楽だろうか。

これでこの島に期待していたものは全て掻き消えた。常世島に、青岸が求めていた答えはない。今すぐにでも逃げ出したいが、船が来るのは四日後だ。あんな醜態を晒して、他のゲストの前に出ることを考えるだけで気が滅入る。

そんな青岸の気持ちを察したのか、倉早が言う。

「もしご気分が優れないようでしたら、これからの食事はお部屋にお運びします。この館には本や映画の用意もございますから、船の到着までお部屋でくつろいでいただくことも出来ますが」

「……ありがとう。考えておく」

彼女の提案も悪くはなかった。少なくとも、これ以上常木たちと顔をあわせずに済む。

「それでは、失礼致します。何か御用がありましたら、内線でお申しつけください」

「ああ、ありがとう」

「青岸様の残りのご滞在が、心穏やかなものでありますように」

倉早が一礼をして出て行った。

一人になると、またもフラッシュバックが襲ってきた。

あの気味の悪い天使の姿も目蓋の裏に蘇《よみがえ》ってくる。救えないことに、青岸は本気であの天使と対話して、天国の有無について尋ねたいと思った。自分が本当に天使に祝福された、選ばれた人間だったら。未練がましいことだ。そんなことで何が変わるわけでもないのに。

――この島にいる限り、心穏やかにはなれそうにない。

絶望に近い気持ちで目を閉じる。

次に目を醒ました時には、常世島が地上の地獄に変わっていた。

第三章　そして、楽園は破られる

1

「青岸様は船に関する事件を解決されたことはありますか？」

常世島に向かう船旅の途中で、倉早千寿紗からそう尋ねられた。

「船に関する事件か……」

「ええ。青岸様は名探偵でいらっしゃいますから」

船は、海上を移動するホテルのような趣があり、船上ラウンジにはメイドの倉早が常に控えていた。

そのことも一般庶民の青岸には居心地が悪く、身の丈に合わないシャンパンや、退屈凌《しの》ぎの映画を断っているといよいよやることがなかった。島に着くまではスマートフォンも使えるようだが、それで遊ぶ習慣もない。

そんな中で倉早が話しかけてきたのは、気を遣ってのことだったのかもしれない。何をするでもなくぼんやりと洋上を眺め、船に纏わりつく天使に舌打ちをする青岸を見ていれば、何か声をかけなければと思うだろう。倉早に申し訳なくなり、記憶の中を掘り起こす。

「……あったな。それも千人以上乗れる派手な船で」

「すごいですね！　よければ少しだけお話を聞かせていただけませんか？」

「俺じゃ上手く話せないかもしれないが」

「いえ、青岸様がよろしければ是非。私、実はミステリーが大好きなんです。……こう言ってしまうと、まるで探偵というご職業をフィクションの中の存在のように扱っているふうに聞こえてしまうかもしれませんが……」

「いや、本来そういうもんでいいんだ。そうやって解決譚を楽しんでもらった方が、因果な職業も報われる」

サウザンドメモリアル号の殺人事件は、青岸にとっても思い出深い出来事だ。別の事件解決の礼としてさる事業家に招かれたクルーズだったが、あろうことかそこで殺人事件が起きたのである。おまけに殺されたのは招待してくれた事業家その人だった。船上パーティーに珍しく目を輝かせていた木乃香や、意外と社交的に周りと打ち解ける嶋野は特に勢い込んで解決にあたった。

「豪華客船に探偵団って本当にそれっぽいですね、焦さん！」

「探偵団って呼び方やめろ。恥ずかしいだろ」

はりきる赤城を窘《たしな》めたのも懐かしい。

最終的に、どう考えてもこの船上パーティーの参加者五十人余りが共犯であるという結論に達した時は衝撃を受けた。何とその数十人の招待客は全くの別人で全員が入れ替わっていたのである。サウザンドメモリアル号の船長まで脅されて協力させられていたのだ。

青岸がそのことに気がついたのは、船の旗が救難を求める赤い×印になっていたからだ。『私はあなたの助けを必要としています』という、ヴィクターのサインである。一瞬のうちに掲げ変えられたそれは、脅されていた船長の決死のメッセージだった。船が港に辿り着くまでに企みを暴くのは、確かにミステリ映画っぽかったかもしれない。

ちなみに、石神井だけは早々に酔い潰れて事件に一切関わらなかった。蚊帳《かや》の外だった彼女は子供のように駄々をこねたが、陸に上がる頃には「でもまあ、私が一番純粋に楽しめたってことなのかもしれませんね」とあっけらかんと言っていた。石神井は正しい。

一連の話を聞き終えた倉早は、少しだけ興奮した面持ちで「素晴らしいですね」と言った。

「秘密の暗号に入れ替わり、そんなに華麗な解決篇が現実にあるなんて。こう言ってはなんですが、少し憧れてしまいます」

「国際信号旗は暗号ってわけじゃないかもしれないが、あれは船長の機転だな」

「それをちゃんと受け取って助けてくれた青岸様は名探偵ですね」

俺だけじゃない、と言うべきか迷った。あの船の事件は他のメンバーも奔走し、みんなで解決したものだ。それを言うなら、ある時期からの事件は全部そうだった。

しかし、それを倉早に言えば、その後に続く顚末《てんまつ》も話さなくちゃいけなくなる。当時解決した事件の記憶は鮮やかで大切なものだ。けれど、その全てがあの日の炎に紐付《ひもづ》いている。

「……そうだな。あの頃は名探偵だった」

青岸の言葉に、倉早が顔を綻《ほころ》ばせる。

「もし青岸様が常世島で事件解決にあたるのであれば、是非とも私を助手に引き立ててください。きっとお役に立ちます」

「そうなると常世島で事件が起こることになるが」

「あ、そうですね……。大変失礼致しました。そんなことは起こり得ません」

姿勢を正して、彼女が続ける。

「常世島はこの世の楽園です。何不自由無い楽しい滞在をお約束致します」

2

「青岸さん！　青岸さん！」

喋る天使との邂逅で最悪の眠りに就いた青岸は、大槻の声とけたたましいノックの音で目が醒めた。

時計を確認する。入眠の時に勝るとも劣らない最悪さだ。時刻は丁度八時になるところだった。朝食の時間に遅れたからそんなに慌てているのだろうか？

扉を開けると大槻は例の縒《よ》れたコックコートではなく、灰色のパーカーを着ていた。

「……どうしたんだ。寝坊の件なら——」

「青岸さん、」

大槻の顔は、真っ青だった。

「常木さんが殺された」

「…………は？」

「殺されたんだ。殺人事件だよ、青岸さん」

支度もそこそこに現場に向かった。朝に弱い政崎ですら叩き起こされて、青岸以外は揃っているらしい。探偵が一番遅れて登場するのはいかがなものかと自分でも思う。心臓がうるさく鳴っている。殺人事件。天使降臨以前は、人よりも数倍多く巡り会ってきたものだ。

けれど、最近はご無沙汰だった。降臨以後の殺人事件は犯人が分かり切っているものか、大量殺人かだ。探偵に依頼されるような事件は少ない。加えて、青岸自身が探偵として殺人事件に関わるのを避けていたのもある。

それがこの常世島に来ていきなり出くわすことになるのだから、信じられないような気分だった。

事件現場は最上階にある常木王凱の部屋だった。

彼の部屋は客室の五倍ほどの広さで、部屋というよりは一つの家のようだった。窓からは島の景色が一望出来て、空を飛び回る天使たちの姿もよく見える。

そんな部屋の中央、いかにも高級そうな一人掛けのソファで、常木王凱は死んでいた。胸には大振りのナイフが深々と突き刺さっている。血はほとんど出ていなかった。

「胸への刺突。これが死因です。運悪く初撃が心臓を貫いたようですね。わざわざ心臓を狙ったのかは分かりません。初撃で死ななければ何度でも刺せたでしょうし」

検死を請け負っている宇和島が、淡々と報告する。

「このナイフは常木氏の私物で、壁に飾っていたものです。狩猟解体用のもので、よく手入れされていました」

死因なんか分かり切っていた。獣の解体をするような刃物で刺されれば誰だって死ぬ。

この凄惨な死体を見て、現場に集められた一同は、刑場にでも引き立てられたような顔をしていた。誰もが不安そうに怯えている。

その中で、探偵である青岸だけが一種の特権階級として存在しているかのようで、なおのこと落ち着かなかった。

しかし、青岸にはもう選択肢が無かった。求められるがままに口火《くちび》を切る。

「常木さんが死んでいるのを最初に発見した人は？」

「……私です。旦那様の朝のご支度を手伝わせていただくのは私の役目ですので」

小間井が答えた。彼は、毎朝七時半に主人を起こしに行くのだという。

「いつものようにノックをしたのですが、お返事が無く。まだお休みになっているのだろうと鍵を使って中に入ろうとしたら……錠がかかっていなかったのです。すわ掛け忘れかと思いながら中に入りましたら……客間で……旦那様が」

長年仕えていた主人を失った小間井は幽霊のようだ。精気が無く、背筋すら丸まっている。

「死亡推定時刻は？」

じっとこちらを見ていた宇和島に尋ねる。険《けん》のある態度は相変わらずだったが、そこは分けて教えてくれた。

「午前零時から午前一時の間ってところだね」

「じゃあ、アリバイが……」

「無い。僕も含めて、ここにいる全員にアリバイが無い」

宇和島によると全員が自室にいたというのだ。

時間が時間であるし、青岸もそうなのだから文句は言えない。

容疑者が揃ったこの部屋が静まり返っているのは、誰も安全圏にいないからだ。この時点で誰かを糾弾しようとすれば、自分に跳ね返ってきてしまう。ここにいる全員が無意識のうちに牽制し合っているのだ。

厄介なことになった、と青岸は思う。部屋には争った痕跡も無い。あまりにシンプル過ぎて、とっかかりがない。

誰にでも犯行が可能であり、現場にも不審なところはない。これでは容疑者の絞りようがない。凶器は常木王凱の部屋にあったものだ。突発的な犯行なのか、計画的な犯行なのかも分からない。

沈黙に耐え切れなくなったのか、政崎が突然叫んだ。

「私は関係ないぞ！」

「私は、常木氏に招かれて歓談した後、まっすぐ部屋に帰ったんだ！　私だけじゃない！　天澤くんも、争場くんも、報島くんもそうだ！　すぐに帰った。私たちは無関係だ」

政崎はアリバイの意味がよく分かっていないのか、鬼の首でも取ったかのように喋り続ける。近くにいる天澤の顔が微かに歪むのが見えた。

こういうタイプはまずい。他の人間にも無用なパニックを引き起こさせるし、時間とともにどんどんまともに話せなくなっていく。どうやら政崎は相当ストレス耐性が低いらしい。政崎を宥《なだ》めなければ、と思った瞬間、ずっと黙っていた争場が口を開いた。

「残念ながら、政崎さん。それは道理が通らないように思う」

意外な方向から反論が出て驚いたのか、政崎が目を剝《む》いて唇を震わせる。その隙に争場は畳みかけた。

「僕たちのそれはアリバイになっていないんだ。確かに僕らは一旦帰ったが、引き返して常木さんを殺したのかもしれない。そうなってくると、むしろ僕らの方が怪しいということになってしまうよ。忘れ物をしたとでも言えば、常木さんの部屋に戻るのは簡単なのだから」

　流れるような反論に、政崎がさっと顔を赤くした。一体お前は誰の味方なんだ、とでも言いたげな顔だ。

「……争場くんよ、私たちは社会的な立場を弁《わきま》えた一角《ひとかど》の人物ばかりだ。そんな人間が嘘を吐くはずがないだろう」

「ええ、勿論。だからこそ僕たちはちゃんと段階的に、手順を踏んで無実を証明しないと。妙に気負う必要もない。いずれ真実は明らかになるだろうから」

　全く理屈の通っていない言い訳にも、争場は冷静に返した。出鼻を挫《くじ》かれた政崎は真っ赤な顔のまま押し黙っている。争場は小さく頷くと、青岸の方を向いた。

「……と、僕は思うんだけれど。青岸くんの見立てではどうかな。僕たちも等しく容疑者圏内だよね？」

「……あ、ああ。そうですね。この中の誰にもアリバイはない」

「よかった。本職の探偵の前で的外れなことを言っていなくて助かったよ」

　争場が穏やかに笑う。的外れどころか的確だ。争場が言っていなければ、青岸が同じことを言っていただろう。その前に旧知の間柄である争場が率先して発言してくれたお陰で、政崎を抑え込むことが出来た。これでやりやすくなったが、争場の行動は自然と出てきた振る舞いなのか、場の空気を読んだものなのか。

「とはいえ、僕は門外漢だ。あとのことは本職の探偵である青岸くんに任せるよ。これからは僕も政崎さんも報島くんも天澤さんも——後ろ暗いことの無い人間は協力して解決にあたろう。いいね?」

争場の提案に、指名されたゲストたちが渋々といったように頷く。筋道は立った。……争場にお膳立てされた舞台であることは気になったが。差し当たって青岸は、引っかかった部分から切り込む。

「その会合では何を話されていたんですか?」

政崎がぐ、とわかりやすく言葉を詰まらせる。

「……大したことはない。世間話のようなものだ。私たちのような人間が腹を割って話せるのは、同じような社会的地位を持った人間とだけなのでね。常木氏と話すのは数少ない楽しみの一つだ」

「そうですか」

詳しい内容は言うつもりがないらしい。政崎は勿論、その会合に参加していた天澤と報島も緊張している。きっとろくな話ではなかったのだろう。逆に争場の表情が変わらないのも薄気味悪い。

「その会合で何かおかしなことはありませんでしたか？　そもそも給仕などは……」

「それは私が担当させていただいていました」

部屋の隅にひかえていた倉早が手を挙げた。

「青岸様が意識を取り戻された後、ワインや日本酒などのアルコール類を持ってくるようにとのお申しつけがありまして。以後、皆様がご歓談を終えられるまで私が給仕を務めました。皆さんがお戻りになられたのは午後十一時だったかと思います。変わったことは特にありませんでした」

「会合が終わった後は常木さんの傍《そば》から離れた？」

「御主人様がもう休むようにと仰ったんです。私は自室に戻り、以後は午前五時まで休んでいました」

話し終えた倉早が一礼をする。残念ながら、彼女のそれもアリバイにはならない。

「この中で、夜中に何か物音を聞いたとか、誰かが出ていくのを見たとかそういう人はいますか？」

誰も発言しない。それを言ってしまえば、逆に自分が疑われることになると分かっているのだろう。こうなると泥仕合だ。魔女裁判の始まりと言い換えてもいい。

案の定、さっきやり込められたばかりの政崎が標的を定めた。

「怪しいというなら、そこの女記者が怪しいだろう」

「はあ？」

突如指された伏見が、露骨に顔を顰める。けれど、政崎の勢いは全く弱まらない。

「この部屋に入った時も、何やら室内を探り回っていたじゃないか」

「へ？　え？　そ、そんなこと……記者の性《さが》ですよ！」

「家具をひっくり返さんばかりだったじゃないか。あれも記者の好奇心か？」

「う、いや……」

最後にこの部屋にやってきた青岸は知らない情報だったが、それは確かに怪しい。

「わざわざここまで来たからには、何か目的があったのに違いない。そもそも、常木氏が放免したとはいえ、彼女は既に不法侵入の罪を犯している。彼女が常木氏を殺したというのが一番辻褄が合うだろう」

「ちょっと待ってください！　私は部屋の外に出るなって言われたから、大人しくしてましたよ。第一、私の目的は謎に包まれた常世島であって、常木さんを殺すなんて……」

「そこまで君が天使に興味があるとは思えない。君の目的は常木氏の殺害だったのではないかね？」

伏見の顔がさっと青褪める。記者としてあるまじき素直さが痛々しい。

おまけに、青岸は彼女が怪しいことを知っている。元から常木をつけまわし、無理矢理島までやってきたような人間だ。何かしらで彼を問い詰め、勢い余って殺してしまったという展開も考えられなくはない。むしろ、今の時点で動機が分かるのは彼女だけだった。

「……私は、常木さんと、常世島に興味があっただけです。……信じてください」

「今度こそ然るべき処置をするべきじゃないかね。迎えの船が来るまで彼女を拘束し、我々の安全をはかるというのは」

勢いづいた政崎はそのまま大仰な手振りで周囲に同意を求める。しかし、一方的に攻撃されていた伏見も反論する。

「……そんなこと言うなら、青岸さんだって怪しいじゃないですか！」

「……は？」

思わず気の抜けた声が出てしまう。

「昨日の催しは気絶するほどショックだったんですよね？　なら、それが原因で常木さんに殺意を抱いたとしてもおかしくないんじゃ……」

ここで俺を売るのか、と思うと逆におかしな気持ちになってくる。笑いごとじゃない。責められた伏見はよほど追い詰められているのだろう。天使に祝福された探偵から殺人犯に格下げされた状況の皮肉さといったら！

「じゃあ、お前が殺したのか？　そうか、探偵なら疑われたりしないだろうからな。そういうことか！　いい隠れ蓑《みの》を持っているじゃないか！」

単純な政崎が睨みつけてくる。素直なのはいいことだが、そんなことでよく代議士をやれているものだ。

流石にこの展開は無いだろう——反論しようとした瞬間、意外な人物が割り込んだ。

「それは少し乱暴すぎると思いませんか」

宇和島だった。

「確かに青岸さんは常木さんの行動にショックを受けていましたが、それで短絡的に殺人を犯すような人ではありません」

宇和島はあくまで冷静で、その言葉には裁判官のような毅然とした響きがある。

「人となりを擁護されてもだね。そんなものに何の意味があるというんだ」

「政崎さんも仰っていたでしょう。ここにいるゲストは一角の人物で嘘を吐く人間じゃない、と。同じことです。私と青岸さんは少なからず面識があります。あまり決めつけないでいただきたい。それに、隠れ蓑という言い方もどうかと。青岸さんは誇りを持って探偵という職業についていています。……犯人であるかも判明していない状況で、それを踏み躙《にじ》るのは非礼では」

宇和島に責められ、政崎が言葉を詰まらせる。

「……じゃあ、やはり女記者の方か」

「え、そ、そんな……」

容疑が再び一周してきたことで、伏見が目を剥いている。これじゃあ結局堂々巡りだ。終わらない。収拾のつかない状況に溜息を吐きかける。

状況が一変したのは、その時だった。

バサバサと耳障りな翼の音を立てて、二体の天使が窓から入ってきた。外にいる時は気にならなかったが、室内に飛び込んでくるとその大きさに圧倒される。細長い手足を含めれば成人男性とそう変わらない大きさの天使は、率直に言って恐ろしい獣に見えた。

「きゃあああああ！」

天井近くを飛び回る天使を見て、倉早がしゃがみこむ。何で入ってきたのかは不明だが、早く追い出さないと邪魔で仕方がない。すると、飛んでいた天使が不意にはたき落とされた。天使が床をごろごろと転がり、手足を絡ませながら悶《もだ》える。

「この！……入ってくるな！」

天澤が叫びながら火かき棒を振り回していた。床に転がる天使を何度も火かき棒で殴打し続ける。その鬼気迫る様子に、誰も止めに入れない。殴られた天使はそのまま動かなくなった。間もなく砂に還るだろう。

天澤が肩で息をしている隙に、報島がもう一体の天使を窓から外に逃がす。天使は状況が分かっているのかいないのか、ふらふらと飛び去っていった。

「窓を開けたのは誰だ！」

火かき棒を投げ捨て、天澤が怒りの滲《にじ》んだ声で叫ぶ。すると、報島がびくりと身を震わせた。

「すい、すいません！　いや、ちょっとした出来心で……！」

「出来心？　何が出来心なんだ！」

「だって、常木さんレベルの天使信仰者が死んだんですよ。もし常木さんを天使と引き合わせたら祝福が起こるんじゃないかって……」

言い訳を連ねる報島に、天澤は更に怒りを募らせた。

「またお前のくだらない『祝福レポート』か？　そんなもので天使を、神を、冒瀆《ぼうとく》して……」

「……！」

「大衆が求めてるのは結局のところそれなんですよ！　地獄行きなんてうんざりだ、救いを得られる祝福がいい。ちょっとでも可能性があるなら試してみたくなるもんでしょう！」

天澤は忌々しそうに舌打ちをして、そこで初めて自分と報島以外の人間がいることに気がついたような顔をした。そこにはもう青岸の知るテレビスターの姿はなく、決まり悪そうな男が一人いるだけだった。

どういうことだ、と青岸は思う。天澤は天国研究の第一人者のはずだ。この国で一番天使に親しんでいるはずなのに。さっきの彼は天使を心の底から憎んでいるような――あるいは恐怖しているような――そんな様子だった。思えば、地下室で喋る天使を見た時の天澤も、天使それ自体に拒絶反応を示していたように見えた。

青岸以外も取り乱した天国研究家を見て動揺している。そんな空気を察したのか、天澤は取り繕うように言った。

「……いや、申し訳ない。皆さん。こちらもヒートアップしてしまって。私は、死者と天使を引き合わせるような真似は相応しくないと考えているのでね。そんなもので真の祝福を引き起こそうとするのは、天使を試しているのと変わらない。そうなれば、神から怒りを買う恐れすらある。第一、常木氏の魂は既に天国に向かっている……。こちらが妙なお膳立てをすれば……神の迎えを妨げてしまうかもしれない」

そうでしょう？　と天澤は妙な笑顔を浮かべてみせる。しかし、祝福にも天使にも明るくない一同は、気まずそうに天澤を見つめ返すだけだった。

天澤の言葉はいかにも言い訳染みていた。青岸に言わせれば何が真の祝福だ、というところだ。

床に転がっていた天使の死骸は早くも指先が砂に変わり始めている。沈黙を破り、争場が口を開いた。

「やめよう、皆さん。もう考えても仕方がない。このまま議論を続けたところで、誰か一人を吊るし上げるまで終わらない」

争場の目は伏見に向けられていた。天使の乱入でうやむやになったが、話が続けば、また伏見を拘束する流れになっていただろう。それを防ぐ為に、争場は強引に流れを切ったのだ。

「そもそも、犯人捜しなんてナンセンスなんだよ。常木氏が殺されたことは悲劇だけれど、ここにいる私たちでそれを解決しようというのが間違っている」

「争場くん。しかし——」

「それに、もう犯行は起こらないだろうからね」

なおも食い下がろうとする政崎を遮るように、争場ははっきりと言った。そのまま、争場が青岸を見る。

「そうだよね？　青岸くん」

「……あ、ああ。確かに」

促されるままそう答える。なし崩しに青岸は説明を引き継いだ。

「二度目の殺人は起こらない。何せそうなれば地獄行きだ。これ以上の犠牲者は出ない」

青岸の言葉に、争場が頷く。添削するような態度が気に食わない。

「勿論、犯人が地獄を恐れることなく、もう一人を殺そうとする可能性もありますが……それならばいっそ我々全員を殺す方法を取るでしょうし」

争場が淡々と言うと、政崎はまた怒り始めた。

「馬鹿な！　私が殺される理由なんてあるものか！」

「僭越《せんえつ》ながら申し上げますが、ここにいる全員がそう思っていますよ」

宇和島がぴしゃりとそう言い放つ。

「だから、私たちが今やるべきことは、疑わず、怯えず、この状況を受け入れることだ。三日後には迎えが来るのだから。私たちはただ、考えなければいい」

争場は大仰に両手を挙げてそう締めくくった。

上手いやり方だった。事態はこれ以上悪化しないと見せかけ、微妙な空気ながらもみなが落ち着きを取り戻した。人前に出る職業でもないだろうに、彼は妙に場慣れしていた。

「大丈夫。罪人は全て地獄に堕ちるんだよ」

争場の言葉をきっかけに、各々部屋を出ていった。

青岸はもう一度死体の周りを検分する。

ソファの近くの丸テーブルには、封の切られたワインや空の徳利《とっくり》、ビール瓶が何本も置いてあり、グラスが十数個も並んでいた。これだけ派手に飲めば、常木がソファで眠り込んでも不思議じゃない。その胸にナイフを突き立てることは簡単だろう。

他にも何かないかと床を見回す。見落としがないように、家具の隙間までくまなく調べた。そうして、ドレッサーの下を覗き込んだところで、何か落ちているのを見つけた。

金の飾りの付いた紺色の万年筆だ。

3

警察への連絡は青岸の前で小間井が行った。

概要を聞いた警察は出来うる限り早く常世島に向かうと告げたが、彼らの出来る限りがどれほどのものか分からない。常世島は長らく常木王凱の小さな国であり、その場所を正確に知っている人間もごくわずかしかいなかった。常世島にただちに向かえる船を見つけるのも難しく、常木王凱の名前が出た時点で、地元警察は関わりたくなさそうな素振りを見せた。

「これでは結局三日後の船が一番早いということにもなりそうですね」

小間井が苦々しく言う。

既に殺人が起きているという事実も大きかった。連絡を受けた警察官は、これ以上何が起こると思っているのですか、とでも言いたげだったらしい。


部屋に戻り、さっき拾った万年筆を回しながら考える。

一体誰のものなのか。これを残したのは偶然なのか故意なのか。

そして——常木王凱は何故殺されなければならなかったのか。

手がかりが少ない状況での推理なんて妄想でしかない。万年筆の持ち主を探してもいいが、夜中の行動と同じく名乗り出ないだろう。そもそも事件と関係があるかも分からない。

館の雰囲気はいい意味で異様だった。

こうしたクローズドサークル下での殺人事件では、人間関係が破綻し、疑心暗鬼が更なる悲劇を生んでしまうことが多い。

殺人犯と同じ館にいるという前提は、自分が次のターゲットになるかもしれないという不安を生む。早く犯人を挙げなければ今度は自分が狙われる可能性があるからだ。

しかし、この館のゲストたちは、次の殺人が無いことを知っている。

連続殺人が滅びかかったこの世界では、自分が地獄に堕ちるのを顧みず二人目を殺す人間はそういない。それほど地獄は恐ろしいものだ。

本音を言えば、お偉方は「もう一人死んでほしい」とすら思っているに違いない。そうすれば、おのずと犯人が分かるし安全も確保される。天使の裁きによって探偵要らずで事件が解決する。

そう、本当にそこまで単純な事件であれば。

それ以外の可能性を考えようとしたのだが、とっかかりがなさすぎる。

思考の進展のないまま万年筆を胸ポケットに仕舞い、立ち上がる。

それは天使降臨以後の青岸には考えられない行動だった。一人きりになってから、正義の味方を諦めた青岸が探偵として積極的に動いたことはない。しかし、青岸はごく自然に調査に向かっていた。

全員が自室に籠《こも》っていると思っていたのに、ダイニングルームは盛況だった。正確に言うなら、政崎が大槻に詰め寄り、倉早と小間井が懸命にそれを宥めているところだった。

さっきの狼狽《ろうばい》が嘘のように、大槻は平然としている。切り替えが早い彼に向かって、なおも政崎が食ってかかる。

「お前、もう一度言ってみろ！」

「だから、常木さんも死んだことですし、俺は料理やめますわ」

「こんな時にボイコットか！　お前には料理人としてのプライドが無いのか！」

よほどショックなのか、悲痛に叫ぶ政崎に、大槻が冷ややかな目を向ける。

「雇い主が死んだのに、どうして働かなくちゃいけないんですか。それに、ここで料理するのはリスクが高いし」

政崎は全く言葉の意味が分かっていないようだ。

「飢え死にしろっていうのか……！」

「するわけないでしょ。調理しなくてもいい食材とか、あとはワインならいくらでもありますよ。千寿紗ちゃんは皆さんの為に働くつもりみたいだし。小間井さんもそうでしょ」

「ええ、私はそのつもりですが……」

小間井が困ったようにそう呟く。

「はい、鍵あげます。これで厨房と食料庫の鍵が開けられますよ。あ、千寿紗ちゃんに渡した方がいいのかな」

重そうな鍵の束を倉早の手に押し付けながら、大槻が早口で捲し立てる。

「鍵は私も小間井さんも持っています。一応、大槻さんが持っているのがいいかと」

倉早は雇い主が死んでもなお、この館を守り切るつもりらしい。一方の小間井はどうすればいいのか惑い、視線を彷徨《さまよ》わせていた。こうしてみると、どちらが先輩なのか分からない。

「大変失礼致しました、政崎様。私は最善を尽くしますが、大槻さんほどの料理は提供出来ませんし、保存食をお出しする形になると思います。ご容赦ください」

倉早に面と向かってそう言われ、政崎は怒りを抑えきれない様子で、大袈裟に足音を立ててダイニングルームを去った。その後に続くように小間井と倉早も出て行ってしまった。

「まさかこんなことになるとは思いませんでしたよ」

二人きりになったダイニングルームで、大槻が呟く。

「ご飯が出てこないってだけであんなにぎゃーぎゃー言っちゃってさ。みっともないよ。俺が作るのやめるだけで、あとは勝手にすればいいのに」

「本当にもう作らないのか」

「だって俺、基本的に料理すんの面倒なんですって。仕事って大体みんなそう思いながらやってるでしょ？　不労所得で暮らしたいでしょ？　たとえ俺が天才であったとしても、そこんところは変わらないわけですよ」

「残念だな。ここに来てからはそれだけが楽しみだった」

青岸が素直に言うと、大槻はきらりと目を輝かせた。

「じゃ、青岸さんだけには作ってあげてもいいですよ。煙草を含めた恩もあるし」

「……そういえば、常木王凱が死んだから、この館の禁煙令も解かれたんじゃないか」

「あ、そうかも。じゃー、いっちょあの高級なワインセラーで煙草喫ってやろっかな」

大槻がけたけたと楽しそうに笑う。雇い主が死んだことへの距離感なんてこんなものなのか。あるいは、大槻がそういう人間なのか。

「で、青岸さんは事件を解決するんですか。ほら、やっぱり探偵だし」

屈託《くったく》無くそう尋ねられて、一瞬言葉に詰まる。ごく自然に調査に出てしまったが、何故こうして解決に動いているのかは分からなかった。天使が降臨して以後、そういう類の探偵行為には消極的だったはずなのに。逡巡の後、青岸は誤魔化すように言う。

「そういうのはやめるべきだって争場さんは言ってたけどな」

「やめろって言われてやめるのは悔しいでしょ。あ、だったら俺、助手やりましょうか、助手。あれって探偵の横でふわついてるだけでいいんだもんね」

世の探偵助手を全て敵に回すような発言だ。業務からの解放感が、大槻を浮かれさせているらしい。

「ねえ、俺、探偵助手やりたいなー、大富豪が島で殺された事件の調査って、絶対料理より楽しいっすよ」

「お前はミステリとか好きなタイプなのか。そうは見えないが」

「いやー、探偵に憧れるようなきっかけの一つや二つ、俺にもありますよ」

そう言われても、大槻は単に面白がっているようにしか見えない。

「そうだ、昨夜は何をしていた？」

「え？」

「助手志望ならとりあえずアリバイを確認しとかないといけないだろ。何処にいた？」

軽くいなされると思ったのに、意外にも大槻はぴくりと眉を震わせた。瞳に軽い動揺が過《よぎ》る。

「えー、普通に部屋にいましたよ。青岸さんが倒れた後、俺は後片付けに戻って明日の仕込みをして、そんで午後九時くらいからはずっと部屋でダラダラしてました」

「九時からずっとか？　一歩も出ていない？」

「そうっすね。俺は朝昼晩の飯を十全に出す以外のことは求められてないんで。それで適当に寝ましたよ」

いつもの飄々とした様子からは、さっき見せた一瞬の動揺の理由が分からない。それに、頑《かたく》なに部屋を一歩も出ていないと言い張るのも妙だ。大槻は喫煙者だ。喫煙塔に行く為に、ないし館の外で喫うために出た、とは言うと思っていたのに。

眠そうな瞳にはもう何の色も浮かんでいない。じっと見つめていると、大槻はにんまりと笑った。

「それで？　俺は助手試験に合格っすか？」

「合格……はしたかもな。けどな、俺は基本的に助手をとらない主義だ」

「えー、嘘だ。だったら今回からとりましょうよ。俺、旬のものに詳しいから、いざという時に役立つんすけど。どうです？」

冗談か本気か分からないことを言いながら、大槻が首を傾げる。

どう見ても大槻は何かを隠している。それが明かされない以上、信頼するわけにはいかない。

どうやって大槻を撒《ま》こうか考えていた時、ダイニングルームの扉が開いた。

扉の陰から宇和島の顔が覗いている。この鉢合わせは昨日の朝と同じ構図だが、今度は宇和島が扉を閉め、さっと逃げてしまった。

「悪い、この話はまた後で」

大槻を残し、宇和島を追う。追いかけてくるとは思わなかったのだろう。宇和島は廊下の半ばであっさりと捕まった。手首をがっちり摑まれたまま、忌々しそうに言う。

「何？　もう僕たちは無関係だろう」

「そんなこと言ってる場合じゃないだろう。殺人事件なんだぞ。医者と探偵が調査状況を共有しないでどうする」

「調査状況も何も、僕は隠してない。今朝みんなに開示したので全部だ。こんな世界でも探偵だけ別枠で立ち回れるなんて思わない方がいい」

「俺だって特別だなんて思ってない」

「じゃあ何かな。焦さん」

昔のように呼ばれて、青岸は怯《ひる》む。最後にそう呼ばれたのは、もう何年も前だ。

4

宇和島彼方は、青岸探偵事務所の近くに開業していた医者で、事務所のメンバーではなかったが医学的な知見を聞きたい時に頼りになった。

宇和島も赤城の理念に絆された一人で、世の中をよくしたいと思っていた。青岸のことも慕ってくれていて、事務所のみんなを交えて色々なことを話したものだ。

そんな宇和島との別離は、事故から程なくして訪れた。

「大丈夫？　焦さん」

マスコミの取材で疲れ果てていた青岸にとって、宇和島の見舞いは嬉しいものだった。宇和島は病室に入ってくるなり、泣き出しそうな様子で言った。

「……よかった。焦さんだけでも助かってくれて。あなたまでいなくなったら……」

それは宇和島の本音だったのだろう。けれど、ベッドの上の青岸はその言葉に身を固くした。

「心配かけたな。……色々と」

「いえ、一番大変だったのは焦さんだろうし。本当は僕が治療にあたりたかったくらいなんだけど。……手、もう平気？」

「問題ない」

そっけなく返す。この時点で青岸の手の火傷は大分治ってきていた。医者の宇和島もその異様な治りの早さには気がついていただろう。しかし、天使の祝福、なんて馬鹿げた考えを持ち出す気にはなれなかった。宇和島はただ「よかったです」とだけ言った。

二人はそのまま入院状況や事務所の対応など、事務連絡と雑談の中間のような話をした。その何気ない会話にも、赤城や木乃香や嶋野や石神井の影がついて回った。故人を悼《いた》んでの思い出語りなんかしたくないのに。

そもそも、青岸と宇和島は、赤城昴を通して繋がっていたのだ。それを失くした二人は、どこか上辺だけの会話をしていた。そのことに気がついたのか、宇和島は意を決して言った。

「焦さん。犯人を見つけよう」

元よりこの話をしに来たのだろう。顔は緊張で強張っていたものの、目は復讐に燃えていた。

「……犯人なら地獄に堕ちた。見たよ」

「そうじゃない。『フェンネル』だよ。例の、延焼力の強い小型爆弾。犯人は地獄に堕ちたかもしれないけれど、奴にフェンネルを売った人間がいるはず。だったら、その人間だって地獄に堕ちて然るべきだ。そいつを探して、せめて法の裁きを受けさせよう。……お願い。僕に出来ることなら何でもするから」

宇和島がシーツを掴み、懇願した。

宇和島の言うことは尤《もっと》もだ。今回の事件に使われたのは、悪名高い例の爆弾――フェンネルだった。青岸探偵事務所が憎み、どうにか流通を押さえられないかと思っていたものだ。犯人にそれを渡した人間が存在するはずなのだ。事件を引き起こした犯人が罪深いのは当然だが、その罪の一端を担う人間も同じだ。

「このまま放っておけば、きっと同じような被害者が出てくる。そうしたら、赤城さんたちだって浮かばれない。……青岸探偵事務所の人たちは正義の味方でしょう。みんなに協力していた一人として、僕も出来る限りのことをしたい」

宇和島の心は決まっているようだった。元より宇和島はそういう性格だ。決めたことを絶対に譲らないところは、どこか赤城昴に似ている。それでも、一人で立ち向かうのは恐ろしい。だから、こうして青岸を誘っているのだ。

正義の味方の最後の一人、探偵である青岸焦を。

本当はすぐにでも手を取ってやりたかった。共に戦うと言って、喪失に震える宇和島を安心させてやりたかった。それが死んでいった仲間への餞《はなむけ》にもなるだろう。赤城が自分の立場なら、間違いなくそうしていたはずだ。

けれど反対の言葉が口を衝《つ》いて出た。

「無理だ。あれは表に出られない連中のいい稼ぎ頭だ。俺みたいなのが一人で挙げられるような相手じゃない。もし海外から入ってきたんだとしたら追う方法がない。俺にはどうにも出来ない」

宇和島は何を言われたのか理解出来なかったらしく、しばらく目を丸くしていた。畳みかけるように、青岸は続ける。

「大体、それでどうなる。そんなことしたってあいつらが戻ってくるわけでもないのに」

「……焦さん、それ、本気で言ってる？」

「本気だよ」

口に出してみて分かった。それが青岸の本音だった。

青岸と宇和島が手を組んで、奇跡的にフェンネルの流通元を挙げられたとしよう。だが、そうしたところで自分の愛した青岸探偵事務所は戻らない。どうしようもないことなのだが、その事実が青岸から全ての気力を奪った。

「みんな死んだのに、俺がそんなことをする意味があるか？　辿り着く保証もないのに。フェンネルを追い続けながら、一生あいつらのことで苦しみ続けるのか？」

「意味って……どうしたの、焦さん。本気でおかしいよ」

「おかしいかもな。おかしくもなるだろ、こんな世界じゃ」

勿論、これが探偵として間違っていることは分かっている。赤城が憧れてくれた青岸の姿はここにはない。きっと失望させるだろう。

けれど、正しさなんて代物は、今の青岸が背負うには重すぎるのだ。自覚しているよりももっと激しく、もっと切実に、青岸の心は折れている。赤城たちの無念を晴らす為にフェンネルを追う。青岸の大切な仲間を殺した真犯人を挙げる。

以前の青岸なら一、二も無くそうしていただろう。今だって、理想ではそうしたいと願っている。

だが、どうしても身体が動かない。ただただ、生きるのが怖くて、悲しい。あの車の中で、青岸自身も死んでしまった。

目の前にいる宇和島がじわじわと失望を深めていくのが分かる。まるで繋いだ手を振り払われた子供みたいだ。実際に、青岸は彼を突き放した。宇和島は青岸を——正義の味方の名探偵を必要としているのに。不意に手の火傷がじわりと痛む。それが何かの免罪符になるとでも言わんばかりに。

「青岸さんは正義の味方なんだろう。あんなことを二度と繰り返させちゃ駄目だ」

宇和島は泣きそうな声で言った。

「正義の味方は死んだよ」

宇和島が傷つくと分かっていても言わずにはいられなかった。

「正義の味方は全員死んだ。もういない」

ここが病室で無ければ殴られていたかもしれない。宇和島は震えながら立ち上がり、苦しそうに呟いた。

「……わかった。もういい。もう二度と、あなたなんかに『探偵』を期待しない」

それきり、宇和島が青岸の元を訪ねてくることはなかった。


宇和島は自分の病院を売り払って姿を消した。

それを知った時は寂しかったが、納得もした。あんな傷を負ったまま、同じ場所にはいられないだろう。青岸探偵事務所の近くにいるのも耐え難かったかもしれない。優秀な医者なら働き口はいくらでもある。それが唯一の救いだった。

まさか常木王凱の主治医になっているとは。国内有数の富豪の担当医なら、開業していた時よりも稼ぎはいいかもしれないが、意外だった。

人の為に尽くすのを信条としていた宇和島が、たった一人の為の医者になるまでの道程は想像するしかない。ただ、彼の目は出会った時よりもずっと暗い光を湛えていた。

「第一、今更どういうつもり？　そっちはもう探偵を辞めたんだろ。あの時立ち上がらなかった人間に何が出来るっていうんだ」

「お前には悪いことをしたと思ってる。……赦せないのも当然だ」

「ああ。本当にそうだよ。挙句の果てに天国の有無を知るために常世島に来たっていうんだから救えない。天国があれば何か解決するとでも？」

「……そうだな。それで解決出来ると思ってた。今でも天国のことを諦めきれない」

結局、何にも得られないまま、常木王凱まで死んでしまった。宇和島からすれば忌々しいことこの上ないだろう。

「なら、ありもしない天国を追いかけていればいい。いつまでも探偵みたいな顔をしてないで」

青岸の手を振り払って、宇和島が立ち去ろうとする。あのときの病室と同じ構図だ。けれど、今度はその背に声を掛けた。

「お前だって、まだ俺のことを探偵だと思ってるだろう」

「……何を言っているのか分からない」

振り返った宇和島の口元が強張ったように見えた。

伏見と政崎が青岸を疑った時、宇和島は庇《かば》った。あの時青岸は、擁護されたことよりも、宇和島の中で自分がまだ探偵であることに驚いた。たとえ政崎のことを言いくるめる方便だとしても、宇和島がちゃんと言葉にしてくれたことは青岸の中で大きかった。

だからだろうか。以前の青岸を知りながら、今の青岸を探偵と呼んでくれた人間がいたから、青岸はごく自然に部屋を出て調査を始めたのかもしれない。

赤城たちがいなくなり、正義の味方の探偵である青岸も一緒に死んだのだと思っていた。

けれどこの島で、宇和島の中で、青岸はまだ探偵なのだ。

「俺はこの事件がまだ終わらない気がする」

宇和島が眉を顰《ひそ》める。

「犯人が次に殺人を犯せば地獄行きだ。それとも、ここには複数の殺人鬼がいて、一人一殺のルールのもとに事件が繰り返されると？」

「そうなるかもしれない。なら、俺みたいな探偵失格でも調べないよりはマシだ。お前もこの事件が気になってるんだろ。犯人を挙げるべきだって」

「常木王凱が何故殺されたのかは気になるさ。雇い主なんだから」

「ここにいる人間は軒並み怪しい。ゲストたちは当然だが、大槻も何か隠してる」

意外だったのか、宇和島が素直に驚いてみせた。

「大槻くん？　何で彼が……」

「少なくとも、昨夜部屋から出たことを隠してる。常木殺しに関わってるかもしれない」

「……そうか……なるほど……」

「別に俺を赦せとは言わない。あの時逃げたことが全てだ。ただ、事件を解決した方がいいと思ってるなら、ここにいる間だけでも協力しないか」

宇和島の目が揺らぐ。彼も常木殺しを解決したいのだろう。そして恐らく、宇和島もこの事件が終わらないと思っている。

「……あの場ではああ言ったけど、僕はあんたが犯人である可能性も捨ててない」

「それはそっちも同じだろ」

「なら、僕も昨日の行動を言っておくよ」

明確な返事ではなかったが、それは申し出を受け入れた証《あかし》だった。

「僕は基本的に常木さんに呼び出された時にいつ何時《なんどき》でも彼を診《み》る役割だから、決まった退勤時間はない。倒れた青岸さんを診てからは、部屋でずっと過ごしてた」

「ああ、お前が診てくれたのか。ありがとう」

「……それも仕事だからね。昨日僕がやった仕事はそれくらいだ」

「そこから朝まで一歩も出なかったのか？」

「出なかった。必要なものは全部部屋に揃ってるし、僕は喫煙者じゃないからね」

大槻を意識しているのか、わざわざ煙草について触れた。確かに、宇和島に喫煙の習慣は無かったはずだ。

「青岸さんも、昨日は本当に一歩も出なかった？」

「煙草を喫う気分にもなれなかった」

その答えに納得したのかどうなのかは分からないが、宇和島は頷いた。

「お互いに何の収穫にもならない話だったね。言っておくけど、僕から話せることはもう無いよ。協力出来るようなことも無い」

「いや、早速一つ頼みたいことがある。俺一人だと門前払いを食らうかもしれない」

「門前払い？　なら二人で行ったって警戒が解けるとは思えない」

「警戒云々より、あっちがどういう態度で来るのか分からないんだ」

青岸が一人で行っても、気まずさから扉を開けてくれない可能性もある。青岸も何となくペースの摑みづらい相手なのだ。

「一体誰に会いに行くつもり？」

「伏見弐子だよ。この島にやって来た疑惑の記者だ」

5

伏見弐子の名前を初めて知ったのは、事務所の四人が死んだ、並木通り交差点事件の記事だった。

彼女が書いた記事は、悲惨さだけを強調した煽情的《せんじょうてき》なものでもなければ、天使に傾倒してオカルトに染まったものでもなかった。彼女はただ淡々と状況を整理し、事件のバックボーンを洗い出し、憶測を抜きにして正確な記事を書いていた。

彼女の記事は、使われた新型爆弾『フェンネル』がどれだけ悪質なものであるかを訴え、同じような事件を二度と起こさないよう、犯人の入手経路、国内にどれほど入り込んでいるのかを調査するべきだと締め括られていた。こういう視点で書かれた記事は珍しかった。

この記事を書く人間は信用出来る、と思った。

実際の伏見は向こう見ずかつ直情的な人間で、赤城昴を連想させる。だからこそ、青岸は後先考えずにやって来た彼女のことを、どこか信用してしまっている節がある。

『あれ？　宇和島先生ですか。どうなさったんですか？』

「すいません、少し伏見さんにお話を伺いたくて」

『分かりました！　今開けますね……』

宇和島とやり取りを交わした後、伏見はすぐに扉を開けた。そんなに簡単に開けていいのか。仮にも今は殺人事件が起きたばかりなのに、警戒心が足りない。そんなことだから、まんまと青岸と顔を合わせる羽目になるのだ。

「あ、青岸さん⁉　うわあ」

案の定そのまま扉を閉めようとするのを、足で強引に止める。伏見はいよいよ追い詰められた顔をして、唇を震わせた。

「いいか、ちょっと話をしたいだけだ」

「す、すいません！　その節は本当に……本当に青岸さんが犯人だと思ったわけじゃないんですよ？　ただ、あの流れだと私が犯人ってことで決着しそうで……」

「別にその件を責めにきたわけじゃないが、悪いと思うなら協力してくれ」

「……はい……」

渋々といった様子で、伏見が中に入れてくれた。

今朝と比べても伏見は明らかにやつれていた。こんなことに巻き込まれて、途方に暮れているのだろう。ある意味で一番『殺人事件に巻き込まれた人間』らしい姿だった。

部屋は青岸に用意されたものと全く変わらない。ここだけで生活が完結してしまいそうな豪奢《ごうしゃ》な部屋だ。

伏見はベッドに腰掛けたので、青岸はデスクチェアに座る。宇和島はこのまま立っているつもりらしい。

デスクの上にはタブレットの他に、メモらしきものがいくつも載っていた。パッと見て他人に内容を知られないようにする為か、全て日本語ではない言葉で書かれていた。

「どうしよう、私、本当に馬鹿だ。きっと全部罠だったんだ。ここの島に呼ばれたのも全部、私に濡《ぬ》れ衣《ぎぬ》を着せる作戦だったんですよ」

座るなり、伏見はがっくりと項垂《うなだ》れた。

「自分の判断でここに来たんじゃないのか？」

「……手紙が来たんです」

伏見は一つ一つ思い出すように語った。

「『常木王凱の罪を暴きたくはないか』って。その他にも、青岸さんが乗る船の情報と、その船の何処に潜めば見つからないかとかの情報が」

青岸一人が乗るには広すぎる船だと思っていたが、まさかもう一人紛れ込んでいたとは。

「手紙にはあのメイドさんがどんなスケジュールで船内を見回るのかも全部書いてあったんです。だから常世島に来ることが出来ました」

やはり内部に協力者がいたということなのか。

常木王凱の罪を暴き、告発してくれる人間を探している者が常世館の中にいる。

「それで、常木の疑惑……罪って何なんだ。あいつはただの金持ちじゃないのか」

少しだけ躊躇った後、伏見が話し始める。

「天使降臨以降、なるべく多くの人間を巻き込んで死ぬのが流行ったでしょう」

「ああ、そうだな」

いう疑惑です」

「数十件以上起きてるわけですけど……それに常木王凱が関わっているかもしれないって
「何だって？」

「常木王凱の競合企業の上層部が、不自然に事件に巻き込まれて死んでるんですよ。一人二人だったらまだ偶然で済むかもしれないけど、それが八人にもなったら多すぎる」

伏見がタブレットで表示してきたリストには、八人の被害者に対応する八つの事件が載っていた。駅での銃乱射事件や、とある会社での爆弾テロ。あるいはレストランに爆弾が仕掛けられた事件など。そのうちのいくつかは青岸も知っている有名なものだった。

「この事件に共通しているのは、機関銃や爆弾が使われている点です。特に爆弾は、どれも今流行りの小型で殺傷力が強いもの──『フェンネル』でした」

その名前を聞いて、喉の奥が引き攣《つ》る。赤城たちの命を奪った爆弾と同じだ。殺傷力が高く、この爆弾でついた炎はなかなか消えないので、二次被害が広がりやすい。あの爆弾の悪辣《あくらつ》さなら、青岸もよく知っている。

思わず宇和島に視線を向けると、彼にも微かに動揺が見えた。壁に凭《もた》れ掛かる宇和島の身体が、緊張で固くなっている。

「お金を出して手に入らないものなんてほぼない世界ですけれど。それにしても、普通に暮らしていたら手に入らないですよ。特に『フェンネル』は強力であるぶん、伝手か運が要ります」

「まさか、」

「もう何を疑《うたぐ》ってるか分かるでしょう？　これらの事件を誘導したのは常木で、爆弾や銃を調達したのは、争場雪杉なんじゃないかってこと。争場はそういう物騒な稼業に伝手がありますよ。……もしかしたら、あの爆弾の開発から携わってるんじゃないかって話も」

争場はゲストの中でも理知的で穏やかな、一番話の通じる相手だ。それがあの凶悪な爆弾と結びつかない。

「馬鹿な。飛躍しすぎだ。何か証拠があるのか」

争場ホールディングスの不自然な成長については、青岸も訝しんでいた。傘下事業の成功だけでそんなに儲かるものだろうか、とも。

伏見の推測通りなら宇和島の探していた『フェンネル』を作って売った人間は——彼の言う犯人は、争場雪杉だということになる。

青岸が追うのを諦め、然るべき報いを願う宇和島と別離するきっかけになった真犯人。

「マスコミでこの不自然な部分が報道されることはほぼありません。代わりに取り上げられるのは事件現場付近で天使が妙な動きをしたとか、祝福の兆しが見えたとかの話ばっかり。それを書いて一躍有名になったのが、あの報島っていうクソ記者なんですよ」

糸が編み上げられていくように、ゲストの関係性が明らかになっていく。

「報島司の祝福レポートか。あの天澤斉がお墨付きを出したっていう」

宇和島が補足したことで、更に糸が太くなった。

「祝福レポートってどんなものなんだ？」

「くだらない記事ですよ。天使が死体に寄り添ってたとか、光が綺麗に差し込んでたとかこじつけみたいなものを書き立てて、不幸な事件に巻き込まれた人たちは天国に行ったということにしてるんです。みんな天国や祝福が気になって仕方がないから」

その言葉は青岸にも当てはまる。大切な者を失った人間は誰しも天国を求める。報島のくだらないこじつけの記事だって、福音《ふくいん》として受け取ってしまうだろう。

「残念ながら祝福レポートは大人気。記事の影響力はどんどん強くなって、報島自身が表に出ることも多くなって、全部常木や争場に有利な流れになっていく。ほんっと最悪ですよ。……常木と争場を軸に、こういうビジネスが横行してる。爆発が起こる現場にターゲットを居合わせさせたり、その逆のパターンもあったり。本物の巻き込み自殺に、奴らが殺人を混ぜるんです。それが、常木王凱たちの疑惑」

それが真実なら、常木は悪人であるというレベルの話じゃない。邪魔な人間の行動パターンを把握し、タイミングを合わせて事件を起こす。

人を殺しても、地獄に堕ちるのはあくまで実行犯だ。金で人を雇い、代わりに地獄に堕ちてもらうのだろうか。それとも、また別のもので強制するのだろうか。

真相は分からないが、探偵の勘——往々にして信じてはいけないものだとされている——は、常木が罪人だと告げていた。

「だから、私は自分の力で常木を探ろうと思ったの。証拠はない。疑惑はある。なら、足で証拠を集めるしかない」

「……大企業のトップ相手に、そんな力業《ちからわざ》が……」

けれど、それ以外に何が出来るだろう。一介の記者がテロと謀殺の関係を主張したところで、まともに話を聞く人間はいない。なら、常木に張り付いて一発逆転を狙う気持ちも分からなくはない。

その時、とある可能性に行き当たった。

天使が集まる島一つを買い、異様なまでの天使信仰に傾倒し始めた常木王凱。その熱は病的なまでに高まっている。天国があるのかどうかを気にし、その為に喋る天使を囲って、祝福を受けたと噂される探偵と引き合わせるほどだ。

それが、ルールの裏を掻いている罪悪感の裏返しだとすれば、納得がいく。

彼が天国の有無を知りたがっていたのは——自分がそこに行けるかが気になったからなんじゃないか。地獄行きを免れた罪人である自分は、死後どのような処遇を受けるのか。それが怖くて、常木はどんどん溺《おぼ》れていったのかもしれない。

「君はどうして常木に目を付けたんだ？　君の調査能力は随分優秀なんだな」

宇和島の指摘に、伏見が顔を曇らせる。

「……いえ、元々は私が調査していたわけじゃないんです。お世話になっていた先輩記者が、ずっと追っていた案件で。私は檜森《ひもり》先輩の代わりに、常木の罪を暴かなくちゃいけないんです」

なら、常木に辿り着くまでの優秀さと、目の前の記者の能力にギャップがあるのにも頷ける。伏見は先輩に託された事件を懸命に追っているわけだ。

「それなら、君の動機ははっきりしてるね」

宇和島がさらりと疑惑を向ける。案の定、伏見は不快そうに顔を歪めた。

「私は常木のことを殺したりしてない！　そんなんじゃ、常木の罪を暴けない。今回のことは私にとって最悪の結末ですよ」

死んで清算だと思えないのは、地獄の存在を知っているからだ。常木はもう地獄に堕ちることはない。人間が死後、改めて裁かれるのでなければ。

死後には何があるのだろう。

常木の魂は何処にいるのだろう。

「私は私で、まだ全然諦めてませんから！　どうにかして常木の悪事を暴いてみせます。ここに出入りしているゲストたちは全員が怪しい。一人残らず表に引き摺り出してやる」

伏見は雄々しく拳を固め、見えない敵に突き出す。その時、ふと思い出すことがあった。

「そうだ。常木の部屋に行った時に何か探していなかったか？」

青岸がそう尋ねると、伏見が分かりやすく狼狽した。

「それは本当に、自分でも調査しようと思ったんですよ！　なんで探偵はあれこれ調べても何にも言われないのに、記者が調べてると文句を言われるんですか？」

痛いところを突かれた。青岸だって部屋を調べ、事件に関係しているかも分からない万年筆まで回収している。

一方でひっかかった。伏見も大槻と同じだ。恐らく何かを隠している。

「聞きたいことはこれだけですか？」

伏見が恐る恐るそう尋ねてくる。

「ああ、これで終わりだ。そっちも気をつけて」

引き揚げようとすると、伏見に「待って」と引き留められた。

「……謎を解くつもりなんですか」

「解くも何も……まだ分からないことが多すぎる」

青岸は質問の意図が分からず、そう返す。

「そうですか。なら私を助手にするのはどうでしょう？　私は記者として動いてきました。きっと青岸さんのお役に立ちますよ」

真面目な顔をしているが、伏見の目には隠し切れない好奇心が覗いていた。

大槻といい伏見といい、館で探偵で殺人とくれば、この状況下でもそういう気持ちが湧くのだろうか。

「助手が必要になるほどやることがないんだ、今の段階だと」

「そうですか。……まあ、私のことなんか信用出来ませんよね」

伏見が薄く笑う。単なる思いつきだと思っていたが、この質問で自分自身への疑いを測っていたのだろうか。

「あの、青岸さん」

「何だ」

「本当に謎、解くんですよね？」

「……何でそんなことを？」

「……私は争場のことを疑っていますし、絶対好きにはなれませんけど……あの人の言うことも一理あると思う。常木さんが殺されたことで、私たちの安全は確保されました。地獄に堕ちる覚悟で人を殺す人間なんているんでしょうか」

伏見は不安なのだろう。青岸が積極的に調査を続けることが、犯行が終わらないことの証明のように見えている。争場の言う通り、彼女はこの事件自体に蓋をしてしまいたがっている。彼女を安心させるために、青岸はまっすぐに見つめた。

「別に犯行が続くとは思ってない。ただ、常木王凱殺人事件を暴くことで、何がしかの真実も明らかになるかもしれない。なら俺は探偵として向き合いたい」

半分が嘘で半分が本当だった。犯行がこれで終わるとは思っていない。これは伏見のための方便だ。そして、後半の決意は本物だった。

常世島の殺人事件は、否応なしに過去の因縁と結びついている。かつての青岸が逃げ出したものに繋がっている。それなら、挑まずにはいられなかった。天使の祝福を受けた手は、今も憎らしいほどよく動く。まるで、この時を待っていたかのように。

その時、くつくつと低い笑い声が聞こえた。

「何笑ってんだ、お前」

「いえ、別の可能性もあるな、と」

宇和島は、静かに指を折り始めた。

「現時点で館にいるのは十人。地獄行きを気にせずとも、五人までは殺せる。僕もあなたも、青岸さんも、一人は殺す権利を持っているんだから」

6

「俺の気遣いをあっさり無駄にしやがって」

部屋を出るなり文句をつけたが、宇和島は全く響いていない様子だ。

「言わないのはフェアじゃない」

宇和島はある意味では正しい。犯人がもし複数人いるのだとすれば、既に犠牲者が出ているというのは安心材料にはならない。彼の言う通り、あと四人は死ぬ可能性がある。この館にいる全員が、実は共犯者である可能性の悪夢を見る。

神は何故、地獄行きの基準を二人にしたのだろう。地獄の火で炙《あぶ》り続けるほど殺人を厭《いと》っていながら、何故一人目は赦すのだろう。

その手心を解釈しようと、今日も神学者たちは激論を交わしている。いつか死んであの世に行けば、神にその理由も尋ねられるのだろうか。

「本当に事件を解決するつもりなの？　名探偵」

宇和島が伏見と同じことを尋ねてきたのは、先程とは違う言葉を求めているからだろう。

「俺は天国を探しにここに来た」

少しだけ考えてから、青岸は正直に答えた。

「お前の言った通りだ。天国があると分かれば、死んだあいつらも報われると——いや、違うな。自分が救われると思ってた」

宇和島は唇を引き結んだまま、じっと青岸を見つめている。

「結局、天国の有無は分からなかった。そこにこの殺人事件が起きた。殺された男は『フェンネル』を使った殺人に繋がっているかもしれないときた。……もし、この事件を調べることであいつらを殺した『犯人』の正体を明らかに出来れば、多分俺は、俺の地獄から抜け出せる」

道路を走る車を見ては、怯えて目を伏せていた時期があった。

「俺の目的は変わらない。自分が救われたいだけだ。俺は俺の為にこの島で探偵をやる」

それは、赤城たちと目指していた正義の味方としての探偵の在り方ではない。しかし、もう喪失を受け入れる準備は出来ていた。今度こそ、青岸はあの燃え盛る車の中から自分を救い出さなければならない。

「……分かった。なら、この島の滞在が終わるまではそっちに協力する。どうせあと数日なんだ」

宇和島は殆ど表情を変えずに言った。

「一度逃げ出した探偵がどこまで出来るか見せてもらうよ」

「善処する」

返事をどうにか吐き出すと、宇和島の雰囲気が少しだけ和らいだ気がした。あの病室からやり直せたら、とどうしようもないことを思う。そもそも、過去をやり直せるなら戻るのはそこじゃない。

妙な沈黙が流れた。距離を測りかねているのだ。決別していた時は長かった。すぐに前のようには戻れない。

「……伏見の言っていたことはどう思う」

差し当たってそう尋ねると、宇和島は急に真顔に戻った。

「可能性はある。この国に武器が入り込んでいるのは事実なんだ。誰かが手引きしていて、その誰かが常木である可能性は否定出来ない。いや、この言い方だと正確じゃないな。僕も、常木王凱こそが犯人だと思っていた」

「お前が常木の主治医になったのはそれが理由か」

宇和島は微かに笑った。

「これじゃあ伏見さんを笑えない」

「じゃあ——お前は、一人で戦ってたのか」

「そうだね。あの日から」

よほど酷い顔をしていたのか、宇和島がフォローするように「別にそっちを責めてるわけじゃないんだけど」と続ける。

「ここ最近の常木周りの動きは露骨だよ。常木が何かしら関与してるのは間違いないと思う。常世島に定期的に集まっている政崎、争場、報島も。政崎は常木から支援を受けて、常木王凱と政界を繋ぐ便利なパイプ役になってるし、報島は伏見さんの言った通りの役割を担ってる。争場も言わずもがなだ」

喫煙塔に付いた煙草の跡が示すように、報島は何度もここに来ている。即ち、この会合は幾度となく行われている。

それが仮に次の犠牲者の選定会議だったとすればおぞましい話だ。抜け目のない宇和島のことだから、常世島の会合の周期と、怪しい巻き込み自殺の周期を突き合わせるくらいはしているだろう。

「常木のところで働き始めてどのくらいになる」

「一年と半年くらいかな。ここまで来るのだって大変だった」

宇和島は本気だ。まだ常木の悪事が明るみに出ていないのは、決定的な証拠を掴めていないから。もし確固たる証拠さえあれば、宇和島は何かしら行動を起こしている。

「今回は少し毛色が違ってはいたんだ」

「どういう意味だ？」

「恐らく、常木はこの集まりから抜けようとしていた」

「でも、常木が主催なんだろ？　あの男が抜けてどうするんだ」

「この集まり自体を解散させようとしていたのかもしれない。僕ですら分かるほど露骨な動きだからね。常世島での会合も今回が最後のつもりだったようだし」

「待てよ。もし本当に常木が抜けようとしてたら……まずくないか？　少なくとも、関わってた連中は焦るし、止める。常木自身だって危うくなる」

殺されるに値する動機が突如現れた。こうなったら、関わっている誰かが殺してもおかしくない。それに常木が気づかなかったはずがない。

「理屈じゃないんだよ。ついでだからこっちに来て」

宇和島に連れられて、常木たちの部屋がある三階に向かう。お偉方と鉢合わせるのが嫌で、ずっと避けていた。三階で常木の次に広い部屋が、宇和島の目的の場所だった。外開きの重々しい観音扉が二人を迎える。

「随分仰々しい扉だな」

「常木が館ごと買い上げるまでは、小劇場として使われていた部屋らしい」

「小劇場？」

「今は見る影もないけどね」

電気を点け、一歩足を踏み入れて慄《おのの》く。

「これで、常木が心変わりをした理由を、理屈じゃなく察するはずだ」

そこは、天使の展示室とでも言うべき部屋だった。

中央に据えられているのは、わざわざ作らせたらしい天使の石像だ。少しも美化されていないその像は、痩せた身体に浮かぶ筋の一本一本まで生々しい。ここまでリアルにする必要があるか疑問に思うような出来だ。

現実の天使と違うのは、大仰な槍を携えていることだろうか。豪華な装飾が施されたその槍は、恐らく本当に肉を裂き罪人を貫くことの出来るものだ。

他にも、天使の写真や、天使を模《かたど》ったオブジェが大量に飾られていた。悪趣味なことに、天使の残骸と思しき砂までショーケースに収められている。他にも、天使に纏わる書籍や、天使の文様が描かれたタペストリーまである。扉のすぐ横に備え付けられている内線電話にも天使が彫り込まれていた。

青岸の写真も額に入れて飾ってある。燃える車の前で両手を突き出す青岸を、天使が翼で遮っていた。加工なのか実際にそうだったのか、天使と青岸の間には光が差し込んでいる。祝福に相応しい美しい光だ。

「……一人で来なくて正解だったな。お前がいなきゃ吐いてたぞ」

「元から常木王凱は天使に愛憎入り混じった感情を抱いていたようなんだけどね。天使を見続けていた所為で、いよいよ耐えられなくなったらしい。天澤に向かって『天国はあるのか』『自分が地獄に堕ちる可能性はあるのか』とよく尋ねてたよ」

「天澤は何て答えてたんだ」

「そりゃあもう。常木が求めるような言葉を」

天澤が行っていたことは常木のマインドコントロールだろうか。天澤がその為に雇われていたのだとすれば、一見あの集団の中で何の役割も果たしていなそうな男が悠々と振舞っていた理由も分かる。この世の楽園の支配者は、実質的にはあの天国研究家なのだ。

「……もしかしたら、常木が集団から離れる決め手も、天澤斉かもしれないけれど」

「どうしてだ。こう言っちゃなんだが、常木王凱は殆ど天澤の信者みたいなもんだろう」

「いや、違う。常木は天澤の信者じゃなく、天使の信奉者なんだ。彼は天澤を通して天使を見ていたんだから、今の天澤は信頼するに値しないんだろう。そっちもあの時の鬼気迫った顔を見ただろ」

「まさか……天澤は、天使が嫌いなのか？」

火かき棒で必死に天使を殴打する天澤の姿が浮かぶ。

「嫌いというか、怖いみたいだ。元は常木と同じなのかもしれない。天使のことをあまりに見続けて、人生が呑み込まれてしまった。常木は天使を過剰に愛することで精神の均衡を保ったけれど、天澤はその逆をいった」

「天使が嫌いな天国研究家か。なんとまあ生きづらそうだな」

「僕が天澤の立場だったとしたら、天使が恐ろしくなるのも当然だ。天澤は好き勝手に天使の言葉を代弁し、自分の解釈に拠《よ》った『神』を生み出し続けた。いざ死んだ後、天澤はどんな裁きを受けるのか……その点は個人的にも興味がある」

「……そんなに天澤のことが気に食わないなら、さっさと天罰が下りそうなもんだけどな。天使は地獄に連れて行くのが得意だろ」

「さあ、天使の気持ちなんか知りようもない。天澤は好き放題やり過ぎているが、あいつの解釈は天使のお墨付きを得てるのかもしれない」

「つまり天澤は天使嫌いを、常木は天使好きを拗《こじ》らせて亀裂が入ったってわけか」

「常木が天使に入れ込んだきっかけを作ったのは天澤だっていうのに、その本人が天使を嫌いだしたら酷い裏切りに見えるんじゃないかな」

「天澤に引きずられて天使信仰に走ったんなら、天澤が変わった時点で目が醒めそうだが」

「常木王凱は二年前に心臓の手術で生死の境目を彷徨ってる。そのことが大きかったんだろうね。死を意識し始めたら、否応なく死後の世界を考えざるを得ない。それで余計にのめり込んでいった」

「心臓の手術？　そういえば、大きな病気をしたとか言ってたな」

それを聞いて、とある可能性に思い至った。宇和島が青岸の前から消えたのは三年前。主治医となって一年半。

「まさか、その手術をしたのが……」

宇和島が天使の像を眺めながら頷く。

「それで成功したから、こうして主治医になれたんだ」

「……よく成功させられたな」

色々な意味を込めて言う。手術を担当した時、既に宇和島は常木を疑っていたはずだ。

「殺せないよ。アノディヌスも見守っていたんだし」

青岸の言葉の裏を汲み取った台詞だった。

天使のルールが明らかになり、一番混乱を極めたのは医療現場だった。二人殺せば地獄行きなら、手術の失敗はどうカウントされるのか。助けられなかった罪は地獄行きに値するのか。多くの医者が治療を拒絶し、数名の医師が地獄行きを辞さない覚悟で手術室に入った。どちらが正しいとも言えなかった。

長く続くと思われたこの混乱は、意外にも早く収束した。

全ての医療機関に『特殊な天使』が訪れ、壁や天井に張り付いて動かなくなったからだ。ただそれだけのことで、医師たちは落ち着きを取り戻した。誰かを助けられなくとも、罪ではない。それが全ての医療従事者の共通理解になった瞬間だった。人々が天使を見た瞬間に『天使』だと分かったように、そのルールもすぐに理屈無く受け容れられた。

医療機関に棲《す》み付く天使は、天澤によって『アノディヌス』と名付けられた。

これは痛みからの解放を意味するラテン語に由来する。アノディヌスは通常の天使よりも更に手足が長く、首を不自然に折り曲げているのが特徴だった。そうして部屋の壁や天井に張り付き、人間の命の瀬戸際を見守るのだ。

あの奇妙な天使の前で、宇和島は仇《かたき》かもしれない男の命を救ったのだ。

どんな気持ちだったのだろう。

「第一、医療ミスを装って常木を殺しても、僕の知りたい真実には辿り着けない。然るべき裁きを受けさせたい相手は常木だけじゃないんだから」

黙っている青岸を訝しんだのか、宇和島がそう付け足す。

それでも、最初の一人は殺せる。

自分たちはみんなその権利を持って生きている。

「常木の主治医になる為には生半可な功績じゃ駄目だから、そりゃもう本気でやったよ」

「だろうな。お前はそういう奴だよ」

もう一度、天使で溢れた部屋の中を見回す。青岸に理解出来るものは一つもない。そのどれもが、天国への憧憬《どうけい》に溢れていることは伝わってきた。

地上で権力を振るってきた男が、死を前にどう心境を変化させていったのかは想像に難くない。天澤に飼い慣らされ、常木は更に天国への思いを募らせていく。同情するつもりはないが、哀れではあった。

「常木が形振《なりふ》り構わず足を洗おうとした理由は分かった。こんな改心で、本当に地獄行きを免れるかは知らないが。……ってことは、更に面倒なことになるぞ」

「ああ。常木が手を引こうとしたことに激昂した誰かが刺し殺した可能性を考えなくちゃいけなくなるからね。動機は口封じだ」

　一転して有力な容疑者が列を成してしまった。段々と常木王凱のバックボーンが明らかになるにつれ、いかに今回の会合が常木にとって危険なものだったのかが分かる。伏見の勘だってあながち間違っていたわけじゃないのだ。

「伏見を呼んだのはお前なのか？」

「まさか。常木が輪から抜けようとしてるのは察してたけど、素直に懺悔《ざんげ》を始めるとも思ってなかったしね。呼ぶ理由がない」

　それもそうか、と一人納得する。それに、伏見のような他人を協力者に据えるのは、宇和島のやり方とは思えなかった。

「にしても、お前と伏見の間に何の関わりも無いのに、同じ実業家に目を付けるか？」

「伏見さんとは関わりが無いだけで、その上とは繋がってるんだ」

「上？」

「檜森百生《ももお》だよ。……伏見さんが調査を引き継いだ相手だ」

「ああ、言ってたな……檜森先輩って」

「彼が最初に常木に疑惑の目を向けて、丁寧に外濠《そとぼり》を埋めて、ようやく噂レベルではあっても常木王凱に辿り着いたんだ。僕は檜森記者と一時期協力していて……」

「それなのに伏見に託したのか？　そいつは今どうしてるんだ」

「死んだよ。都内で起きた銀行の爆破事件に巻き込まれたんだ。彼は近くにいた子供を庇って、炎に巻かれた」

思わず言葉に詰まる。伏見がぼかした言い方をしていた時点で想像は出来ることだったのに、その事実を突きつけられると込み上げてくるものがある。

伏見が自分の身や手段を顧みずに常木を追っていた理由も分かってしまうのが苦しかった。

青岸は言葉を失ったが、宇和島は仕切り直すかのように首を振った。

「……さて、結局何も得るものはなかったけど、これからどうする？」

「得るものが無かったとは言わないが……やり方を変える。このままだと単なる総当たりだ」

「そう。ならここからは別行動だね。何か分かったら共有するよ」

「いいのか？」

「ここを出るまでは協力する。どのみち追うべきものは一つなんだ」

宇和島は思い出したように続ける。

「あと、この館にはアノディヌスが降臨してないから、大した医療行為は出来ない。そっちが刺されたり撃たれたりしても、助けてあげられない」

「そうはならないようにする」

「まあ、僕も容疑者の一人だし。そもそも治療なんか任せないか」

「おい」

「冗談だよ」

ぴくりとも笑わずに宇和島が去っていく。その背を見送ってから考えた。

もし常木が伏見の言うような罪人なら、宇和島が常木を殺す理由もあるだろう。『フェンネル』に関わっているかもしれない争場に手を掛ける理由もある。

その時、自分はどう止めればいいだろうか。

どう言って止められるだろうか。

7

二階の自室で考えをまとめていると、控えめなノックの音がした。

「失礼致します、青岸様。よろしければ昼食をいかがですか？」

廊下には、サンドイッチを携えた倉早が立っていた。仕事を放棄した大槻の代わりに、本気で食事の世話をするつもりらしい。トレーを持つ様があまりに健気《けなげ》なので、あとで大槻を説得しようかと思ってしまう。

「……その、味は確かに期待出来ないかもしれませんが、食材の質は妥協しないように、というのが常木様の方針ですので」

「いや、ありがとう。助かった」

慌てて礼を言うと、倉早は嬉しそうに顔を綻ばせた。

「よければ、少しだけお話しさせていただいてもいいですか？　昼食を摂られている間だけでも」

「ああ、勿論。……といっても、話せることなんか大して……」

「そんな。だって、青岸様は探偵ですもの。私たちには見えないものが見えていらっしゃるのではないですか？」

中に入った彼女は、テーブルにサンドイッチを並べてから小さく首を傾げた。

「……なんて、船で言ったようなミステリが現実になってしまって、少しばかり気持ちが乱れています」

「探偵助手に憧れてるんじゃないのか」

落ち込む倉早を励まそうと、軽口を叩く。

「そうですね。もし青岸様がよろしければ、私を探偵助手にしてくださいません？　この島に来て一年、きっとお役に立ちますよ」

　青岸の言葉を無下《むげ》にしないためか、倉早は控えめに笑った。

「……まあ、正直なところ、助手を必要とするほど調査自体が捗《はかど》っていないんだ」

「犯人に繋がる手がかりは何かあったのでしょうか？」

　話せる時間が限られているからか、倉早はいきなりそう尋ねた。目には探偵に対する無条件の期待が滲んでいる。出会ったばかりの赤城を思わせるそれに、酷く気後れした。フィクションの中の探偵のような活躍とはほど遠い。

「……いや、まだ何も。だが、必ず真相は暴いてみせる」

「青岸様がいらっしゃれば、心配は要りませんね」

　倉早は明るく振る舞っているが、主人が殺されて怖くないはずがない。それでも彼女が平常通り働いているのは、青岸がいるからだとしたら、自分のような探偵崩れにも価値がある。

「そうだ、この万年筆の持ち主を知ってるか？　常木さんの近くに落ちていたんだが」

　常木の部屋から持ってきた万年筆を取り出した。

「……いいえ。ただ、常木様のものではないと思います。常木様は普段万年筆を使われませんから」

「そうか……」

一歩前進と言っていいのだろうか。あの宴席にいた誰かが忘れていったものらしい。当たる先が見つかっただけでもありがたい。

「皆さんが落ち着かれているのは、やはり天使のお陰なんでしょうか」

サンドイッチを食べている青岸を見つめながら、倉早が訊いた。

「これ以上殺人が起きないっていう前提は安心に繋がるだろうな」

「私たちはやはり天使に感謝すべきなのかもしれませんね」

倉早は窓の外、飛び回る天使に視線を移す。

「……私はあまり天使が好きではないんです。あれを遣わした神様のことも」

彼女の声のトーンが一段階低くなる。

「私、青岸様の気持ちが分かるんです。私もずっと不思議でした。神様が存在するのなら、何故この世に悪人が存在するんでしょうか？　悪人さえ生まれなければ、地獄に堕とす必要もないのに」

「……確かにそうだ」

「それに、この世界には殺人以外にもたくさんの悲劇があります。病も貧困も飢えも――

神様はどうして殺人に対してのみ罰を与え、私たちに救いの手を差し伸べてくれないのでしょうか？」

その問答は、天使降臨以前にもあったものだ。神が存在するのなら、人間は何故不完全に生まれ、理不尽に苦しみ続けるのか。それに対する折り合いの付け方も様々あって、答えはまだ出ていない。

「だから、きっとここに神様はいません。常木様はこの島を楽園と呼びましたが、ここはただ天使を集めているだけのまがいもの……」

倉早は独り言のように呟いてから、思い出したように青岸を見た。

「だから、この島を今守ってくれているのは天使でも神様でもなく青岸様なのだと思います。ありがとうございます」

そんなことはない、と否定しようとしたが、目の前の彼女の瞳があまりに真剣だったので躊躇われた。倉早の目が優しく細められる。

「助手にしていただけなくとも、御用がありましたら何なりと御申しつけください。私も協力します」

倉早が力強く言うのに合わせて、青岸もしっかりと頷いた。

万年筆のことを聞いて回ろうとした青岸は、いきなり正解を引き当てた。万年筆を持って三階に上がる途中、突然飛び出してきた政崎にそれをひったくられたのだ。

「この盗人《ぬすっと》め！　私の万年筆を何故持っている⁉　この……やはりお前が犯人だな！」

青い万年筆を胸に押し当てながら、政崎がこちらを睨みつけてくる。

正直な話、一番関わりたくない相手だった。話が通じそうにない上に、ここから何か発展しそうな気配もない。

対する政崎は、まるで子供を奪われた動物のようだ。万年筆は部屋に放り出してあったものだというのに。思わず呆れた声が出た。

「盗人って……」

「盗人だろう！　お前、何処でこれを盗ったんだ」

「神に誓っていいますが、常木さんの部屋で拾っただけです。わざわざこんなものを盗まないでしょう」

「拾った？……本当だな？」

「そんな嘘は吐きませんよ」

政崎はまだ何か言いたげだったが、渋々「そうか」と言った。本来なら拾ってやって感謝されてもいいはずなのに、釈然としない。

「どうしてこれを見つけたんだ。常木氏の部屋で火事場泥棒でもしたのかね」

「どちらかというと墓荒らしに近いですが。……調査の最中に拾ったんですよ。一応これは殺人事件なので、立場的に調べないわけにもいかない」

「そうか……。探偵だったな、君は」

「こんな世の中でも探偵の看板は下ろしていません」

「それでこそ調べ回っているのか。……なるほどな」

そのまま、政崎がじろじろと青岸のことを睨《ね》め回す。

ならば私が助手になろう、と言われるかと思って一瞬だけ身構える。だが政崎はふん、と忌々しそうに鼻を鳴らしただけだった。

「事態の収拾に努めるのなら、あれもどうにかしてくれ」

「あれ？」

「常木氏が五千万も払った、あの気味の悪い化物だよ。喋る天使だ」

「ああ……」

思わず溜息が漏れる。あんなものに五千万の値を付けたのかと思うと暗澹《あんたん》たる気持ちになった。

「常木氏が亡くなった以上、あれも処分されるべきだろう。君はそういうのに詳しいのかね。祝福を受けた人間として、天使趣味の人間にたくさん会ってきただろう」

「俺は祝福を受けたことを触れ回っているわけじゃないんですよ」

「だが、そのお陰で常世島にお呼ばれしたんだろう？　役得だな」

嘲《あざけ》るような口調だった。完全に青岸のことを見下している。

青岸は常木王凱と懇意になりたいとも思っていないし、常世島で過ごしたかったわけでもない。あんな化物を見せられて喜ぶような趣味でもない。

——お前らと一緒にするな。

そう啖呵《たんか》を切りたかったが、ただでさえ事件発生直後だ。出来れば穏便に済ませたい。

「またとない経験が出来てよかったろう。常木氏があなってしまった以上、常世島もどうなるか分からないからな」

何も言い返さない青岸に気分をよくしたのか、政崎が偉そうに言い放つ。

その時、報島が階段を上がってきた。報島は青岸を見てぎょっとした顔をして、露骨に目を逸らした。喫煙塔で会った時とは随分態度が違う。

「おお、報島くん。待っていたぞ」

「ええ、ええ、どうも。あれ、青岸さんはどうなさったんです？」

「いいや、……大したことじゃない。政崎さんに落とし物を届けただけだ」

「その通り。さあ、中に入ってくれ」

政崎が報島を部屋に招き入れる。そのまま挨拶も無しに扉が閉められた。常木王凱が死んだばかりだというのに、何を話すことがあるのだろう。

あるいは、中心人物の彼が死んだからこそ話さなければならないこともあるのだろうか。

8

一服の為に外に出ると、塔の近くで大槻と会った。

「奇遇だな。塔まで来るのは面倒だったんじゃないのか」

「面倒っすけど、今日は特別なんで」

「特別？」

そういえば、大槻は塔の中にすぐ入ることなく、周りをうろついていた。何かを探していたようにも見える。大槻が人懐っこい笑顔で言った。

「ほら、喫煙塔に来たら青岸さんに会えるかなって」

「何だそれ」

「実際会えたじゃないすか。ね、それだけでここ来た価値ありますよ」

煙草を燻《くゆ》らせながら言われても、信憑性に欠けている。そんな理由で納得する人間がいるはずもない。

だが、摑みどころの無い大槻の行動を真面目に考えるのには少し疲れてきた。単に仕事が無くなって暇だっただけなのかもしれない。

「ディナーもボイコットか」

「だって、夕食は小間井さんがどうにかしてくれるみたいですし、千寿紗ちゃんも料理上手いんですよ」

「お前が作るのとは違うだろ」

「小間井さんと同じこと言いますね。あの人、作れ作れってうるさいんすよ。夕食を作ったらみんなが喜ぶとか、いいおもてなしになるとか。そんなの当たり前じゃないですか。よく知ってますよ」

「お前はそれを言えるだけの実力があるんだよな。そこは素直に尊敬してる」

「やー、嬉しいっすね。それでも作んないけど」

楽しそうに大槻が笑う。コックコートを脱いだ姿は、そこら辺にいる大学生のようにも見えた。既にコックコート姿の印象よりも、パーカー姿の印象のほうが強い。

数回煙を吸い込んでから、大槻はまだ長い煙草を備え付けの灰皿に押しつけた。

「それじゃ、俺は先に戻りますね」

「もういいのか？　一本しか喫ってないだろ」

その一本だって十分に喫ってはいない。義理立てで喫ったようだ。

「青岸さんってチェーンスモーカーなんすね。俺は基本的に一本ですよ」

「俺だってそこまで喫うわけじゃない」

「尚更おあいこですよ。お互い舌に優しく生きないとね」

館へ戻る大槻の背が見えなくなるまで見送る。そうして館の扉が閉まる音が微かに聞こえた瞬間、青岸は塔を飛び出した。

青岸が来る前に大槻が立っていた場所を探る。大槻の様子はどうしたって不自然だ。ここには何かがある。

数分探した末に、目当てのものを発見した。

木の根元に大槻が喫っていた銘柄の吸殻が落ちていた。青岸とも報島とも違うから間違いようがない。

これをわざわざ探していた理由を考える。吸殻を必要としているとは思えないから、目的はこれの処分だろう。自分の喫っていた煙草の吸殻が外に落ちていては困るのだ。

これで確信する。大槻は昨夜部屋を出ているし、この塔の近くにも来ている。そしてそれを隠したがっている。後ろめたいことがなければ、わざわざ吸殻なんかを探したりしない。その嘘の吐き慣れてなさには安堵を覚えなくもないが、怪しいことは怪しい。

常世島には謎が多く、誰もが何かを隠している。それなのに、肝心の殺人事件はシンプルで、故に何の推理も赦さない。

遠くで天使の翼の音が聞こえた。天使は屋根を気ままに昇り降りするだけで、死んだばかりの常木王凱を悼む様子はない。

それを見ると、やはり天国なんてものはないのかもしれない、と思う。

結局、午後いっぱい動き回ってもこの日に目立った収穫は無かった。

その代わり、神が青岸の無能さに罰を与えるかのように、次の事件が起こった。

第四章 やがて、裁きは巡り出す

1

翌日の朝も、控えめなノックの音で目が醒めた。

眠い目をこすりながら時間を確認する。七時半を少し過ぎたところだ。朝食の時間だから、モーニングコールかもしれないと考え、すぐに思い出した。昨日も同じように裏切られたことを。

「青岸様」

扉の前に立つ倉早の様子はおかしかった。引き攣った顔は爽やかな朝に相応しくなく、その手が微かに震えている。

「朝から申し訳ありません。どうか、来ていただけないでしょうか」

「どうした。何があった」

尋ねながらも、青岸はこの先の展開を察している。彼女がそんな顔をする理由は一つしか思いつかない。

「……政崎様が、殺されています」

昨日の朝と同じ展開だ。ただ、配役が違う。

常木と同じく、政崎來久が殺されていたのも彼の自室だった。広さや調度品は青岸たちが泊まっている部屋と変わらず、一般的なホテルよりは広い。

その床に、政崎は仰向けに倒れていた。質の良い灰色の絨毯がべっとりと血に濡れている。

政崎の喉には長さ一メートルほどの槍が刺さっていた。細く美しい意匠を施された槍だ。政崎の周りには大きな血溜まりが出来ていて、まるで天使の翼のように見える。悪趣味な連想が止まらない。

酷い光景だったが、それよりも疑問が先立った。

何故連続殺人が起きているのか。

天使がいるこの世界で二人目が殺されるなんてことがあっていいのだろうか？

「何で……何でこんなことに……」

血にあてられたのか、倉早は今にも気を失いそうだった。伏見は死体を直視できずに俯《うつむ》き、あまり動揺を表に出さない大槻や争場ですら顔を歪めている。天澤に至っては、昨日の朝の態度が嘘のように、口をぱくぱくとさせていた。

「どういうことだろう。どうして、政崎さんが」

絞り出したような声で争場が言う。誰も答える人間はいなかった。政崎の顔は苦悶に歪んでいる。それはこの運命を心の底から憎んでいるように見えた。

ぐるりと部屋を見回す。テーブルの上に載っているのは年代物の赤ワインが二本――開封済みのものと未開封のもの――とグラス、そして政崎こだわりの瓶ビール。チーズキューブとミックスナッツの入ったつまみの小皿。近くのゴミ箱には丸められた緑の包みと、広げられたままの赤い包みが放り込まれている。

テーブルの端にはコルクの刺さった銀色のネジのようなものが置かれている。ワインに明るくない青岸には馴染みが無いが、多分オープナーだろう。

政崎は、ここで誰かと晩酌を楽しんでいたところを襲われたのだ。あれだけ不安定な様子を見せていた政崎だ。酒を入れないと眠れなかったのかもしれない。

部屋を探してみたものの、何も見つからなかった。殺風景な部屋で、彼を殺した凶器だけが異様だった。

人間を裁き、地獄に堕とす天使の槍。

「……酷すぎる。なんでこんなことが出来るの？」

伏見がぽつりと言った言葉を、耳聡く天澤が咎《とが》める。

「部外者だからといってお客様気分なのですか。筆頭容疑者でしょう」

「天澤さんまで私を疑っていたんですか？　信じられません！　第一、常木王凱殺しで私を疑ってるなら、逆説的に今回は無実でしょ？　だって、私は地獄に堕ちてないんですから！」

伏見が半ば勝ち誇ったように言うと、傍らの小間井が呆れたように言い返した。

「それではあなたが旦那様を殺した犯人だということになりますが」

「いや、そうじゃなくて、あれ、ちょっとよく分かんなくなってきたっていうか……」

「けれど、これで今度こそ事件は解決だ」

弱り切った顔の伏見を横目に、宇和島が呟く。

「どういう意味ですか」

天澤が鋭い目で宇和島を睨む。だが、宇和島は全く臆さない。

「さっき、僕たちは手分けをして常世館にいる全員を呼んだんです。けれど、報島さんの姿だけはどこにも見えませんでした。喫煙塔も確認しましたが、そこにもいません」

報島の不在は気になっていたところだ。他の全員が揃っているのに、報島だけがここにいない。

「どうして報島さんがいないかはお分かりでしょう？」

天澤はまだピンときていないのか、微妙な表情で宇和島のことを窺っている。

「地獄に堕ちたんですよ。報島司が、常木さんと政崎さんを殺した犯人だから」

宇和島の言葉に、全員がハッとした顔をする。二人が死んで一人が消えた。簡単な方程式だ。天使のルールに例外はない。

「旦那様を殺したのは報島様だったということですか」

「その可能性が高いでしょうね」

動揺する小間井に、宇和島はそっけなく返す。

「今、姿が見えない報島さんまで誰かに殺されたんだとしたら計算が合わない。常木さんが殺された以上、犯人はあと一人しか殺せないんだから。そして、本人も死ぬ。……地獄行きが死ぬって表現でいいのか分からないけど」

それなら辻褄が合う。ルールにも則《のっと》っていて矛盾がない。動機は不明だが、常木が一人だけ互助関係を抜けようとしていたことを考えれば、動機はそれ絡みだろう。

「青岸さんはどう思います？　僕の推理」

突然、宇和島から水を向けられた。自説を語る宇和島は、挑むようにこちらを睨みつけている。さながら挑戦状だろうか。宇和島の前で探偵に戻ることを宣言した青岸のことを、試そうとしているのだろうか。

「確かに筋は通っている。連続殺人が起こった以上、誰か一人は地獄に堕ちてないとおかしい」

「完璧に納得がいっているわけでもないみたいだね、名探偵」

宇和島の皮肉に頷くと、青岸は未だに刺さったままの槍を指し示した。

「……一番気になるのは凶器だ。何で槍を使って殺したんだ？　こんな手間がかかるもので。もっと他にあっただろう」

「殺すなり地獄に堕ちる殺人だ。宗教的意味合いを付けようとしたのかもしれない。確か天使の武器と言えば槍だしね。報島は祝福レポートで有名になった天使かぶれの記者だ。彼の独自の思考回路で、地獄行きの罪を雪《そそ》ごうとしたのかもしれない」

「本当にそうか？　俺には報島がそんなものに縋るような人間には見えなかった。報島にとっての天使っていうのは飯の種以上のものではなさそうだったが」

「地獄に堕ちる前の人間の気持ちなんか推し量れないんだから、報島の姿がないことが全てだ」

宇和島は凶器には大した興味も無さそうだった。彼の中ではもう事件は終わりなのだろう。宇和島はゲストたちの内輪揉めの理由も知っているから、尚更考えが固まっているのかもしれない。

しかし、動機にも疑問が残る。抜けようとしていた常木が殺される理由は分かるが、政崎が殺された理由とは何だ？　少なくとも、報島と政崎が対立することは無さそうだった。

「そんな……じゃあ、本当に報島くんが……」

宇和島の推理を頭から信じ込んだのか、天澤が悲痛な声を漏らす。

一方で、争場がくつくつと笑い声を漏らした。

「どうした、争場くん。何がおかしいんです」

不快そうに天澤が尋ねる。

「いや、少し可笑しくなってしまってね。僕も宇和島くんに説明されて得心したわけだから、大きなことは言えないけれど。天国のことなら天澤先生の専門分野だろう。もっと早くこの結論に辿り着いてよかったんじゃないのかい。最近は天使と距離を置いているから、アウラとやらが感じ取れなくなったのかな」

その声には明確な嘲りの色があった。どうやら争場と天澤の間には深い溝があったらしい。

常木王凱の心が離れた理由が天澤にあるのではないか、という話を思い出す。天澤が集団の解散の一助になったなら、争場の冷ややかな態度も頷ける。天澤が常木の手綱《たづな》を握っていれば何の問題も無かったのだから。

「争場くん、いい加減にしろ！……我々が仲違《なかたが》いしているわけにはいかないだろう」

「そんなに怒らないで。ちょっと面白がっただけじゃないか。それとも、そんなに突かれたくない部分だったのかい。もう天使嫌いを咎める常木さんはいないんだから、天澤先生も素直になればいいのに」

言葉の終わりは殆ど聞き取れなかった。言い終える前に、天澤が争場の胸倉を思い切り摑み上げたからだ。

「お前……！　それ以上言ってみろ……第一、お前さえ……！」

「もうおやめください！」

小間井が止めに入り、天澤を無理矢理引き剝がす。

「旦那様のみならず、政崎様、報島様まで失ってしまった状況で、お二人が争われてどうするのですか！……どうか、落ち着いてください」

小間井が必死に嘆願したことで、天澤は息を整え始めた。しかし、二人の間に流れている険悪な雰囲気は拭えそうもなかった。争場は争場でじっと天澤を睨んでいる。部屋に気まずい沈黙が流れる。

「あの……この槍、抜きませんか」

倉早がおずおずと提案した。

「これでは政崎様があまりにも可哀想です」

倉早が慎重に槍を掴むが、彼女の細腕ではびくともしない。すると、黙っていた大槻が進み出てきた。

「いや、千寿紗ちゃんがやったら危ないって。俺やるよ。青岸さん、政崎さんのこと押さえててくれませんか」

「なんで俺がそっち側なんだ……」

文句を言いながらも、大人しく死体を押さえる。大槻はポケットからハンカチを取り出すと、指紋をつけないようにしてから力を込めた。意外にもあっさりと槍は抜けた。血塗れのそれが、政崎の横に置かれる。

抜いてみると、刃先は相当鋭い。これなら人間の喉くらい軽く突き破れるだろう。意外にも実用的な凶器である。手間がかかるとは言ったものの、常木王凱の時に使われた短剣よりも、殺傷能力に関してはよっぽど高そうだ。

口金の周りにごてごてとついている装飾には、見覚えがある。

「……くそ、思い出せないな。これ、何処かで見たんだが」

「それは天使ミカエルの槍でしょう。……展示室に飾ってあった」

落ち着きを取り戻したのか、天澤が答えた。言われて思い出す。この槍は、あの大きな石像が持っていたものだ。石像のインパクトに押されて、槍本体のことは失念していた。

ということは、あの天使はミカエルだったのか。降臨の煽りを受けて、見るも醜悪な姿になってしまったミカエルの像だ。

「常木氏は降臨前から知られている聖書由来の天使と、降臨以後の天使を重ね合わせて解釈していましてね。有名な天使たちを模った独自の天使の像を造らせていました。その中でも雄々しく美しいミカエルは常木氏のお気に入りでした。私はそういった既存の天使と降臨した天使を同一視することには慎重だったんですが」

さっき争場に煽られたからか、天澤が天国研究家らしく捲し立てる。けれど、その情報はさして重要ではない。

「展示室にあったということは、この部屋に持ってくるのは難しくはないね」

争場が尤もらしく言う。

「だとしても、あれを使おうとするなんておかしい。私への当てつけみたいじゃないか。天使の裁きとでも言うつもりか。他にもっとあったはずだ。まさか犯人はミカエルだとでもいうのか？　どうして槍なんか……」

焦点の定まらない目をした天澤はいつになく思い詰めているようだった。

自分の仲間であるはずの三人が死に、争場と明らかに険悪になったとはいえ、彼の狼狽えぶりは普通じゃなかった。普段の聖職者然とした佇まいが掻き消えて、哀れに思えるほどだった。

「天澤さん、落ち着いてください。天使のルールは把握しているでしょう。もう殺人は起こりません」

改めて宇和島が伝えても、今の天澤には届かないらしい。大きく頭を振って、引き攣れた声で叫ぶ。

「いいや、やはりおかしい！　報島くんが二人を殺すはずがないんだ！　分からないのですか！　何かが起きているんだ。天使を欺《あざむ》き、神を冒瀆して我々を殺そうとしている人間がいるんだ！　この館には何かあるぞ。もう駄目だ。私たちも殺される」

「……狼狽しすぎじゃないのかな。そこまで思い詰めることないだろう」

流石にまずいと思ったのか、争場も宥める。

「これで事件が解決？　本当にそう思っているのか。もう耐えられない。これは神への冒瀆だ！　いいか。もし私に何かしようとしてみろ。お前たちだって殺してやるからな！

私が、私の手で地獄に堕としてやる！」

まずいな、と青岸は心の中で舌打ちをした。天澤はパニックに陥っていた。これでは本当に何をするか分からない。一人までなら殺してやろうと振り切れる可能性がある。

「信じられるものか！　常木さんが殺されて、政崎さんが殺されて、……犯人が報島くんだと？　信じられるものか！　私はなんとしてでもこの狂った島を抜け出してやる！」

その言葉を最後に、天澤は政崎の部屋を出て行ってしまった。遅れて荒々しく扉を閉める音が聞こえてきたので、自分の部屋に戻ったらしい。

「……彼に代わってお詫びしよう。私が変なことを言ったのがいけなかったのかもしれない。こんなことになって気が立っていたんだ」

争場が殊勝にも謝ってきたが、悪くなった空気は戻るはずもない。痛いほどの沈黙の後に、小間井が言った。

「……皆様、もう疑い合うのはやめましょう。……二人がお亡くなりになって、一人が消えました。宇和島さんの言う通り、犯人は地獄に堕ちた。そう結論付けませんか」

昨日と同じ、仮初《かりそ》めの解決と安心だった。裏切られたその安心にもう一度凭れ掛かれるだろうか。

それでも、それくらいしかこの場を収める方法はなかった。

2

談話室でコーヒーを飲みながら、現状での探偵としての本分を考える。

先程の結論は一番穏当で建設的なものだ。これ以上があると想像すれば、天澤のように平静でいられなくなってしまう。

明後日には船が来るのだ。もう殺人は起こらないと決め込んで、粛々と過ごしたほうがいいに決まっている。事件を引っ掻き回す探偵なんか不安を煽るだけだ。真実を明らかにするよりも、ずっと人の為になる。

だが、人を裁くのが天使の役割なら、探偵の役割は真実を求めることなんじゃないか。

槍が用いられた理由も、報島が二人を殺した理由も分からない。第一、彼が本当に犯人なんだろうか？　そう考えないと連続殺人が成立しないが、引っ掛かることが多すぎる。

それらに答えを出せるのは、もしかすると青岸だけかもしれない。

ここに赤城昴がいたらどう言うだろうか。静観か、調査の継続か？

彼の憧れた名探偵、正義の味方はどちらを選ぶのだろう？

その問いに答えが返ってくるようなら、青岸はこんな島には来なかった。

その時、青岸の目の前にホットサンドの載った皿が差し出された。

「青岸さん朝食べてないでしょ。千寿紗ちゃんが心配してましたよ」

大槻が無理矢理皿を押し付けてくる。そういえば、倉早は今日も食事を出すと言っていた。

「だから、代わりに俺が差し入れ持って来たんですよ。しかも、直々に手作りのやつ」

「手作り？」

思わず妙な声を出すと、大槻はにやりと笑った。

「あ、心配しなくても毒とかは入ってないっすって」

「地獄に堕ちるも覚悟の上なら、むしろ天晴《あっぱれ》だ」

ホットサンドを摑み、一口齧《かじ》る。さっくりとしたパンの食感とともに、濃厚なミートソースの味わいが広がる。

「何だこれ……何の……」

「言っちゃえばボロネーゼを入れたホットサンドってだけなんですけど、俺が作るとこんなシンプルなものでもありえないくらい美味いでしょ」

謙遜なんか一欠片もない、不遜な言葉が、大槻にはとことん似合ってしまう。

「……本当にこれ、お前が作ったんだな。味で分かる」

「そうですけど。何ですかその感じ」

「もう料理はしないと言っていたじゃないか」

「青岸さんには作るとも言ったじゃないすか」

大槻が間髪容れず返す。

「一人分作るなら他も同じじゃないか」

「まあ、全員に作るのは嫌だって話ですよ。料理自体も……やっぱめんどいし。青岸さんは俺が不精してても何にも言わないだろうから別にいいんです」

今日の大槻も昨日と同じくラフなパーカーにジーンズ姿だった。恐らくはその格好のまま調理したのだろう。灰色のパーカーには所々ミートソースの飛沫が飛んでいる。

そういう対応をお望みのようだったので、敢えて何も言わずに食べ切ると、煙草の時と同じく大槻は嬉しそうに目を細める。段々と彼のツボが分かってきた。

「あ、でも千寿紗ちゃんには何か作ろうと思ったんすけど、合間に食べてるからって振られました」

「倉早さんは凄いな。こんな状況でも働き回って」

「だから、俺が青岸さんのところに来たんですよ。ね、これからも調査続けるんでしょう？　何か手伝いますよ」

「宇和島が言ってたこと、聞いてただろ」

「そりゃ宇和島先生は一番収まりのいいこと言うでしょう。お医者さんなんだから。でも、青岸さんは探偵じゃないですか」

「医者であることと収まりのいいことを言うのは関係無いだろ」

「探偵であることと、現場を掻き乱すことは関係ありますよね」

その目を数秒だけ見つめてから、溜息を吐いた。

「……一つだけ頼みたいことがある」

「お、何でもいいですよ」

「政崎の部屋にあった銀色のネジみたいなやつの使い方を教えてくれ」

3

厳重に施錠されたワインセラーに足を踏み入れると、独特の温度と空気に迎えられた。まともに生きていたら終《つい》ぞ足を踏み入れなそうな場所である。標本のように並んだワインを数本割るだけで、向こう数年の稼ぎが飛びそうだ。

大槻は無遠慮に中に入ると、棚の下に据えられた引き出しを開ける。

「ここにお望みのものがありますよ」

そこには政崎の部屋で見たのと同じようなオープナーが等間隔にずらりと並んでいた。

見た目と彫られた柄を参照しながら、そのうちの一つを取り出した。

「これと同じやつだな。政崎の部屋にあったネジ」

「ネジ、ネジって……青岸さんって本当にワイン詳しくないんすね」

「いいから。これで何かしら開けてみてくれないか。使い方が見たい」

「何かしらって言葉じゃ不遜なくらい高いワインしか無いんですけどね、ここ」

大槻はしばし棚を見回し、中から一本を選び出す。そして、オープナーの先端をコルクに突き刺して、抜こうと試みた。

だが、使い勝手のいいはずのオープナーは全く刺さらず、浅いところで空回りする。

「どうした。あんまり捗ってなさそうだが」

「……あ、初歩的なミスしました。これ、左利き用なので俺は使えないですね。俺、右利きなんで」

「コルク抜きに利き手があるのか？」

「左右どっちに回すかの違いが結構おっきいんですよ。これは軽い力で一気に貫通するのが売りだから、尚更逆方向だと抵抗がキツい」

大槻が似た形の別のワインオープナーを取り出して、何やらハンドルのようなものを握って回すと、ぱらぱらとコルクの欠片を落としながら、針があっさりと貫通した。きゅぽん、という小気味いい音と共に栓が抜かれる。

「ね、すぐだったでしょ。年代物のワインとかだとかなり貫通させせんの大変なんですけど、これだとめっちゃ楽」

「コルクの欠片が結構ワインに入ってるが、いいのか」

「表面に浮くんで取り除いて飲むんですよ。気になるなら茶こしに掛けてから飲めってソムリエも言ってますし」

「そういうものなのか……」

「ワインの味ってのは、それくらいで損なわれるようなものじゃないんですよ」

次に大槻は棚からグラスを二つ取り出すと、自分の分を注いでから瓶を渡してきた。

「せっかくだから飲みましょうよ。青岸さんの稼ぎがどんなもんか分からないですけど、多分手届かないんじゃないかな」

「主人が死んでやりたい放題だな」

「あの世で怒ってるかもしれませんけどね、聞こえないんで」

瓶を傾けると、さっき砕けたコルクの欠片と一緒に、深紅の液体が注がれていく。薄暗いワインセラーであっても、その色の鮮やかさは格別だった。浮いたコルクも気にせずに、一口いただく。

「どうっすか」

「……正直わからん。酒の味だ。ビールのが美味いな」

「あはは、政崎さんと同じこと言う。常木さんはそれ聞くと怒るんですよ。ていうか、あのゲストたちの中でワイン党の人は報島さんしかいないから」

「じゃあ、やっぱり政崎の部屋にいたのは報島か」

「でしょうね。争場さんは日本酒好きだし、天澤さんはアルコール自体嫌いみたいなんで」

これで、意図せずして報島犯人説が補強されたことになる。部屋に招くほど政崎が信頼を置いている相手で、ワインを飲む人間は報島しかいないわけだ。

「分かりました。報島さんが酔っ払ってうっかり槍で刺したってのはどうでしょう」

「ミステリー的には最悪な解答だな。特殊性癖で片付けてるのと変わらんぞ」

「でも、酔っ払った勢いじゃないとわざわざ槍使わないって。あれ、刺しづらすぎるし」

「そう。刺しづらいんだ。やりづらかっただろうに、わざわざあの槍で床に留めるようにして殺してる。それは一体何故だ？　あの状況を作り出す為には、床に政崎が寝転んでなきゃいけないだろ。あんなもんで刺されたら即死だ。刺した報島は地獄に堕ちるんだから、床に引き倒してもう一度刺したってこともないだろうし」

「単純な話、政崎さんが酔っ払って床に寝てたかもしれないじゃないっすか」

「酔っ払い説は万能だな」

「で、分かるように言ってくださいよ。それがどうしたんですか」

「……槍を刺したのは報島じゃないかもしれない」

大槻は虚を衝かれて黙った。

「報島が何らかの方法で政崎を殺した瞬間に地獄に堕ちて、後には政崎の死体が残される。その死体に槍を突き刺した方が楽だろう。それ以外に酔い潰れ説を否定出来ないんだよな」

本当は現時点で言いたくはない話だった。これを話した後の反応は予想がつく。案の定、大槻はとても素直にこう尋ねてきた。

「え、他の人間がいたとして、何で槍を刺したんですか？　理由を教えてくださいよ」

「……はー、そうだよな。そうなるよな。だから嫌なんだよ。お前らはさ、ちょっと可能性を指摘しただけですーぐ結論に行こうとするだろうが。探偵っつってもな、真実へ直行出来るわけじゃないんだ」

「可能性を指摘したんだから理由まで推理してくれないと困るでしょ。だって、単に他の誰かがいたかもしれないって言われても納得出来ない」

「だからな、探偵なんて大したことは出来ねえんだよ。精々こっちが出来るのはドブ浚《さら》いだ。エラリイ・クイーンに憧れてんなら本を読め。槍の一本で犯人が当てられてたまるか」

「エラリイ・クイーンって何すか」

「……分かった。これについては俺が悪いな」

目の前にいるのは大槻であって赤城ではない。探偵に対する無邪気な憧れは改めて否定していかなければいけないのだ。

「まあ、俺たちの誰も槍のこととか考えないし、報島さんが犯人であってほしいって思ってるだけですから。青岸さんはそれよか大分上等ですよ」

「そうか？　だったら推理なんかしない方が上等だろ。そう思わないか？　寝た子を起こしてどうすんだ」

もし報島が犯人じゃないということになったら、先程のような疑心暗鬼が始まるだろう。天国染みたこの島で、裁きが下ったということにした方がずっと穏当である。ワインセラーまでやって来てから思うことではないが、果たしてこれは正しいのだろうか。

迷う青岸を見てか、大槻は珍しく真面目な顔で言った。

「分かりますよ、青岸さん。俺もよく思います。どうせ消化されるのに美味い料理を作る意味とかあんのかよって、毎分毎秒葛藤してるんすよ」

「……分かったが、この認識のズレは俺が悪いわけじゃない。何も理解してないだろ、お前」

少しだけ考えてしまったのが悔しい。大槻は何で料理人をやっているんだろうか。恐らくは一番向いていて、なおかつ実入りがいいからなのだろう。この世にいる数多の料理人たちに同情したくなってしまった。

「そんな目で見ないでくださいよ。何だかんだで俺も作ってる時は真剣なんですよ。料理人の正義に則って」

「料理人の正義？」

大槻はそれには答えずに、奔放に話し続ける。

「料理を作らない料理人が料理人でいられないように、探偵が事件を解決しなかったら、それは探偵じゃないっすからね。槍の謎とか分かったら教えてくださいよ。何てったって、俺は青岸さんの助手ですから。焦らすのはやめて答えだけ言ってください」

気づけば大槻は、高級ワインの半分以上を空けていた。ハイペースで飲んだからか、顔が大分赤い。

「おい、どんだけ飲むんだ」

「だって、普段は俺の管轄じゃないんすもん。鍵は持ってるけど、勝手に飲んだらクソ怒られるし弁償させられるし、この機会じゃないと飲めないっつーか……ほら、この一杯で数十万って考えたら手ぇ震えてくる」

呂律《ろれつ》が回っていないまま、大槻がだらしなく笑う。常世島で結構な給料をもらっているだろうに、庶民感覚は忘れていないようだ。

「流石にそろそろやめますよ。……なんか、吐きそうだし」

「ここで吐いたら本当に怒るからな。お前、何が助手だ」

「今だから言いますけど、俺、私服これしか持ってないんすよ。マジでゲロったら青岸さんの服貸してください」

「はあ？　この島に住み込んでるんだろ」

「普段はコックコートで生活してるんで……」

そういえば、大槻は煙草を喫う時ですらコックコート姿だった。とことんものぐさなぶん、そういうところは合理的らしい。全く見直したりはしないが、筋が通っている。

「ならコックコートを出してもらえよ。俺だって大して持ってきてないのに、お前に貸すのは嫌すぎる」

「小間井さんが管理してるから言いたくないんすよ。ワイン飲んだこともバレるし」

「怒られるのが嫌なら悪いことをするんじゃない」

「いやあその言葉、今は染みますわ」

　持っていたグラスを空けると、大槻はいよいよ座り込んだ。

「青岸さん。俺はもう駄目みたいです。仕方ないので、ここは俺を置いて行ってください。あとは俺がどうにかします」

　何をどうしてくれるのかよく分からなかったが、よれよれのままそう言われてはあとは酔いがさめるのをまつしかない。ワインオープナーの使い方を知れた以上、ここにはもう用が無いのだ。

「青岸さん」

　ワインセラーを出る直前、大槻から声を掛けられた。介抱を頼まれる可能性を考えながら振り返る。だが、顔を赤くした大槻は、真面目な目をしてこちらを見据えていた。

「俺は作れるから作るんだし、青岸さんも解けるなら解けばいい。探偵は正義の味方、なんでしょ」

　時間差で投げ込まれた回答は、酔っ払いの口から出るにはあまりに真摯《しんし》だった。

「もし俺が犯人なら、青岸さんに叱られたいんすよ」

「叱るじゃ済まねえよ。地獄行きだ」

「あれほんと勘弁、絶対熱い……」

語尾はほとんど消えかけていた。このまま眠り込んでしまうかもしれない。それはそれでいい。

大槻は青岸ではなく、小間井に怒られているくらいが丁度いいのだ。

4

「酷いですよ！　何で助手のピンチに助けてくれないんですか！」

食堂を出ると、伏見と出くわした。彼女は憤懣やる方ないといった様子でこちらを睨んでいる。

「今回の殺人がなければ、私が犯人にされてましたよ！　まあ、その、事件発生を喜んでいるわけじゃないんですが……」

根が真面目なのか、伏見が丁寧に言い添える。

「俺はお前を助手にしたことはないぞ」

「何でですか！　他の人より私が一番適任でしょう。私たちの敵は共通しています。社会正義コンビとして、私と行動を共にするべきです」

目の奥に煌々と炎を宿しながら、伏見が熱弁する。

その目の輝きも、前とは訳が違って見えた。青岸は知ってしまった。伏見の背景には檜森百生という名の記者がいて、彼女は彼の遺志を継いでここに立っている。その意味で、伏見と青岸はよく似ていた。いや、ずっと腐っていた青岸よりも、伏見の方が随分前向きだ。

「えっと、やっぱり嫌ですか？　まだ怒ってます？　それとも、他の人たちみたいに私を疑っているとか……」

青岸が黙っていることに不安を覚えたのか、伏見が怖々と訊いた。

果たして、連続殺人が起こったことで伏見への疑いは晴れたのだろうか。動機の面から言えば、常木の次に政崎が殺されたというのは出来過ぎている。おまけに、報島の姿が見えないのだ。お偉方の一網打尽を狙っていた彼女からすれば、満足のいく結果だろう。

問題は、地獄行きのルールだ。彼女が生きているということは、伏見は連続殺人を犯してはいない。一人は殺したかもしれないが。

誰かと共謀して殺人の権利を行使した可能性を考える。そんな古典ミステリーがあったな、と朧《おぼろ》げに思い出す。

「……お前、本当に犯人じゃないんだな？」

「私は記者です。確かに常木のことは赦せませんけど、殺そうなんて思いません。私には言葉がある」

夢見がちな言葉だ。言葉で世界を変えるより天使の裁きのほうがよほど強い。この世界でもなお、報道で何かを変えられると思ってるなんてふてぶてしい。ただ、彼女のそのまっすぐさは眩しかった。……そういうものは青岸の感傷に響く。

「というわけで、私は青岸さんに協力しに来たんです。これからやることは一つですよね」

「何するってんだ。現場にでも戻るのか」

「それもアリかもしれませんが、私の目の付けどころは違います。ずばり、私たちは常世島を巡って、何処かに隠れているかもしれない報島さんを探すべきなんですよ！　さあ行きましょう名探偵！　やはり探偵助手といえば記者に限ります！　ワトソンもそうでしたしね」

伏見はそう言って、無理矢理青岸の腕を引いた。その力が意外と強いので、青岸は一言付け加えるのがやっとだった。

「ワトソンは医者だ、馬鹿」

今日の常世島は快晴だった。天使が好まない天気であるので、青空を飛び回る影は昨日よりもずっと少ない。

ただ、天使の数自体が減ったわけではないので、館を出るとすぐに地面を這い回る天使が散見された。あまり嬉しい光景ではない。公園の鳩のように振る舞う天使たちを見ると、少しくらい減ってもいいんじゃないかと思う。

「さあ、青岸さん。絶好のポアロ日和ですね。名探偵アイで潜伏している報島さんを見つけ出してください」

「ポアロのファーストネームも知らなそうな顔しやがって」

苦虫を噛み潰したような顔をして見せたが、伏見は全く応えた様子がなかった。何となく彼女とはバイオリズムが合わない。

伏見に同行したのは、彼女の目の付けどころが悪くないからだ。

政崎が殺された時に第三者がいたのだとすれば。ついでにその第三者が政崎を殺したのだとしたら。

報島は島の何処かに潜伏しているのかもしれない。あの状況下で報島が姿を消せば、彼は地獄に堕ちたのだと偽装出来る。その後は、不可視の人間になって暗躍出来るわけだ。

生きている報島が見つかれば、さっきの前提も事件の様相も全く変わってくる。なら、一度はこの島を隅々まで探しておくべきなのだ。

「この島、散策したりしました？」

「いや。館と喫煙塔の往復くらいだ」

「この島はゆるやかな丘のような形になっていて、常世館は丘の上の方に位置しています。港から常世館までは道が舗装されていますが、他は結構そのまんまになってますね。前の持ち主が中途半端に開発しようとした跡はあるんですが……」

手描きながら綺麗な地図を見せながら、伏見が説明する。

「島の端から端まではどれくらいだ」

「二十分くらいでしょうか。小さいですよね」

「個人所有の島なら上々だろ。しかし、参ったな……」

探すにしても、常世島には潜伏出来る場所が多すぎる。島の外周には入江や洞窟があるようだし、籠城しようと思えば出来てしまう。勿論、食料や水の問題があるが、それも協力者がいればいくらでも可能だ。もし本気で捕まえようとするなら、眠っているところや気を抜いているところを押さえるしかないだろう。

本当に報島が隠れている証拠もないのだ。ある意味これは悪魔の証明に近い。報島は潜伏しているのかもしれない。予想通り地獄に堕ちたのかもしれない。

「もしくは、殺されて海に捨てられてたとしても分かんないわけだ」

独り言を呟いて、ゆっくりと頭《かぶり》を振る。これ以上推測を重ねても仕方がない。

そんな青岸を無視して、伏見は朗々と説明を続けた。

「島には井戸が三つあるんですけど、全部枯れてるみたいです。もし井戸が生きていたら、私もむざむざ常世館に行ったりしなかったのに」

「観念してさっさと来た後は快適だったろ？」

「快適でしたけど……それはそれで腹が立つというか……館で働いてるみんなはよくしてくれてるんですよね。私を捕まえた小間井さんでさえ、話してみるといい人だし」

正義に燃えている割に、彼女は流されやすいらしい。敵の本陣に乗り込んできたところを歓待されれば絆されるのも無理はないが。

「とりあえず、無作為に歩くよりは目標があった方がいいですよね。一番遠いこの井戸を目指してみませんか」

地図を叩きながら、伏見がそう伺いを立てる。青岸が頷くと、伏見は花が咲いたような笑顔を見せた。

「いきましょう。これで事件解決に大きく近づきますよ！」

井戸までは徒歩で十五分ほどかかった。島の端から端まで二十分、という見立てはなかなか正しかったらしい。

「これが件の井戸です。崖とかなり隣接したところにあるんですけど……」

年季は入っているが、しっかりとしたつるべ井戸だ。石造りの井戸本体も、つるべを繋ぐ滑車もまだ使えるように見える。縄に触れると、予想以上の固さだった。そして何より、結構な長さがある。

何故なら、この井戸の深さは相当なものだからだ。

屋根によって日差しが遮られている所為で、底はかなり見えづらい。淀んだ空気と井戸の底面の微かな照り返しが、そこが単なる虚《うろ》ではないことを教えてくれるが、そうでなければ暗闇そのものが閉じ込められていると思ったかもしれない。

昔はここもある程度の水位があったのだろう。だが、湧水を失い、凶器染みた深さが残った。落ちたら死ぬ、と思うと腰が引ける。

「ね、役立たずな井戸ですよね。覗いてがっかりしました」

青岸の感じている空恐《そらおそ》ろしさを知らずに、伏見は暢気《のんき》に言った。

「がっかりで済むか？　落ちたら死ぬぞ」

「身を乗り出さなければ平気じゃないですか。こっちの崖から落ちたらって考えた方がずっと怖いですよ」

伏見が崖に近づいていく。怖いと言っていたはずなのにうかうか近づいていくのは何故なんだろうか。そのまま落ちるんじゃないかとひやひやしていると、不意に「あ」と明るい声が聞こえた。

「青岸さん！　こっちに何か窪んだところがある。青の洞窟みたいなところ」

「そんな洒落たところがあるわけないだろ」

「洒落てるかは置いといても、一旦下りれば——あ、」

一足早く崖下に向かった伏見が、絶句したように息を呑む。まさか、本当に報島が潜んでいたのだろうか。

足を滑らせないように下っていくと、思いがけないものが目に入った。

「青岸さん、あれ……！　船がある！　この島には無いって言ってたのに！」

そこには、いかにも高価そうなモーターボートがあった。比較的新しく、性能もよさそうだ。金持ちが沖釣りに使うなら十分だろう。長らく動かされていないのか、運転席には埃が積もっていた。

井戸から直線距離では数メートルも離れていないが、わざわざここを覗き込まねば気づかなかっただろう。

「すごい、やりましたね！　ね、ねえ、これで島から脱出することも出来るんじゃないですか!?　私たちの手柄ですよ」

伏見はすっかり興奮していて、期待に目を輝かせている。

「青岸さん。こうしちゃいられませんよ。みんなに伝えましょう！　そうすれば——」

「おい、ちょっと待て」

「何ですか？　青岸さんは少しも嬉しそうじゃないですね。ここから出られるかもしれないのに！」

「座席の感じからしてこのボートは二人用だ。頑張ってもそれ以上は乗れない。なら、これが引き起こすものは何だ？」

伏見が目を白黒させせる。自力で答えに思い至ったようで、小さく頷いた。

それに、こんなモーターボートでは本島に戻ることは出来ない。精々沖に出るか、近くにある島に行くのが関の山だ。

だが、周りと距離を置くことは出来る。疑心暗鬼に駆られた人間がここに立てこもろうとし、結果的にこのボートを巡って殺し合いが始まるかもしれない。鬼気迫る天澤の姿を見た後では、そんなことは起こらないと言い切れない。

「第一、小間井さんや倉早さんが把握してないはずがないだろ。それでも黙ってるってことは、揉め事を予期してるからだ」

運転席の埃の積もり具合を見るに、明らかにこの船は使われていない。常木の天使趣味が悪化した時に、これもお役御免となったのだろう。となれば、整備されているかも怪しいものだ。

「というか、お前、船舶免許持ってるのか」

「え、持ってませんけど……こう見えても釣りとかには出たことありますし。檜森先輩が釣り好きだったので、操縦してるのを見たっていうか」

「それでどうにかなるもんじゃないぞ。このサイズだって転覆するんだからな」

「そんなこと言ったって……じゃ、じゃあ誰か他の人に乗せてもらうとか」

「確かあの中で免許を持ってるのは争場だけだぞ。朝食の席でそんなことを言ってた。あいつが他人を乗せていってくれると思うか？　どの途、お前は乗れない気がするがな」

「……じゃー、意味無いですね。ガソリンも入ってないみたいだし、こっそり乗って出ていくのも無理か」

さっきまで元気だった伏見がみるみるうちに萎《しお》れていく。

「出て行きたかったのか？」

「本当は、……まあ、少し。だって怖いじゃないですか」

意外にも素直に伏見が認める。その『怖い』の響きに、事務所のソファに座っていた木乃香の面影が重なる。

「こんな状況下で人が殺されて、もう三人も減って。……自分からこの島に来たのに、弱っちいですけど。私は卑劣な殺人を暴くためにやって来たけど、目の前で本当に人が殺されるのを見て足が竦んでる」

「当然だろ。殺人事件なんだ」

「何だかんだで、天使がいるから大丈夫だとか思ってたんですかね。巻き込み自殺のことを取材して殺人と裁きに触れてたつもりなのに、自分が殺されるかもしれないって久しぶりに思ってる。その慣れも怖いですね」

天使が降臨して以降、殺人と社会の間には薄い膜が張られていた。意識はしていなくても、その膜に微かな安心を覚えている人間もたくさんいたはずだ。

その時、沖を飛んでいた天使が旋回してこちらに向かってきた。バサバサと耳障りな音を立てて寄ってくる様は、いつ見ても威圧感がある。ボートに寄り掛かっていた伏見が、ひゃっ、と声をあげて大袈裟に飛びのいた。

「うわ、いきなり来た。天使の話してたからかな……う、こっち見てる」

「天使に目は無いだろうが」

「そののっぺりとした顔がちょっと怖いんですよね。もっとこう、表情があったら……それも怖いか」

薄気味悪い姿だが、顔や声があるよりは今のデザインの方がいいと青岸も思う。

「天澤がここに来たら、また火かき棒の出番ですかね」

「あれもあれで凄い剣幕だったたな」

「ね、驚きましたよ。テレビに出てる時も絶対に生の天使には近づかなかったり、目を逸らしてたりとかしてたので、もしかしてとは思ってたんですけど。まさか天使嫌いだとは」

「なんというか、メロン農家がメロンを嫌っているみたいな話だよな」

「でも、嫌いになる理由も分かりますよ。この世界の天使は天国っていうよりは地獄寄りの存在ですし」

天使が天国へと人間を導く姿は確認されていない。見ることが出来るのはいつも、人間を地獄に引き摺り込む細い腕だけ。そこに人間は様々な意味を見出す。

常木も天澤も、天使というものに呑み込まれてしまったのだ。

天使に向き合い続けていると、影響を受けずにはいられない。青岸だって、このまま天国に囚われていれば、どちらかに偏ってしまう可能性はある。天使を愛するも厭うも、結局地獄だ。

「これ何でしょう。この岩のところに杭《ペッグ》みたいなものが打ち込まれてますけど」

伏見の指し示す船の近くの岩場には、テントを張る時に使うような杭が等間隔でいくつも打ち込まれていた。

「単に係留用じゃないか。そんなにでかい船じゃないから、こんなに必要かって話だが」

一見しただけでも十本以上ある。小さなモーターボートには、どう考えても多い。

「この船にはちゃんと錨《いかり》もあるのに。巻き上げ装置は自動ですね、これ。お金かかってるなぁ……」

モーターボートを撫でながら、伏見が呟く。彼女の目にはありありとボートへの未練が見て取れた。しばらく眺めてから、伏見がボートから手を離した。

「分かりました、青岸さん。モーターボートのことは私たちだけの秘密にしましょう。……少なくとも小間井さんが話題にするまで知らない振りをするべき、ですよね」

「よく分かってるじゃないか」

「ここに来ると決めたのは私ですから。逃げたら駄目なんですよね。そのことをちゃんと意識しなきゃ」

迷子の子供のような顔をして、それでも伏見ははっきりと言った。

それから他の井戸も見て回った。一つは身を乗り出せば底に手が付く深さで、もう一つはボート近くにあった井戸と同じくらいの深さだったが、両方とも枯れていた。中に報島の死体が放り込まれていなかったことは、幸いなのかもしれない。


「そういえば、俺と同じ船に乗ってたんだろ」

館に戻ると、部屋まで伏見を送った。すぐに扉を閉められそうになったので、昨日のように足を挟む。阻まれた伏見はじっとりした目で青岸を見ていたが、不承不承といった風に答える。

「そうですよ。だから青岸さんを見つけた時はびっくりしました。だって、一回エンカウント済みですもんね。その節は、私のことを常木に報告しないでくださってありがとうございました……」

どことなく気まずそうだ。本人の中でも、あれは反省すべきことだったらしい。今となっては伏見を見逃した判断は正しかったと思ってはいるのだが。

「あんな下手くそな尾行なんか報告するまでもない」

「そんな！　いや、それでいいんですけど、ありがたかったんですけど……。でも、青岸さんは探偵なのに私が乗っていることに気づきませんでしたね！　ということは、私も少しは成長したんじゃないでしょうか！」

「黙れ。仕事中とプライベートだと集中力が違うんだよ」

伏見はにやにやと笑って首を傾げている。

気づかなかったのは事実だ。あのフェリーが広かったのと従業員が実質倉早しかいなかったことを差し引いても、相当上手く隠れていたに違いない。

「話したいのはそこじゃない。お前を常世島に呼んだ手紙とか無いか。それが見たい」

「あ、はい！　持ってます。ちょっと待っててください」

小さくガッツポーズをしてから、伏見が部屋から白い封筒を持って来る。この特徴のない封筒から、差出人を特定するのは難しいだろう。ご丁寧に住所はワープロ打ちで非の打ちどころがない。

「中に入っていたのはこの二枚と、船内の見取図です」

一枚は『常木の罪を暴きたくはないか』という文面の書かれた素っ気ないワープロ打ちの手紙。もう一枚には倉早の船内でのタイムスケジュールが書かれていた。勿論、これで絶対に見つからないというわけでもないだろうが、保険にはなる。

「他に何かないのか。手がかりになりそうなものは」

「無茶を言わないでください。でも、差出人がこの館に来ていた十人の中の誰かっていうのは間違いないですよね。催しのことを知ってたのは十人だけですし」

「だろうけどな……」

だが、伏見をこの島に呼んで得をする人間が全く浮かばない。あの集まりにとって記者は不都合でしかない。……まあ、伏見がここに来てやったことと言えば、常木殺しの疑いを掛けられたことくらいなのだが……。

そうだ。もし、それが彼女の役割だったのだとしたら？

伏見は真っ先に疑いの目を向けられた。

常木を殺した後に、都合よく犯人に仕立て上げられるスケープゴートとして彼女が選ばれたのだとしたら――。

「その手紙は差し上げますから、青岸さんは引き続き真相解明を頑張ってください！　それでは」

「おい、助手活動は終わりか」

そのまま伏見が部屋に引っ込もうとするので、思わず引き留めてしまった。

「私は部屋で考えをまとめます。大丈夫です、青岸さんなら私がいなくても十分に探偵としての役割を果たすことが出来るでしょう……期待しています」

「お前はどの立場で物を言ってるんだよ」

「いやー、うーん、なんでしょうね……」

不意に、伏見が何かを言おうとした。少なくとも、青岸にはそう見えた。けれどそれは言葉にならずに、曖昧な笑顔で誤魔化されてしまう。

結局、無慈悲に扉は閉められてしまった。別に助手を欲していたわけじゃない。伏見が同行しないのならしないでいいが、釈然としないものは残った。無理矢理押しかけてくる人間なんてろくなものじゃない。過去の経験から、青岸はそれをよく知っている。

5

報島の防犯意識はまともで、部屋には鍵が掛かっていた。

今回の事件で、現場の次に情報量が多いのはここだろう。しかし、ピッキングしようにも、常世館の鍵はホテルのようなカードキーを採用していて手がつけられない。いっそ扉を蹴破ろうかと思ったところで「どうなさったのですか？」という涼やかな声がした。

「そこは報島様のお部屋ですが……。いえ、青岸様が間違えるはずもありませんね。……

報島様のお部屋をお調べになりたいのですか？」

　倉早が困り顔で尋ねてくる。彼女の立場からしてみれば、たとえ安否が分からなくとも、ゲストの部屋に無断で他人を入れるのには抵抗があるのだろう。

「出来れば入りたいんだが……。この中にあるもの次第では、報島が何故あんなことをしたのかが分かるかもしれない」

「常木様と政崎様が何故殺されたのかも分かるかもしれない……ということですね」

「ああ。少なくとも動機くらいは明らかになるかもしれない」

　何の根拠も無いが、ここではったりを利《き》かせなければ扉が開くことはない。

「なあ、迷うのは分かるが開けてもらえないか。妙な真似をしないよう見張っててくれていい」

　頼む、と念を押すと、悩んだ末に倉早が折れた。

「……分かりました。マスターキーを持って参ります」

「いいのか？」と、自分で言い出しておきながら驚いてしまう。

「調査に必要なことだとは理解しております。それに、報島様の安否を確認するべく、私と小間井は既にお部屋に入らせていただいています。……何の知見も無い私たちがプライバシーを犯したのですから」

一旦言葉を切ると、倉早は笑顔でこう言い添えた。

「それに、私は青岸様の助手ですから」

その肩書きを名乗るのは倉早で三人目だ。

正直な話、今までで一番頼り甲斐のある助手だった。


報島の部屋も、基本的に他の客室と変わらない。滞在に慣れているからか、使い方に粗雑さが見える。服があちらこちらに脱ぎ散らかされており、家具も大胆に動かされていた。空《から》になったワインの瓶までもが床に転がっている。まるでここが自分の居城であるかのようだ。

「荷物などは整えずそのままに、とのことでしたので、私たちは殆ど立ち入っておりませんでした。報島様は何度も常世館にいらっしゃっておりますので、のびのびと滞在していただいていたようです」

「のびのびって言ってもな……この散らかりよう、折角の部屋が泣いてるぞ」

痕跡が多く残り過ぎて、何処から手をつけていいのか迷う。そんな青岸の前で、何故か倉早の方が生き生きと振り返った。

「さあ、青岸様。調べたいところがあれば私にお任せください。こう見えても私は、部屋の清掃には一家言《いっかげん》ございます。手がかりを見つけるのも得意やもしれません」

「……あー……なるほど？」

「さあ、青岸様。助手である私に何なりと御申しつけください」

そう笑顔で言った後、倉早は不意に真面目な顔になった。

「この館で起きたことは由々しき事態です。皆様の滞在をサポートしつつ、助手として青岸様に付き従うのが一番かと。私で不足なら、小間井も呼んで参ります」

常世館で働く三人の中で、小間井は本音のわからない人物ではあった。倉早と同じく、彼には動機も無ければ怪しい部分も無い。青岸との関わりもなさ過ぎて、大事なことを取りこぼしているんじゃないかという気になってしまう。

そんな青岸の長考を、小間井への疑いと取ったのか、倉早が毅然として言った。

「ご安心ください。私や大槻や小間井が犯人であることはありませんからね」

「そんな証拠が？」

「ヴァン・ダインの二十則です。それによると、使用人が犯人であるのはタブーだそうなので。私は今回ほど自分の立場に感謝したことはありません」

「冗談だろうな」

「願望かもしれません」

倉早の完璧に作られた微笑と冗談の相性が悪すぎる。和《なご》ませようとしてくれたのだろう。

「……じゃあ、倉早さんは何か妙なものがあったら俺に教えてくれ。今回は仕事ってより調査のノリで」

「かしこまりました！　誠心誠意務めさせていただきますね」

一礼して、倉早がバスルームに向かう。いきなりそこに行く攻めた手管《てくだ》に感心しながら、ベッドに向かった。

雑然としたベッド脇には、報島の荷物がそのまま残されていた。縒れたリュックサックの中には煙草のカートンとノートパソコン、それに手帳と着替えが詰め込まれていた。

差し当たって手帳を開いてみるが、細々《こまごま》とした取材の予定が書き込まれているだけで大した情報はない。ぱらぱらと捲《めく》っていると、中から何かが落ちた。

万年筆だ。青みがかったボディに金色のラインが、政崎のものによく似ていた。しかし、細部の高級感は全く違うし、何より要らない機能がついてしまっている。

蓋の部分を検《あらた》めてから、左に捻るとカチカチとダイヤルのような感触がした。そのままなおも捻り、蓋を引く。

すると、万年筆から報島の声がした。

『これは俺が処分しておきますから。……で、話を戻しましょう』

やっぱりそうか。これは万年筆じゃなく、それを模したICレコーダーだ。よくない用途に用いられることも多い、趣味のいいものじゃない。そう思いながらも、録音に耳を傾ける。

『それで、政崎さんは本気で〝同盟〟から手を引くっていうんですね』

『ああ、この島から帰ったら必ず……常木の事業からもだ、どうせ常木が死んで混乱しているだろうし。これで手を切れるわけだ』

同盟、という聞き慣れない単語に引っかかった。話の流れを聞くに、政崎たちは自分たちのことをそう称していたらしい。

『一つ一つ確認していきますけど、政崎さんが手を組んでいたのは丹代《たしろ》さんと、津木《つぎ》さんとこと……』

報島が何やら名前を上げ、政崎がそれを肯定したり、あるいは否定したりするやり取りが続く。

何だこれは、と思っていると、報島が突然語り出した。

『後悔なんか必要ないでしょう。常木を殺してなかったら、みんな危なかった。あいつは天使のせいでマジでおかしくなってたんです。そのこと忘れないでくださいよ』

『そうだな。……あんな訳の分からない化物に大金を払うほど……常木は……』

『それだけじゃありません。もしかすると、改心したとか言って、今までのこと全部ゲロるかもしれないですよ。そうなったらもう破滅でしょ』

『……ああ、そうだ。全く……どうしてこうなってしまったんだ』

『そうなったらきっと俺が一番に切られるんです。最悪、スケープゴートにされるかもしれない。こっちは殺される前に殺した、当然の報いです』

政崎が何言か返す。報島の声には媚びるような色が混じり、くだらないお世辞を言う。

『それじゃあ今夜また詳細詰めましょう。大丈夫です。俺は政崎さんの味方ですよ』

続きをじっと待っていたが、録音はそこで終わっていた。他に音声ファイルがないか調べてみたものの、これしか残っていないらしい。

政崎さんの味方ですよ、ときたか。報島がこれから何をするかを知っていれば薄ら寒い言葉にしか聞こえない。報島はこの会話の後に、政崎をミカエルの槍で殺したのだ。

『これは俺が処分しておきますから』の『これ』が指すのはこのICレコーダーだろう。そういう名目で、まんまと報島は政崎からこれを手に入れたのだ。

万年筆がレコーダーにすり替わっていると聞いただけで政崎は平静を失いそうであるし、そんな状態の彼を言いくるめるのは簡単だっただろう。そうして受け取った時にこっそり起動したのだ。

何のために？　恐らくは、後半の言葉を脅迫材料にするためだ。政崎と組んでいた要人たちの名前が、ここにはぎっしりと詰まっている。これを持ち出されれば、島の外に出ても政崎は報島に逆らえない。

「倉早さん、俺はここを出る。後は任せていいか？」

「ええ、大丈夫ですよ」

「ありがとう」

万年筆と手帳を拝借して、廊下に出た。

目指すは一階下、さっき訪れたばかりの伏見の部屋だ。

6

嫌な空気を察しているのか、伏見はインターホンを鳴らしても出てこなかった。前のように宇和島で釣っている時間はない。仕方ないので、借金取りのように激しく扉を叩く。

「おい助手！　助手つってたんだから出ろ！　協力しろ！」

「叩かないでください、叩かないでくださいよ！　他の人に見られたら青岸さんが犯人ってことにされちゃいますよ……！」

恨み言と共に扉を開けた彼女に、万年筆型のＩＣレコーダーを突き付ける。

「単刀直入に言う。これはお前のか？」

「えっ……これ、何処にあったんですか？」

「報島の手帳に挟んであった」

「どうりで見つからないと……！　あのクソ記者め……！」

伏見が舌打ち交じりに吐き捨てる。

「お前まさか、挙動不審だったのはこれを探してたからか？」

「……そうですよ。一昨日、この館で取り押さえられた日のことです。お昼を食べた後に常木の部屋に呼ばれたんですよ。質問っていうか……尋問？　されて、付き合いのあるメディアを挙げさせられて」

きっと、倉早の言っていた通りの『制裁』を行う為だろう。

「その時に、緊張で鞄の中身引っ繰り返しちゃって。そこで落としたんでしょうね……。あんなもの持ってたら常木を探る気満々だってバレるじゃないですか。だから回収しようと思ってたんですけど」

「お前、そんなんで本当に記者としてやっていけてるのか？」

「バッグを引っ繰り返すのと記者の資質は関係ありませんからね。それじゃあ報島が私のレコーダーをパクってたんですか。本当に油断できませんね」

「いや、持ってたのは恐らく政崎だな。似たようなのを持ってたから間違えたんだろう」

「そうなんですか？　どっちだって一緒ですよ」

そうだろうか、と一瞬思う。だが、今一番聞きたいのはそれじゃない。

「問題はこの録音だ。後半の名前のところに注目して聞いてくれ」

レコーダーを再生し、報島が次々に名前を挙げていたところまで聞かせる。すると、伏見は目を丸くした。

「これ、政崎との間に不正献金疑惑があった企業の重役です。それに、巻き込み自殺絡みで間接的に利益を得ていた人間も」

「常木と同盟のメンバーは、もう反りが合わないってレベルじゃ無さそうだが」

「じゃあ、本当だったんだ……」

「何が」

「常木は政崎への支援を打ち切るつもりだって。常木王凱は政崎の経営している会社への資金援助を連続で打ち切ってるんです。こんな島に招いてるんだから、まだ関係は継続するつもりなんだと思ってたけど……」

むしろ、今回が最後通牒だったということなのだろうか。もし常木の思い通りに動かないのなら——常木を穏やかに同盟から抜けさせないのなら、更なる経済的な制裁を加える、という。

「報島も自分は切られるって言ってたし……何だ、私以外も動機があるじゃないですか。もっと濃厚なやつ……」

「この録音からすると相当追い詰められていたみたいだしな」

支援を打ち切ること自体もそうだが、報島たちはむしろ常木の天使への傾倒が進んでいっていることを危ぶんでいた節がある。

もし常木が天使への信仰を深めていけば、自分たちのやってきたことを悔やみ、大々的に告白するかもしれない。そう考えても無理はない。天使に顔向けが出来るよう、自らの罪と向き合わなければならない、なんてことまで。

「常木一人殺して済むなら、それで解決しようってことになるのかもしれないですね」

「今の人類は、誰しも一度だけ殺人の権利がある。……まあ、奴らはそれを不当に行使してたわけだが」

「最低です。あるとも思ってませんでしたが、本当に人の心がない」

伏見が苦々しく言うと、突然何かに気づいたように顔を上げた。

「というか、これお手柄ですよね？　私が常木の部屋にレコーダーを忘れなければ、この会話を聞けなかったわけですもんね。奴らが常木をよく思ってなかったことも分からなかったんですよ？　私のお手柄じゃないですか！」

確かにその通りなのかもしれないが、それを素直に言うのは何だか悔しい。伏見のＩＣレコーダーでミッシングリンクは繋がったものの、彼女自身は何もしてないのだし。

「私がいなかったら報島の動機も分からないままだったんですよ！　そう考えると凄いことじゃないですか！　ね、青岸さん！　そうでしょう！」

「だが、いよいよ報島が政崎を殺した理由が分からなくなったな。この録音を聞く限り、二人の利害は一致している。ここが仲間割れすることはないだろ。何がどうなりゃ報島が政崎の喉を槍で突くことになるんだ？」

「結局そこに戻るんですか」

「金持ち殺人同盟の内紛が分かったところでってことだな」

着実に手がかりは増えているのに、全く真相に近づいている気がしない。常木に死んでほしかったのは二人とも同じはずだ。あの部屋で一体何が起こったのだろうか？

一つ言えることは、生き残った争場も天澤も、常木王凱の死を喜んでいるだろうということだけだ。

部屋に戻る前に、改めて天使展示室に向かった。

一番目立つところに置かれているミカエルの像、その手にあった槍がない。

槍を失った天使の像は不格好だった。元々の造形が猫背の猿のようだから、不自然に曲げられた腕が間抜けに見えるのだ。槍は天使の腕に凭せ掛けられていたらしく、つまりは誰でも取り外すことが出来た。

槍を失くした天使の像は神々しさも神聖さも無く、槍を奪った人間はこれを見てどんな反応をするのだろうと思った。

7

天使展示室を出ると、陽が暮れかけていた。

太陽が沈む頃になると活発になるのか、窓の外には天使の姿が目立つ。殺人事件が起こっていても、天使は相変わらず飛び回るだけで、真相を提示してくれるわけでもなかった。

同盟の存在を受けて、常木の罪の輪郭が明らかになってきた。この島のゲストたちは常木を中心に天使のルールを悪用し、たくさんの人間を不幸にしてきたのだ。

伏見が慕っていた檜森百生の一件も、今となっては常木たちの作為としか思えない。自分たちの罪に肉薄してきた檜森を、いつも通り紛れ込ませたのだろう。

赤城たちを殺したのも、『同盟』なのだろうか。彼らが巻き込み自殺の阻止に奔走していたから、目障りになったのか？　自分たちがやっていた正義の行いが、巡り巡って死の原因になってしまったのだろうか。

いや、そうじゃないはずだ。赤城たちを狙って殺したのなら、常木が青岸をここに招くはずがない。あれは本物の巻き込み自殺だ。

――正義に殉じて死んだのと、理不尽な不運に巻き込まれて死んだのとでは、どちらが救われるだろうか。

その時、青岸は自分の中に奇妙な思いが湧き上がっていることに気がついた。

赤城たちの死が偶然で、常木たちの指示でなければいいという思いだ。

この感情の出所なら簡単に辿れてしまう。常木が死んでいるからだ。もう彼に裁きを受けさせることも、復讐することも出来ないからだ。

そのことに気がついた時、衝動的に近くの壁を殴っていた。結局、青岸の救いもそこに行き着くのか。もし常木が生きている間に、同盟について知れていたら――あのナイフを刺したのは、自分だったのかもしれない。その考えが過って、慌てて頭を振った。それが赤城の望んだ正義の味方であるはずがない。探偵である青岸は、正当な法の裁きを受けさせようとしたはずだ。
個人として青岸の中にはあの短剣と同じ形をした思いがあって、今もなお煮え滾《たぎ》ってい
る。探偵として事件を調査していたはずなのに、常木王凱は死んで当然の人間だったと思
ってしまう。政崎と報島が内輪揉めの末に一人は死に、一人は地獄に堕ちたのだとすれば
喝采を送りたいくらいだ。そう思ってしまう自分は、これでもまだ探偵なのか。
そう煩悶《はんもん》しているだけならまだよかった。
青岸はそこから一歩進んで、あの同盟の中で、まだ裁きを受けさせられる人間の存在を
意識せずにはいられなかった。

巡り合わせというのは恐ろしい。気分を落ち着けるために訪れた談話室で、青岸は今一
番会いたくない相手に出くわした。
「……争場さん」
争場雪杉は一人掛けのソファに身を沈め、ぼんやりと窓の外を眺めていた。傍らにはな
みなみと注がれたコーヒーがあるが、湯気は立っていない。長い間、一口も飲まずに放っ
ておいたのだろう。
「やあ、青岸くんか」

「どうしてここに？」

「三階をうろついている天澤先生と鉢合わせたくないんだ。相当参っていてね。昔なじみの小間井さんや倉早さん以外は全員敵に見えているらしい。特に私は嫌われているんだよ。このままだと、彼に殺されてしまいかねないから避難したんだ。美味しいコーヒーも飲めるしね」

争場は冗談めかして言ったが、あながちただの軽口とも思えない。小間井や倉早が上手く天澤を宥めてくれることを祈るしかなかった。

落ち着いた様子の争場の姿を見ながら、青岸は考える。

はっきりとした証拠は無い。

が、これまで出てきた傍証からすれば、争場はクロだ。彼もまた同盟の一員なのだから。巻き込み自殺を行うための武器を調達し、『フェンネル』を開発したのは争場だろう。同盟の中で彼はそういう役割を担っていたから、彼の事業は降臨後も栄え続けた。騙し騙しやっているなんてとんでもない。むしろ、争場ホールディングスはこの世界だからこそ隆《りゅう》盛《せい》したのだ。

探し求めていた『犯人』は争場だ。

問題はここからだ。この島を出て、争場の罪を立証出来るだろうか。常木王凱が死んだことで、彼の悪事は明るみに出るのか。法の裁きを受けさせ、赤城たちの無念を晴らすことが出来るのか。

そうしなければならないと思うと同時に、そんなことは無理なのかもしれないとも思う。ここまでやってこれたのだから、争場は相当抜け目の無い人間だろう。法からの追及は難なく躱されてしまうに違いない。常世島の事件を受けて、いよいよ争場も守りを固めるかもしれない。同盟の主要関係者は天澤を除いて死んだのだから、どうにでも出来る。彼は尻尾を出さず、罪を免れるかもしれない。

そうなったら悔やんでも悔やみきれない。

しかし今、青岸には別の選択肢がある。

無防備に座っている争場を、ここで青岸が殺すのだ。

もし組み合いになったとしても、殺す気でかかれば勝てるだろう。このまま常世島を出れば、争場を殺せる機会など二度と無いかもしれない。争場は企業のトップで、一人でいることすら珍しいのだ。

鼓動が大きくなり、耳鳴りが始まる。殺す、という選択肢がごく自然に出てくる自分が嫌だった。けれど、止められない。

「どうかしたかい、青岸くん」

「……あなたは、」

気づけば、自分の疑問が口を衝いて出ていた。

「あなたは、天使は不条理の象徴だと言ったな。……天国は、あると思うか？」

「さあ、分からない」

争場があっさりとそう返す。青岸はなおも問うた。

「天国や地獄が恐ろしいと思わないのか。俺は……俺は、あんたらがやったことを知っている。罪悪感を覚えないのか？」

具体的な言葉を使わずとも、争場には通じるだろう。

その証拠に、争場の顔から柔和な微笑の八割が消えた。元の顔つきが厳めしいので、その顔には迫力がある。だが、争場の声はあくまで穏やかだった。

「僕たちがやったことか……」

「そうだ」

今までのことを悔いて、自供してくれないだろうか。青岸はそう願う。そうしたら、……そうしたら、どうなるだろう。青岸は争場を赦せるのだろうか。赦すという言葉の意味すら、今の青岸にはよく分からなくなってきていた。

青岸の願いに反して、争場は歌うように続ける。

「昔、とある外国の、治安の悪い街に行ったんだ。そこにはカラーギャングが跋扈《ばっこ》していてね。敵方と顔を合わせる度に争いが始まるから、スリリングだったよ」

　話の意図が見えないまま、青岸は黙って聞いていた。

「あまりにトラブルが起こるから、ギャングの代表が街に線を引いたんだ。ここから先はそっちの領地、ここから後ろはこっちの領地ってね。まるで子供の陣取りゲームのようだけど、意外とこれは強固に作用した」

「争いが無くなったのか」

「減ったは減ったよ。カラーギャングたちはその境界線を強く意識し、律儀に守って生活したからね。顔を合わせることが無くなれば、そりゃあ争いも減るよね。今まで基準が無かったから、無用な争いが頻発したんだ。だが、それと引き換えに、増えたものもあった」

「……何だ？」

「目を覆いたくなるような凄惨なリンチ殺人だよ。境界線が出来たことで、互いにそれを守るようになり、争いが減った。その代わり、境界線を踏み越えた人間はどんな目に遭わせてもいいという、消極的で暴力的なルールも出来上がった。内容を聞けば、どうしてそんなことが出来たのだろうと不思議に思うような行為だよ。でも、境界線がそれを可能にした。領土の中では何をしてもいいって思ってしまうわけだね。彼らの躊躇いや罪悪感はこのルールの下で消えたんだ」

講義でも行っているような口調で、争場が語り続ける。

「僕にとって、天使とはこの境界線だった」

「……全く分からない。何を言っているんだ」

「青岸くんが聞いたんじゃないか。天国や地獄が恐ろしくないのか、って。常木さんが乗り移ったみたいだ。もしくは、天使を過剰に恐れるようになった天澤先生かな。でも、僕はそのどちらにも当てはまらない。天使が現れても僕は地獄に堕とされなかった。今も堕ちていない。それなら、気にする必要なんかない」

「自分が何を言ってるのか分かってるのか?」

「昔の僕はね、むしろ感じ入る側だったよ。両親から引き継いだ事業だが、ほら、扱う物が物だから。世界の何処かで不幸を生むのが恐ろしかった。こんなことを続けていては罰《ばち》が当たるんじゃないかと怯えていたよ」

争場の目は驚くほど凪《な》いでいた。

「天使さえいなかったら、何か響くものもあったかもしれないね。でも、僕は今境界線の中にいる。自分の場所をちゃんと守っているんだから、罪悪感を覚える必要も、死後の裁きに怯える必要も無い。そう気づいてからは、全てから解放された」

　最後まで聞く前に、青岸の身体は勝手に動いた。争場に飛びついて、痕が残りそうなほどの力で肩を摑む。争場は痛みに顔を歪めてはいたものの、その目の奥にある余裕は崩れていなかった。

「お前が『フェンネル』を作ったのか」

「いい名前だと思わないかな。プロメテウスの火はフェンネルの揺り籠で運ばれ、世界を変えた。あの炎は消えない。神話と同じだ」

　肩を摑んだまま、力まかせに壁に押しつける。このまま首を絞めることは簡単だった。それで青岸の復讐は終わる。

「君は私を殺すのかな。一人までは殺せるんだから、その権利を僕に使うのかい？」

　殺されるかもしれない状況なのに、争場は飄々としている。裏にあるのはお前にそんなことが出来るはずがない、という嘲りだった。殺せるものなら殺してみろ、と言外に言っている。

　殺すべきなのかもしれない。争場をここで殺しても、それは『境界線内の行為』だ。争場が言うところの、神に赦された領域だ。青岸はまだ人を殺したことがないのだから。天使は青岸を裁かない。そう考えると、争場を殺すことが正しいことのように感じてしまう。

ただ裁かれないというだけで、赦しを得たような気持ちになる。争場がさっき言っていたことが、こんなにも早く理解出来るとは。

けれど、青岸の力は段々と弱まっていった。今なら殺せる、殺したほうがいい。そう考えているのに、手が動かない。

案の定、といった展開に、争場が笑う。虫でも払うかのような手つきで青岸の身体を撥《は》ねのけた。すっかり力の抜けた青岸は、そのまま床に転がってしまう。

「俺は、正しいやり方で、お前に罪を償わせる。何年、何十年かかってもいい。正当な裁きを受けさせてやる」

青岸は絞り出すように言った。

「それは怖いなあ。けれど、こうしてかかってこられるよりはマシかな」

「そうでなくても、お前には罰が下るぞ。絶対、いつの日にか」

「非力な人間はいつでも神や天使に縋る。青岸くんも結局それか。残念だよ」

そう言いながらも、争場は嬉しそうだった。追い詰められた人間が祈りに走ることが楽しくて仕方がないらしい。

「どうせ常木さんはもういないんだ。僕らがやっていたかもしれないことも終わりだ。僕も今回で降りる。十分元は取れたからね」

争場は談話室の内線電話を取り、小間井に連絡をした。天澤と鉢合わせたくないので、誰かに迎えに来てほしいと告げる。

「あーあ。天澤先生、あのまま自殺でもしてくれないかな。絶対に僕を巻き込まないでほしいけど。僕はまだ死にたくないし、天国にも行きたくない。生きてこの島を出たいよ」

青岸はまだ立ち上がれずに、その言葉を背中で聞いていた。もう争場の方を見ることも出来ない。最悪なことに、無力感とやりきれなさで泣いてしまいそうだった。

そんな青岸を見て、争場がつまらなそうに鼻を鳴らす。程なくして倉早が争場を迎えに来た。彼女は座り込む青岸を見て心配そうにしていたが、何も声を掛けずに争場と出て行った。

一人残された青岸の手には、争場に摑みかかった時の感触が色濃く残っている。けれど、時間を戻せたところで、やはり青岸には争場を殺せないだろう。

それは青岸が臆病風に吹かれたからなのか、それともまだ正義の味方である探偵を諦めきれていないからなのか。どちらにせよ、青岸は無力だった。

その夜のことを一言で表すなら、消化試合だった。

争場と天澤は部屋に籠城し、残る青岸たちは何とも言えない空気のまま何となくダイニングルームに集まり、ほとんど会話もしないまま、小間井が出したインスタント食品を食べた。何故か大槻までがちゃっかりテーブルに着いている。しかし、相当疲弊しているのか、小間井がそれを咎めることもなかった。

このまま争場と天澤が閉じこもっていてくれるなら、むしろそちらの方がありがたかった。あの二人はどうしても場に緊張感を生んでしまう。

「明日も天気はよくなるようで」

唯一、倉早が言った言葉だけが明るかった。

「天使にとっては悪い日和になるでしょう」

翌朝には、天澤斉が常世館から消えていた。

第五章　楽園の天使は歌わない

1

「神って何なんだろうな。天使をこんだけバラまいといて、自分は姿も見せやしない」

　降臨の後、事務所で思わずそうこぼしたことがある。その時に一緒にいたのは嶋野で、何とも言えない気まずさを覚えた。嶋野はメンバーの中でもかなりの理論派で、降臨に際しても冷静だったからだ。

　嶋野は笑うこともなく「ふむ」と呟いた。少し考えてから言う。

「一つ話してもいいですかね」

「ああ」

「昔、こんな小説を読んだんですよ。小説というより掌篇ですかね。あるところに写真に写らない体質の男がいた。男は誰とも写真を撮らないことを決めていたが、連れ合いはそれをよしとせず、彼の忠告を聞かずにたくさんの写真を撮った。連れ合いは、男が本当は写真に写りたがっていることに気づいていたからだ。しかし、男と離れ離れになった後、連れ合いは男の忠告の本当の意味に気づくんです」

「本当の意味？」

「男の忠告とは連れ合いの為のものだったってことにです。連れ合いは写真を撮る度に男の不在を感じるようになった。写真に写らないからこそ男の不在を見せつけられ、懊悩《おうのう》することになった。不在が一番場所を取る。多分、この世界における神の存在もそういうものなんですよ。あることを知っていながらけして姿を現さないことこそ、最も遍在することが出来るんじゃないでしょうか」

つまり、と前置いて、嶋野が続ける。

「神はヤバいくらい自己顕示欲が強い」

身も蓋もない言い方に、思わず笑ってしまう。嶋野は悪戯《いたずら》が成功した子供のような顔をして、丸眼鏡の向こうの目を細めていた。

「神様、見てみたいですねえ。どんな顔してるんでしょ。僕みたいに冴えないおっさんだったら、ちょっとは愛せそうなもんですが」

「ろくなもんじゃねえよ。ああでも、お前の話でやたらイメージ戦略にうるさい奴なんだろうなって印象がついた」

「そうじゃなきゃ、世界や人間をこんな風にしませんよねえ。あーあ、赤城くんが帰ってくるまでにこの書類書き上げようと思ってたのにやる気無くしました」

「もういいから飲もうぜ。今日は店じまいだ」

「石神井さんに怒られますよ。そうしたら青岸さん普通にしょげるじゃないですか」

「しょげねえよ」

「仕方ないですね。僕も一緒に怒られてあげましょうか。丁度、いいワインが入ったところなんですよ。青岸さんもこれならワイン党になりますよ」

嶋野が嬉しそうに白ワインを取り出す。その日飲んだワインは確かに飲みやすかった。

2

朝食を終え、喫煙塔で煙草を喫っていると、顔に影が降りた。見上げると、天窓に天使の翼が見える。どうやら塔の上に張り付いているらしい。襲い掛かってくるわけではないのだが、見下ろされていると妙に煙草が不味い。

天使は立ち上る煙を全く気にせず、塔の周りをぐるぐる這い回っている。

青岸は仕方なくポケットから角砂糖を取り出すと、いくつかを窓から放った。途端に天使が塔を離れ、砂糖に群がる。匂いを嗅ぎつけたのか、他の天使も何体か寄り集まってきた。青岸は外に出て、しばらく天使を観察した。こうしてみると、大きな鳩と変わりない。

天使に餌をやる趣味はないが、砂糖を撒けば天使を好きなところに誘導出来る。天使を視界に入れたくない時はそうするのが一番楽だ。角砂糖を数個でも用意すれば、三十分は気を逸らせる。

必死になって砂糖に顔を擦り付けている天使を横目に、もう一度喫煙塔に戻る。報島がつけた煙草の跡をなぞるように自分も押し付けてみる。じゅう、と音がしたところで、喫煙塔の扉が開いた。

煙草を喫わない小間井がここに来るのは珍しい。きっちりとした彼の顔が、ヤニ臭さに少し歪む。ある意味でもう慣れたパターンだった。案の定、小間井は言った。

「ご休憩中失礼致します。青岸様、すぐに来ていただけませんか」

また死体か、と言いそうになって留まった。代わりに「どうした」と言って、吸殻を灰皿に落とす。

「天澤様の部屋をノックしたのですが……返事が無いんです」

「まだ寝てるんじゃないのか？」

「そうであればよいのですが、普段の天澤様なら起床されている時間ですので」

ここに来た日の翌朝、談話室で彼と鉢合わせた。朝から溌剌《はつらつ》としていた彼のことを思い出すと、確かに今は異常事態なのかもしれない。

争場が昨日言ったろくでもない発言を思い出す。追い詰められた天澤が自殺でもしてくれれば、と。天澤にかかった過剰なストレスが、知らず知らずのうちに爆発したのだとすれば。

「これから天澤様の部屋を検めさせていただくのですが、青岸様に立ち会っていただけないかと」

あの小間井が探偵をはっきりと頼るあたり、事態は予想より逼迫《ひっぱく》している。足早に天澤の部屋に向かうと、そこには既に倉早と伏見、それに宇和島がいた。

「おはようございます、青岸様」

「青岸さん！　大変ですよ、もしかしたら、これ……」

「お前は来る必要無いだろ。戻れよ」

伏見はあからさまに傷ついた顔をした。

「酷い！　倉早さんや宇和島先生にはそんなこと言わないくせに！　昨日の躍進で私は正式助手に格上げじゃないんですか！」

「まあ、自称助手なのに、ここにいない大槻よりはマシかもな……」

「いいから早く中を検めよう。早いに越したことはないし」

宇和島は診療鞄を携えていた。最悪の事態を想定しているのだ、と思い息を呑む。

マスターキーを差し込んで扉を開けた瞬間に、空々しさのようなものを感じた。誰もいない部屋は、不在の空気がある。

そのことに裏打ちされるように、天澤の部屋はもぬけの殻だった。他と同じような広さの客室だ。

報島の時と違い、部屋には私物がほとんどない。机の上に、談話室で読んでいた洋書だけがぽつんと残されていた。ご丁寧にベッドメイクまで済ませてある。天澤は自分から部屋を出て行ったとしか思えない状況だった。

「ということは、まさか一人で帰っちゃったわけ？　まあ、あの人ってそういうことしそうですしね」

伏見が呆れたように言うと、小間井が反応した。

「この島に船が来るのは明日の午後です。それまでは常世島を出ることは出来ません」

「そんなこと言ったって、これはもう完全に立つ鳥跡を濁さずじゃないですか。天澤さんが常世館に戻ってくる気がしない」

言い返す伏見の顔が険しく強張っている。

「とりあえず、部屋を隅々まで探してみよう」

宇和島に促され、小間井たちが部屋を探し始める。そんな中、伏見は引き攣った顔のままこちらに寄ってきた。考えていることがテレパシーのように伝わる。

「ボートですよ。ボート」

伏見の口調は確信に満ちている。

「絶対そうだ。きっとモーターボートが無くなってますよ。天澤はそれで逃げたんだ」

「この島にあれしか脱出手段がないならな。しかし、天澤は船舶免許を持ってたのか？」

「さあ、いなくなったってことは持ってたんじゃないですか。間違いないです」

「決めてかかるな」

「こっそり抜け出して行ってみましょう。私たちが確かめないと」

伏見が手を引くので、青岸は流されるまま部屋を出た。どうせこの部屋に天澤はいないだろう。なら、モーターボートを確かめに行くのは悪い手じゃない。

先陣を切る伏見と連れ立って、井戸へ向かった。足を滑らせないように気をつけながら崖を下る。

伏見の予想に反してモーターボートは昨日のままそこにあった。

正確に言うなら少しばかり位置が動いているように見えるが、無くなったりはしていない。

「……あれ？」

呆気に取られた様子の伏見が、丁寧にモーターボートを検める。だが、狭い運転席に人が隠れられるスペースはない。

中の様子は昨日とは明らかに違っていた。ハンドルは勿論、操縦席のメーター部分の上の埃まで不自然なくらい綺麗に拭き取られている。こんなところを気にする余裕があったのか、あるいは気にせずにはいられなかったのか。いずれにせよ、ここに誰かが来たことは間違いない。

「ガソリンが入ってる。誰かが入れたんだ」

操縦席に入った伏見がメーターを確認する。

「逃げ出そうとした誰かが土壇場でやめたってことなの？　何で……」

「やめたというよりは、出来なかったんでしょう」

返事をしたのは小間井だった。急いで追いかけてきたのか、息を切らせている。遠くに宇和島と倉早の姿も見えた。何がこっそりだ、と内心で舌打ちをする。

「突然お二方が部屋を出て行かれたので、どういうことなのかと思えば……何故ここに…

「……いえ、当然ですね。これを見つけられていたとは」

やはり小間井はモーターボートのことを知っていたらしい。

「どういうことですか？　出来ないって……」

「この船は遠くには行けません。旦那様が常世島をお買いになった直後に、小回りの利く移動手段として入手したものなのですが……やはり天使がついていってしまうので。それ以来、誰も使えないよう、錨の巻き上げ装置を壊してしまったのです」

「壊した？　どうしてそこまで……」

「万に一つもこのモーターボートが動かされることがないようにですよ」

笑い飛ばす気にはなれなかった。常木王凱だったらそこまでしてもおかしくはない。死んでからの方がよほど常木の解像度が上がっていく。喋る天使に五千万をぽんと払えるのなら、モーターボート一つを置き物にするくらい大したことじゃない。

「本来はこのボタンを押すことで錨の巻き上げが行われるのですが、今は空回りするだけです。ボートを動かせたとしても精々数十メートルでしょう」

青岸たちと入れ替わるようにして小間井が操縦席に入り込み、丁寧に補足をする。

それではとても脱出は出来ない。ここから近くの島までですら十数キロの世界だ。このモーターボートにガソリンを入れた人間は、巻き上げ装置が壊れていることを知らなかったのだろう。そして、ピンと張った鎖に阻まれ動けなくなったことで気がついたというわけか。

「巻き上げ装置が壊れてなかったら、さっさと出て行くつもりだったってことですか？最悪ですね」

「……あのご様子だと責められないでしょう。昨日、天澤様は涙を流しながら私どもに懇願されました。何でもするから常世島から出してほしい。このままではおかしくなってしまう、と。私個人としても、どうにかして差し上げたかったのですが……本当に手段が無いのです」

「ならおかしくなればいい」

伏見が吐き捨てるように言う。

「臨戦態勢なところ申し訳ないけど、そんなことしてる場合じゃないんじゃないの」

宇和島が呆れたように言う。

「青岸さんもだよ。ここに留まってたって仕方ない」

「そう言うなよ。この操縦席——あ、」

宇和島が呆れていた理由に思い至った。彼は重いだろう診療鞄を今も携えている。

モーターボートはここにある。天澤はこの船で脱出したわけじゃない。

なら、何処に行ったのか？

「モーターボートが動かなかったなら、何食わぬ顔で館に戻ってくればいい。けれど、天澤さんはそうしなかった。もしくはそう出来なかったんだ」

宇和島が厳しい顔つきのまま言う。これ以上誰かの命が奪われることに耐えられないのだろう。しかし、周りに痕跡は無い。適当に探すにはこの島は広い。

その時、枯れ井戸の周りを天使が飛び回っているのが見えた。

天使は基本的に気まぐれで、砂糖以外に興味を持つものは無い。あそこを飛んでいるのも偶然である可能性は高かった。

ただ、胸騒ぎがした。

昨日井戸を覗いた時の、固めて落としたような暗闇を思い出す。井戸に炎は無いが、あの場所から青岸が連想したのは地獄だった。

井戸には、昨日あったはずのつるべが無かった。長かった縄は両端ともぶつりと切られ、巻き上げ装置に数巻ほど残っているばかりだ。ボートの操縦席と同じく、井戸も昨日と違っている。違うものは恐ろしい。

「……あそこを確認してみないか？」

宇和島が井戸を指差す。

向かっている最中も逃げ出したくて仕方がなかった。この予感が裏切られてほしい、と切に願う。井戸の底を懐中電灯で底を照らした宇和島が小さく漏らす。

「……惨《むご》い」

覚悟を決めて、青岸も中を覗き込む。むっと湿った悪臭が鼻を突く。生臭さと甘さの混じった妙な臭いだ。

「——ああ」

思わず声が漏れた。

井戸の底には焼け焦げた死体があった。

顔の表面も焼け爛《ただ》れていたが、顔立ち自体は判別出来た。——それは、天澤斉の死体だった。

覗き込んだ倉早がふらりと井戸に落ちそうになる。慌ててその身体を摑んで引き戻すと、彼女は消え入りそうな声で「ありがとうございます」と言った。

「……嘘でしょう？　何で四人目が？」

伏見も震える肩を抱いている。

「おい、宇和島。あれは——」

「……天澤さんで間違いないと思う。服とか身体の表面は焼けてるけど、体型が同じだし」

宇和島の言う通り、天澤は争場に次いで背が高い。いくら焼けていても、判別出来ないことはない。

「言っておくけど、あの程度の火傷ではそうそう死なない。あれが決定的な死因でないのは明らかだ」

「じゃあ死因は」

「この距離じゃ詳しいことは分からないよ。この井戸の深さは約十五メートル。そのまま落ちただけで死ぬよ。天澤さんに神のご加護があれば、両脚骨折で済んだかもね」

皮肉っぽく答える宇和島の顔には覇気が無かった。放りだされた診療鞄が虚しく見える。

それじゃあ近くで、と言おうとしてはたと気づく。

天澤の死体をどうやって引き揚げればいいのだろう。

手が届く距離じゃない。縄を身体に括りつけて降りれば、戻れなくなるかもしれない。

井戸の底でお揃いの死体になる覚悟を決めて、下に行くべきだろうか。探偵ならそのくらいはすべきだ、という考えが過る。もう一歩井戸に踏み出し、身を乗り出すと、場違いな甘い臭いが更に強くなって眩暈《めまい》がした。

赤城なら降りるかもしれない。木乃香ならそれを応援するだろうか。嶋野は反対しそうだが、結局は青岸の好きなようにさせてくれるだろう。こういう時にアクロバティックな解決方法を考え出すのは石神井だったが、彼女はここにいない。

もう少しだけ重心を井戸の方に傾ける。そこは地獄によく似ていたし、半端に焼けた天澤の死体はそういうメタファーに満ちている。降りましょうよ、と幻覚の赤城が言う。——だって、焦さんは探偵ですし、もう四人も被害者が出てるじゃないですか。

「駄目です、青岸様」

突如後ろから抱きしめられるような形で、身体が引き戻された。

「青岸様まで危険に晒される必要はありません。探偵が事件の最中に亡くなってどうするんですか」

倉早の声は優しかったが、その目はらしくなく緊張していて、引き結ばれた唇からは今にも批難の言葉が出てきそうだった。

「ああ、悪い。……うっかりしてただけだ。さっきと逆だな」

「私が言うことではないかもしれませんが、気をつけてくださらないと心臓に悪いです」

「いや、そうだな、本当に……」

「天澤様が亡くなられたのは、青岸様の所為ではありません」

噛んで含めるように言われ、脳内の幻聴がすっと消えていく。

「手がかりのために危ない橋を渡ろうとはしないでください。青岸様の責任ではないんです」

井戸の縁《ふち》に張り付いていた両手を離して、倉早の視線をまっすぐに受け止める。

「……勿論、青岸様が犯人でなければですが」

ふわりと倉早が笑う。今度は冗談だとすぐに分かった。

「そうだな。……俺は犯人じゃないし責任もない」

「そうでしょう」

改めて井戸を振り返ると、懲りもせず伏見が大きく身を乗り出していた。伏見ならそのまま降りて行きそうだが、いくら恐怖心が無くとも、あの死体を担ぎ上げて戻ってくるのは物理的に厳しいだろう。

「……それにしても、何でこんなところに？　ボートは崖下でしょ？　こんな井戸に落ちるなんて……」

伏見が死体に語り掛けるように呟く。

「他のどなたかもモーターボートに乗ろうとして、どちらが乗るかで口論になったというのはいかがでしょうか。それで、犯人は誤って井戸に天澤様を突き落としてしまったなどというのは」

小間井が推測を立てる。

「それなら、今回の犯人は天澤さんを殺すつもりはなかったっていうことなの？　偶然天澤さんを殺してしまっただけで……」

「私はそう考えますが……」

「少し不自然だな。モーターボートのことなら、崖下で話すんじゃないか。こんな薄気味悪い井戸の周りで揉めることないだろ」

青岸がそう言うと、二人とも黙ってしまった。

「無理にモーターボートと結びつける必要も無いんじゃないの」

口を挟んだのは宇和島だった。

「特にモーターボートの件で揉めたわけじゃないのかもしれない。モーターボートがあるという事実を餌にして、井戸におびき寄せただけなのかも」

「何故そんなことを……？」

戸惑った様子の倉早に、宇和島は厳しい顔で言った。

「最初から天澤さんを殺すことが目的だったのかもしれない。けれど、体格的に敵わないから井戸に落としたとも考えられる。別に女性陣に疑いの目を向けさせたいとかじゃなくて、単純な話ね」

「最初から殺すつもりで……」

「だとしたら、この四件目の殺人の犯人は今までとは何ら関係のない人間だってことになる。今朝、争場さんは部屋にいるのを確認してるんでしょう？」

「ええ、そうですね。争場様は部屋で朝食をお召し上がりになっています。……大槻は確認しておりませんが……」

「大槻くんが息災であれば、今回の犯人は初犯だよ。まだ神様の慈悲が届くライン」

倉早の証言を、宇和島が切り捨てる。殺人の衝撃から立ち直り、殺人が起きたという事実そのものに怒っているらしい。

「本当に体格差のある相手を殺すためだけに井戸に呼んだと思ってるのか？」

「青岸さんの言いたいことは分かってる。確かに効率は悪い。でも、それ以外にわざわざ井戸を使って殺す理由はないだろう」

宇和島の言うことは一理ある。が、どうしても納得がいかなかった。この館には本当に体格差のある人間を殺す術はないのだろうか？

その疑問に答えたのは小間井だった。

「残念ながら、常世館には家畜用のスタンバトンもボウガンも猟銃もございます。体格差を克服するだけの凶器ならいくらでも」

「それらの場所は？　凶器の存在を知らなかった可能性は」

「モーターボートに入っていたガソリンは外の倉庫にあったものです。ガソリンが見つけられるなら、凶器を調達するのは難しくないかと」

青岸の問いに、小間井が冷静に説明し、更にこう続けた。

「……そして、倉庫の南京錠は壊されていました」

「……中は⁉　凶器なんか全部捨てた方がいいんじゃないですか⁉」

伏見がヒステリックに叫ぶ。

「幸い、無くなっているものはありませんよ。もし凶器になるものを全て処分されるおつもりなら止めはしませんが」

「そりゃそうですよ！　私はそうすべきだと思います。青岸さんも同意してくれますよね？」

「そもそも、お前はまだ殺人が起きると思ってるのか？」

「青岸さんだってそう思ってるんじゃないですか」

一瞬言葉が詰まった。まだ殺人が起こることはあるだろうか？

「ともあれ、ひとまず館に戻ったほうがいいんじゃないかな。争場さんと大槻くんが残ってるんだろうし」

宇和島の提案に、各々が頷く。

「……争場様には私がお伝えします。天澤様が井戸に落ちて亡くなられたと」

倉早は沈鬱な面持ちをしている。

「殺人だって言わなくていいのか？」

「そんなことを言ったら、争場さんはますます出て来なくなるんじゃないか」

青岸の言葉に対し、宇和島が溜息を吐きながら言う。

争場はこのまま出てこないつもりなのだろうか。明日の午後には船が来るのだから、それが一番賢い。争場が一番警戒していた天澤も死んだのだ。むしろ、彼にとっては都合がいい展開だ。

「で、戻る前に一つ気休めを言っておくよ」

「気休め？」

「今回は遺体が焼かれてるんだ。事故や自殺じゃない。でも、そっちのほうが安心できるのかな。少なくとも、次殺せば犯人は地獄行きだ」

宇和島がいつかのようにそう言うが、誰一人安心しているものはいなかった。

既に四人が死んだ。この世界にも連続殺人があることを、身をもって知ってしまった。

3

行方を心配されていた大槻は、玄関ホール前でまたもや煙草を喫っていた。

「ここで煙草を喫うなと言っているでしょう！　何故それだけのことが守れないんですか！」

「うわ、皆さんお揃いで。小間井さん、コックコートで煙草喫うなって言ってたじゃないですか。今日は私服ですよ」

「どちらかを守ればいいわけじゃないんです！　塔で、かつ私服で喫いなさい！」

「気づいたら誰もいないから、不安だったんすよ。まさかみんな死んじゃったのかなって。そりゃ煙草も喫いますって」

不謹慎極まりないことを言う大槻の眉が下がっている。ろくでもない発言だが、不安だったのは嘘ではないのだろう。

「……天澤様が亡くなられました。お前も少しは常世館の一員として自覚を持ったらどうなんです」

「え、天澤さんまで？　そうか、マジでかー……」

「身につまされるのであれば、着替えてきて皆様に何かお出ししなさい。旦那様に見初められたその才能を発揮するのは今でしょう」

「……分かってるんですけど、ねえ」

言いながら、大槻はするすると逃げて行った。小間井に叱られたから、もうしばらくは部屋から出てこないかもしれない。

館に戻ると、倉早は宣言通り争場の部屋に向かった。果たして、争場はどんな反応をするのだろうか。

「青岸様、私たちはそれぞれの仕事に戻ります。伏見様や宇和島はどうするか分かりませんが、何かあればお申しつけください」

一礼して去っていこうとする小間井を呼び止めて、青岸は尋ねた。

「なあ、常世島はどうなるんだ」

「……難しい質問です」

いつでも張りつめた空気を纏っていた彼は、この事件の最中に急に老け込んで見えた。

「旦那様が亡くなられた後、この島をどうなさるかを聞いたことはございませんので……以前は懇意にしていらっしゃる皆様——それこそ、政崎様や天澤様への贈与を考えておられたかもしれませんが……」

その二人も死んでしまっている。常木と彼らの関係は悪化していた。もし生きていたとしても、そうなっていたかは分からない。

「常世島自体が売却されるかもしれませんが、こう天使の多い島に買い手がつくかどうか」

「天使趣味の人間なんか捨てるほどいそうだが」

「天使趣味で、なおかつ島を買い上げられるほどの方が見つかればいいのですが。塔には煙草の臭いが染みついていますし。……これは冗談です」

似合わない微笑を浮かべながら、小間井が弱音を吐く。

「旦那様は天使が島を離れることを過剰に恐れていらっしゃいましたが、この島から天使がいなくなるようなことはあるのでしょうか。私はこの島が永遠に天使に囚われ続ける気がしてならないのです。旦那様がいなくなっても……いえ、旦那様がいなくなられたからこそ、天使は一層この島を見放さないのではないかと。そんな島を誰が所有したいでしょうか」

「常世島に愛着はないのか？」

「私は旦那様にお仕えしていただけですので」

小間井が苦しそうにそう呟く。

「……旦那様が天使に傾倒するようになったのは理由がございます」

尋ねながらも青岸は、心の中では分かっている。小間井はこの常世島で、ずっと常木に付き従ってきたのだ。

「理由？」

「旦那様は元より手段を選ばない方でした。そういう方だったからこそ、一代で事業をここまで大きくすることが出来たのです。しかし、その過程で踏み躙られたものがあったこと。旦那様は今になってそれを恐れ、あろうことか天使に救いを求めました」

小間井が言っているのは、『フェンネル』絡みのことだろう。この島に集まっていた五人が行った赦されない罪だ。

「私は恐れながら旦那様に意見出来る立場にありましたが、そうしなかった。そのうちに、旦那様が殺されてしまった。……私はもう償う方法がない」

「そんなことはないでしょう。だって、小間井さんはそれを悔いていて、まだ……」

「いいえ、終わったのです。旦那様がいなくなり、常世島も天使も捨て去られます。だからこそ、私にはもう……」

小間井が思い詰めた表情でゆっくりと首を振る。この島の終わりが、彼の人生の終わりとでも言わんばかりだ。

「喋る天使の面倒はまだ見てるのか？」

「面倒を見ると言っても、天使は世話を必要としません。私たちにできることなどないのです」

天使の様子を話す口調は義務的で、何の熱も籠っていなかった。

4

談話室には誰もいない。優雅にここでくつろいでいた天澤がもう懐かしい。あの朝に戻りたいとは思わないが、こんな結末を望んでいたわけではなかった。

高級なコーヒーを淹《い》れ、それを台無しにするために砂糖をいくつも放り込む。立ち上った甘ったるい匂いがあの井戸を思い出させて気分が悪くなった。思い出せば思い出すほど、コーヒーの黒と井戸の中は似ている。一口啜《すす》っただけで後悔した。こんなものを喜ぶのは天使くらいだ。

煙草を喫った。コーヒーも飲んだ。なのに、目蓋が重くなっていく。まだ何も解けていない。みすみす四人が死ぬのを許したというのに、何の役にも立っていない。

身体がどんどん重くなり、ソファーに沈み込む。睡眠薬でも盛られたのかと思ったが、それにしてはいつも通りの眠気だ。

だから、これは現実逃避でしかなかった。つくづく自分は探偵失格だ、と自嘲する。

現実逃避に相応しく、都合のいい夢を見た。

事務所ソファには赤城がおり、何かの本を読んでいる。カウチでは木乃香が眠っている。嶋野と石神井の姿は見えないが、そのうち帰ってくるだろう。これはそういう夢なのだ。

「焦さん、分かりましたよ」

不意に赤城がそう言った。

「何がだ」

「天使がいても探偵は不要じゃありませんよ」

都合のいい夢の中にも天使がいるらしい。いや、それも含めて都合のいい夢なのか。赤城の言葉はなかなか心の躍るものである。憎まれ口を叩くのも忘れて「何でだよ」と尋ねた。

「連続殺人が起きなくなって、人を殺すことは前よりずっと単純な行いになって、悪い人間は天使が自動的に裁いてくれて、だと、確かに探偵の役割なんか無くなったように感じますよね」

「その通りだろ」

「でも、よくよく考えたら探偵っていうのは、事件に巻き込まれた人を幸せにするのが役目なんです。ということは、別に天使がいたってお役御免じゃないんですよ」

読んでいた本を閉じて、赤城がこちらを向く。

「天使が誰かを幸せにしたかって言われると、疑問が残るでしょ？　なら、天使も探偵もいる世界のほうがいいな。僕は」


あまりに理想的な台詞だったので、そこで目が醒めた。

元より探偵に裁く権利などないのだ。探偵が犯人を指摘しても、裁くのは司法だった。それが天使に挿げ変わったとして、探偵の根っこの部分は変わらない。探偵の役割は事件を解決して誰かを幸せに導くことなのだから。

いや、その前提が既に理想なんじゃないか？　と言われてしまえばそれまでだ。第一、赤城はかなり探偵贔屓《びいき》である。フェアじゃない。

大きく溜息を吐いて、手元のスマホで時間を確認する。眠っていたのは大体一時間ほどだった。

「事件発生中に居眠りする探偵なんか聞いたことないよ」

視線だけを横に向けて、呆れた顔の宇和島を確認する。一番見つかりたくない相手に見つかってしまった。

「……なんで事件の最中に居眠りする探偵がいないんだろうな。普段より気張って動いてんだから、むしろ居眠りしそうなもんだが」

「一、探偵は真面目かつ誠実なので居眠りをしない。二、探偵は完璧かつ超人的なので居眠りをしない。三、談話室で眠っていたら犯人に殺されてしまう恐れがある。となると、青岸さんが居眠りを出来るのも天使のお陰だということになるね」

「連続殺人が起きないという前提は終わったと思ってたんだけどな……」

「そうだね。地獄に堕ちてでも青岸さんを殺したいと思ってる人間がいるかもしれないしね」

「御冗談を」

「本当にね」

宇和島の声に怒りが滲んでいるのは、迂闊《うかつ》さを責めているからだろう。目の前でたくさんの人が死んだのに、青岸がこれだと怒りも覚えるはずだ。つくづく宇和島には迷惑を掛けている。

「……都合のいい夢を見た」

「そう。青岸さんにひらめきが下りてきて、犯人をあっさり指摘出来たとか？」

「それは都合のいい夢じゃねえよ」

「じゃあ何。青岸さんの都合のよさって」

「こんな世界で探偵のいる意味なんてないって言ったら、それを否定される夢だ。……探偵は人を幸せにするもので、それは天使には出来ないことだって……」

都合のいい夢の話なんかしたら、宇和島の怒りを加速させるだろうか。だが、言わずにはいられなかった。

宇和島は何故か小さく笑った。

「いきなり何だよ」

「いや、懐かしいなって。それって赤城さんの言葉だろ」

「どういう意味だ」

「同じこと、赤城さんも言ってたよ。覚えてたから夢に出たんじゃないの」

一瞬思考がまとまらない。一体、宇和島は何を言っているのだろうか。夢の中の赤城と同じことを、現実の赤城が言っていた？　そんなはずはない。そんな言葉を、青岸は聞いたことがなかった。

「降臨が起こってからどのくらいだったかな。赤城さんが不審死を調べていた時に、同じことを言ってたんだよ。青岸さんには言わなかったの？」

「……知らん。聞いたこともない」

あの頃は何もかもに忙しく、赤城ともゆっくり話をした覚えがない。この言葉を赤城から聞いたはずはないのだ。

宇和島は訝し気な顔をしていたが、ややあって頷いた。

「そういうこともあるのかもしれない。天使がいるんだ」

死んだ人間が夢を通して何かを伝えてくることはなく、夢なんかただの願望でしかない。少なくとも青岸はそう思っている。

青岸が知るはずのない言葉が、夢を通して伝えられる。そんなものを天国の証明だとも思わない。ただの偶然か、もしくは本当は何処かで耳にしていたかだ。死後の世界が本当にあって、赤城が最後に探偵についての考えを伝えてくれるはずがない。

この世界はそこまで優しくはない。

それでも、青岸は立ち上がった。無言で談話室を出て、天使には出来ない仕事をしに行く。

5

館の外、塔とは反対側に位置するところに件の倉庫はあった。

細長い小屋は、潮風対策なのかニスで綺麗に塗り上げられている。小間井の言っていた通り、鍵は壊されていて誰でも開けられた。

中にはロープが数束、スコップやバケツ、猟銃が一挺に家畜用のスタンバトンが一本あった。

たとえば、このスタンバトンを使えば、体格差のある人間でも天澤を井戸に突き落とすことが出来ただろう。

内部の壁は経年劣化で退色していたが、一部分だけ元のクリーム色が残っていた。A4サイズの長方形。最近まで何かが貼ってあったようだ。

何かが無くなっていても、部外者の青岸には分からない。そもそも何があったのかを示すものが倉庫内に何も無いので、小間井たちも正確に把握していないかもしれない。

青岸は、今から必要なものを拝借した。

倉庫内で一番長くしっかりしたロープを一束丸ごと持って、モーターボートの置いてあった場所に向かう。夕焼けに照らされ、白い船体がオレンジ色に染まっていた。操縦席に異常はない。

目的は、船の近くにあった杭だ。肩に掛けていたロープの束を下ろし、杭に通していく。杭と杭の距離は係留用にしては明らかに近く、これを通すことによってロープはまっすぐ綺麗に伸びた。全部で十本の杭が、十二メートルほどの間に打たれている。実際に通してみても、用途が分からない。

最後の杭は崖と殆ど垂直に打たれていた。見上げると、井戸の屋根がギリギリ見える。崖に同じような杭が打たれていることに気がついたのはその時だった。

岩場に打たれているものよりも大ぶりなものが二本だけそこにある。そこにもロープを通すと、ロープは崖を斜めに這って登るような形になった。

妙なひらめきがあった。さっき通したばかりのロープの一端を持って崖を登る。すると、遠くの方にも点々と杭が打たれているのを見つけた。子供が遊ぶ線結びゲームのようだ。十分な長さのあるロープは、杭と杭を悠々と繋いでくれる。

直感通り、井戸の近くにも六本の杭が打たれていた。目立たないようにするためなのか、少し遠くを迂回するように打たれている。そこにも慎重にロープを通すと、井戸とモーターボートが半円状の軌道を描いて繋がるような形になった。

これはどういうことなのか。浮かんだ疑問符を頭を振って追い払い、思考を修正する。考えなければならないのは、このロープで何が出来るかだ。

無残にも千切られ井戸に落とされた縄とつるべ。仮に、この杭に沿ってロープを這わせ、つるべとモーターボートを接続することが出来たら。モーターボートを操縦する人間によって、井戸の縄を引かせることが出来る。この装置があれば、一体どうなるだろう?

モーターボートを見る。争場は船舶免許を持っていると公言していた。もしや昨日このボートを動かしたのは争場だったのではないのだろうか。争場は平静を失い始めていた天澤を危ぶんでいた。自分だけは何としてでも生きて常世島を脱出したいとも。そんな時にモーターボートの存在を知ったら、争場はどんな行動に出るだろうか。

今日はこんなに晴れているのだから、昨日は月も綺麗に見えたことだろう。そんな中を、争場はひっそり進んでいく。誰にも知られないようにこの島から出ていくためだ。

争場は杭によって慎重に這わされたロープには気づかぬまま、モーターボートを発進させる。もし、桶がついていた方のロープで絞首縄を作り、それをスタンバトンで気絶させた天澤の首に掛けていたとしたら——。

犯人は、争場に天澤を殺させることが出来る。

だが、仮にそうだとしたら、天澤の身体は井戸の外に放置されていたはずだ。つるべにロープが結んであることには気づかなくても、大の大人である天澤が井戸の近くに倒れていたら気がつくだろう。そんなリスキーなことは出来ない。

もしや、その為の井戸なのだろうか。首に縄を掛けられた天澤を井戸に落としておけば、争場に見つかることはない。それなら井戸の役割がはっきりする。

「クソ、駄目だ。それじゃあ意味がない」

わざわざ口に出してそう否定する。

この井戸の深さは十五メートルもある。首に縄を掛けた状態で井戸に放り込めばその時点で天澤は死ぬだろう。当然だ。仮に井戸が足の着くくらいの深さだったらこの計画でも問題は無かったろうに。

惜しいところまで来ている自覚はある。探偵を全う出来ている気はしなくとも、謎が解ける気配はある。だが、あと一歩のところで届かない。

青岸は赤城の素性をさっぱり当てられなかった。ささやかな手がかりから魔法のように全てを明らかにするなんて無理だと今でも思っている。あんなものは単なるお伽話でしかない。だが、今はそのひらめきが欲しい。何でもいい。答えが知りたい。

祈るような気分で、もう一度井戸を覗き込む。朝と違い、そこからは立ち上るような腐敗臭がした。天澤の腐敗は進行してしまっているらしい。

まともに弔《とむら》われることもなく暗闇の中にいる天澤は、地獄に堕とされたようだった。あれほど天使に拒否反応を示し、怯えていたというのに。彼が天国研究の分野で好き放題に振る舞っていたことを思うと、その行く末は因果応報に思えなくもなかった。

深すぎる井戸、落とされた死体。回収出来ない場所の天澤斉。

その時、青岸の頭にとあるビジョンが浮かんだ。

じわじわと手に熱を感じる。自分が柄にもなく興奮しているのが分かる。この方法なら出来るかもしれない。

不意に天使が井戸の屋根に留まった。天使は夕暮れの方に顔を向け、細い首を頻りに傾げていた。何も映さない削られた顔にも夕日が落ちる。

数瞬の沈黙の後に、青岸は空気を裂くような透き通った鳴き声を聞いた。地下室で聞いたのと同じような音だ。恐らくは幻聴だろう。あるいは、海鳴りがそう響いただけなのか。

それでも、青岸にはこれこそが祝福に感じられた。

6

「お前は門番みたいだな」

「そうっすね。料理人じゃなくなったから、代わりの仕事を見つけるのが道理っていうか」

館に戻ると、大槻がまたも玄関の前で煙草を喫っていた。ここまでくると舌への影響よりも健康が心配だ。そもそも、青岸とエンカウントする為に喫煙塔で喫うと言っていたのに。その発言のブレも不服だった。

でも、もういい。それが建前であることは分かっている。

「まあいい。俺はお前に用があった」

「何すか。何か食べたいものとか？」

「お前が料理を拒否したのは、常木王凱が亡くなったからだと思っていた。殺人犯が潜んでいる状態で料理を振る舞うのもリスクがある」

「そうそう。牧師造薬殺人事件でしたっけ？　あの話、料理人の間では死ぬほど聞かされるんですよ。あれのために食料庫に鍵掛けるようになっちゃって。めんどいことこの上ない」

「鍵は倉早さんたちに返したのか」

「まだ持ってますよ。千寿紗ちゃんが一応持っとけっていうから。というかホットサンド作ってあげたでしょう」

「そうだったな。美味しかった」

パーカーにべったりと汚れをつけながらも、大槻はサンドイッチを持ってきてくれたのだ。

「常木王凱が殺されてから、お前はぱったりと公《おおやけ》の場で料理をしなくなったよな。仕事が面倒で嫌いだって言ってたから、不自然に思えなかったけどな、違った。お前は料理をしたくても出来なかったんだ」

大槻は煙草を足元に落とした。縒れたスニーカーで吸殻を踏むと、ジュッと音がする。

「……えー、心外っすね。俺は料理が出来なくなったわけじゃないですって。さっきの美味しかったたっていう言葉は何だったんですか？」

「正確に言うなら、小間井さんの前では作れなかったんだな。お前が料理を作れば、小間井さんと倉早さんが給仕をする。そこでコックコートを着ていなかったら咎められる」

ごく自然に、大槻の視線が自分の着ているパーカーに向く。常木が死んだ次の日からずっと着ている、何の飾り気もないパーカーだ。一応洗ってはいるのか、ミートソースの染みは薄くなっていた。

「単刀直入に言う。常木が死んだ夜、お前はコックコートを汚したんじゃないか？　それも、簡単には落ちない汚れで」

「簡単には落ちない汚れって？」

「そうだな、たとえば血液とか」

大槻の丸い目がすっと細められる。その喉がひくつくのを、青岸は見逃さなかった。

「血が付いたコックコートを着ていたら、どう考えてもお前が常木殺しの犯人だよな。だから、お前は着たきりだったコックコートを脱ぐしかなかった」

「ひでー、一応毎日洗ってましたよ。で、夜乾かして寝ると」

「それはそれで苦学生かよ」

「コックコートくらい常世館にはたくさんありますし。新しいのを出せばいいじゃないですか」

「いや、駄目なんだよ。あれだけ縒れたコックコートを着ていたお前が、殺人事件の翌朝に新品を着ていたらあらぬ疑いを掛けられるだろ。何か汚すようなことをしたに違いないってな」

そんなことになったら青岸だって大槻を疑っていただろう。

だが、あれだけ着倒していたコックコートを頑なに着なくなったのも、それはそれで不自然に映った。ワインセラーで青岸に着替えを借りようとしたことも妙だったのだ。私服が駄目になっても、大槻にはコックコートがあるのだから。

「こっちは喫煙塔の近くでお前の煙草の吸殻も見つけてるんだ。常木が死んだ翌日に探してたのはそれだったんだろ。なんでそんなものを探してたんだ？」

「そりゃ、庭にゴミを捨ててしまった罪悪感っすよ」

「そんなわけあるか。吸殻が見つかったら、あの日外に出なかったってのが嘘だとバレるからだろ。正直に話せ」

「あー、何だよ。吸殻見つかった時点で詰んでたのか。あの時見つけらんなかったから、風で海にでも運ばれて行ったんだと思ってたのに」

やはり、大槻は吸殻を探していたらしい。何が会えるかと思って、だ。馬鹿馬鹿しい。自分を落ち着かせるよう一息吐いてから、大槻はようやく認めた。

「まあ、正解です。俺がコックコートを汚したのも、その所為で料理が出来なくなったのも本当。大っぴらに私服で厨房に立ったら、小間井さんは絶対理由聞いてくるし」

あ、でも、料理が面倒臭すぎて嫌いっていうのも本当です、と大槻は丁寧に言い添える。

「なかなか落ちない汚れが血だっていうのも本当ですよ。まさか、そこまでバレるとは思いませんでした」

「じゃあお前、本当に――」

「いや、そうじゃないですって！　そういう勘違いが生まれるから、絶対に言いたくなかったんすよ。俺は常木さんを殺してないし返り血も浴びてない。俺はただ、……青岸さんの力になりたかったんだ」

「は？」

意外な言葉に、思わず気の抜けたような声が漏れた。

「丁度いいから、俺があの夜何をしてたか、再現しますよ。ポケットに角砂糖もあるし」

「待て、お前何するつもりだ？」

言うより早く、大槻が角砂糖を撒く。天使はすぐに臭いを嗅ぎつけ、大槻の近くに飛んできた。

「じゃあ、見ててくださいね」

そう言うと、大槻は近くに降りてきた天使の肩を掴むと、思い切り地面に押し付けた。

天使の翼は妙な弾力があり、ぼよぼよと大槻を押し返すが、こう押さえ込まれてはどうにもならない。

天使はまだ砂糖に未練があるのか、手を懸命に伸ばしている。しかし、拘束を振り払おうとはせず、されるがままだ。大槻はそのまま天使を引っ繰り返すと、喉元を押さえつける。そして、取り出したサバイバルナイフを喉に差し込んだ。

「うわっ⁉」

「大丈夫ですよ。天使って気をつければそんなに血出ないんで」

気にしているのはそこじゃない――と言う間も無く、大槻は手早く作業を進めていく。

しばらくして、大槻は天使を解放した。

その瞬間、地面に転がった天使が低い声で鳴く。

「ぅうううぅぅうう――」

その声は、地下室で聞いた声とほぼ同じだった。

「……人間でもあるんですよ。死体の喉が空気で鳴ること。地下室で見た天使も喉元に変な傷があったから。そういうことなんじゃないかと思ってたんですけど、当たりっすね。何処かの詐欺師が喉元に刃を入れて鳴るようにしたんだ」

天使は地面に散らばった砂糖を顔に擦り付けながら、飽きることなく喉を鳴らしている。音が漏れる度に傷口には血が滲んだが、気にもしていないようだった。天使には恐らく痛覚がない。声も無い。やがて、天使は何処かへ飛び去って行った。空を飛ぶとさらに天使の声があたりに響いた。

「……ちくしょう、すっかり騙されたな」

「一番騙されてんのは常木さんですけどね。小間井さんが言ってたんすけど、あの天使いくらで買ったと思います？　五千万ですよ、五千万。天使に切れ込み入れるだけで五千万って、もう馬鹿馬鹿しいっつーかなんつーか」

楽しそうに笑って、大槻が肩を竦める。パーカーには微かに血飛沫がついていた。

「あの日は勝手が分からなくて、べったり血がついちゃったんですよ。五体くらい試して、三体は鳴いたかな。達成感がヤバくて、喫った煙草が滅茶苦茶美味かった」

「馬鹿か。それで商売道具汚すなんて」

「そうなんすけど、着替えるのめんどいし、常世館にはコックコートがしこたまあるから……。次の日の朝にあんなことにならなかったら、普通に新しいの着てただろうし」

「俺の為にやったのか。この実験」

大槻が無言で頷く。

「……なんで」

「青岸さんがあんな紛《まが》いもののこと気にして生きるなんて、間違ってるから」

大槻はいつになくまっすぐな声で言った。

「地下室での青岸さんは相当狼狽してたじゃないですか。祝福とか意味分かんないっすよ。青岸さんの受けた痛みとか、何だと思ってんでしょうね、あいつら。このままじゃ、青岸さんはずっとあんなもんのこと気にすんのかなって」

そう言う大槻の顔は、傍《はた》から見ても傷ついているように見えた。青岸が喋る天使にショックを受けているのを見て、大槻も密かにショックを受けていたのだ。

「何でそこまでしたんだ。俺とはこの島で初めて会っただろ」

「そうですね。交流したことはないです。あの時、俺は危ないからって避難してたし。でも、俺は青岸さんたちにずっと感謝してました。レストランの殺人予告のやつ、大分前のことなんですけど」

その言葉で記憶が蘇る。

あれは、真矢木乃香が初めて関わった事件だ。

三つ星レストランのシェフに何度も殺害予告が送られて、休業に追い込まれた事件だ。犯人も手練《てだ》れのハッカーで、木乃香の活躍が無ければ発信元を特定出来なかった。

あのレストランの目玉は、独創的な発想と確かな腕を持った若き天才料理人で、犯人はメディアに多く取り上げられているその料理人を妬んで犯行に及んだとのことだった。

「あの頃、俺は俺であんまり立ち回りが上手じゃなくて、調子に乗ってるだの何だのので叩かれたんですよ。その時思ったんすよね。どれだけ真面目に頑張ったところで、こっちに少しでも落ち度があればつつかれる。俺はメンタルが強いほうだと思ってましたけど、店が休業に追い込まれた時は辛かったっすね。もうやめようって思うくらい」

「……当然だ。誰かに悪意を向けられて平気な人間なんていない」

「でも、青岸さんたちに頼んで、犯人が捕まって事件が解決したでしょ。心強かったし嬉しかったな。いつまで続くのかも分かんない状況でさ。そんで解決後に、青岸さんの事務所の真矢さんって人が、俺にメールを送ってきたんです」

「木乃香が？」

あの傲岸不遜なホワイトハッカーがそんなことをしていたとは。

「そうです。といっても、短いやつなんですけど」

「どんなメッセージだったんだ」

「『正義は必ず勝つ』」

「はあ」

「『だから負けるな』って」

事件を解決し、事務所で嬉しそうにしていた木乃香のことを思い出す。

あの頃はまだ、木乃香が正義のために青岸探偵事務所に来たとは信じていなかった。行く場所がない木乃香を、赤城が半ばなし崩しにスカウトしてきたのだと思っていたのに。当初から木乃香は正義に燃えていたのだろうか。ブラック企業の採用広告を荒らし、素っ気ない態度を取っていた彼女は、最初から赤城昴と同類だったのか。

「結局俺は自分で店やる気になれなくなっちゃって、そこから先は転々とするようになったんですけど、料理をやめなかったのは青岸さんたちのお陰ですよ。世の中は正しくもないクソだけど、正義はあるんだって思ったから。折角助けてもらった俺の才能、捨てるのは忍びないかなって」

「助けられたのか、俺たちは、お前を」

「そうですよ。青岸さんたちが、……真矢さんがどんな目に遭ったかを知ってると、おいそれと言えなくて。ずっと黙ってたんす」

大槻が気まずそうに目を逸らす。

「だから、今回のことは——青岸さんの心が踏み躙られるのは、正義じゃない。まあ、タネ明かししたら笑ってもらえると思ったんすよ、こんなくだらないことだったんすよーって」

「まあ、大槻笑える話だけどな、これは」

「常木さんが殺されるって知ってたら俺もあんなことしなかったのになー、マジでついてないでしょ」

本当にそうだ。あそこで常木が殺されさえしなければ、大槻は血のついたコックコートを平然と晒し、新しいものを要求していたに違いない。大槻は単に運が悪かっただけなのだ。

その行為の源は、青岸探偵事務所に繋がっている。この因果と、大槻の言葉が重かった。

「……俺には正直に言えばよかっただろ」

「天使に切れ込み入れた時の血ですって言って、信じてもらえますか？　濡れ衣着せられんのかなーって思ったら怖くて言えなかった。切れ込み入れた天使は解放しちゃったし」

さっき井戸のところで聞いた鳴き声は幻聴でも何でもなく、現実に聞こえていたのだ。

「……お前、それ探偵に言うことかよ。俺はちゃんと信じてやったよ」

「そうなんすよ。だから、俺が悪いんすよ。ね、青岸さん」

大槻が笑う。その笑顔が何とも言えずに苦しかった。

これで、残っていた疑問の一つが解けた。井戸の謎も大方解けたのだから、適切なパーツを適切に組み合わせれば、ちゃんとした物語になるはず。

「ところで実験の為に館を出た時、誰かとすれ違わなかったか？」

「え？　いや……。こっちもこそこそ移動してましたから。怪しい人とか見ませんでした。俺の部屋は現場とは階が違いますし」

そう都合よくはいかないか。けれど、大槻があの夜に出歩いていたというのは重要な手がかりなのだ。どうにかここから解決の糸口を見つけたい。縋るような気持ちで、なおも尋ねる。

「なら外はどうだ？　外から見て気づいたこと、何か無いか」

「そう言われても、俺も後ろ暗いことしてたわけで……あ、」

大槻は何かを思い出したようだ。

「そういえば、常木さんが殺されたってことは……不自然なこと一つあるかも」

大槻が小走りで喫煙塔の方に駆けていく。青岸もそれを追った。すると大槻は、青岸が煙草の吸殻を拾ったあたりで立ち止まった。

「俺が天使を使って実験してたのはここです。この位置、三階のゲストたちの部屋の横なんですよね」

「そうだな。あの窓がそれぞれの客室ので……左から報島、政崎、争場、天澤だったか」

「飲んだ後、ゲストの四人は部屋に戻ったって話だったっすよね。でも、ここが暗かったんだ」

大槻は左から二番目、政崎の部屋の窓を指差す。

「他の部屋は電気が点いてた。つまり、この部屋の人間は戻ってきてない……少なくとも他のゲストよりは遅れて部屋に戻ってきた。でもこの部屋、報島さんの部屋じゃなくて政崎さんの部屋なんすよね。おかしいじゃないっすか」

「確かにそうだ」

大槻の証言が正しいなら、あの夜に常木の部屋に戻ったのは——常木を殺したのは、政崎來久だったことになる。

だがそうなると、第二の事件に重要な掛け違いが発生する。次に槍で殺されたのは政崎だった。これで報島が地獄に堕ちないと、計算が合わない。

「あぁクソ、なんてこった。考え直しじゃねえか」

思わず悪態を吐く。決定的な事実が明らかになったのに、その所為で謎が増えてしまった。

青岸の焦燥を余所に、大槻は妙に嬉しそうだった。

「これかなりファインプレーじゃないっすか？　青岸さんに言われるまで忘れてたし、そもそもこれがどういうことなのかもよく分かってなかったけど」

「まあ、そうだな……ファインプレーではあるんだよな……お前が天使とわちゃもちゃしてなかったら、重要なことを見落とすところだった……」

「やったぁ、じゃあ常世館をクビになっても、青岸さんの助手として働かせてもらえるっすね」

「まだその設定生きてたのかよ」

「生きてるっすよ！　ね、俺のこと怪しまなくてよくなったんすから、もう俺を助手に出来ますよね」

大槻が人好きのする笑顔で笑う。助手。冗談のように交わしたその約束が、何だか懐かしかった。

「俺を助手にしたら、滅茶苦茶いいと思うな。俺は天才料理人だから、何処行っても同じくらい美味い料理が食えますよ。行く先々でご当地の食材を使った美味いもんを食べられるのはいいんじゃないすか」

「いいところを突いてくるな」

「そうでしょう。きっと楽しくなりますよ」

伏見も、倉早も、大槻も、青岸探偵事務所に起こったことをちゃんと知っていたのだろう。だからわざわざ助手に立候補して、今も事務所の空白に苦しんでいる青岸を、救おうとしてくれていたのかもしれない。

けれど、青岸は大槻を雇わないだろう。自分が大槻の思いに向き合えるだけの立派な探偵ではないし、もしまた助手を失うようなことがあれば、青岸はいよいよ耐えられないからだ。

そんな青岸の思いとは裏腹に、なおも明るく大槻が言う。

「青岸さんは探偵、俺は料理人で役割分担をしましょう」

それは確かに画期的かもしれない。相方が天才料理人だと、どっちが助手なのか分からなくなりそうだが。任せるべきところは任せる。青岸探偵事務所も、実のところそんな感じだった。各々が自分の得意な役割を担って——。

「役割、」

思わずそう復唱する。その二文字と大槻の証言、あの朝の出来事が繋がり、脳の奥が熱くなった。

どうしたんですか、と訝しげにこちらを覗き込む大槻の肩を掴んで叫ぶ。

「分かった！　分かったぞ！　あの夜から今まで何が起こり続けてるのかも、全部だ！」

「え？　あ？　マジですか⁉　本当に⁉」

「ああ。——早く中に戻るぞ！　何が起こるにせよ、止めないとまずい！」

大槻は全く分かっていないようだったが、青岸に合わせて懸命に頷いた。興奮と焦りで歪む視界の中、館に走って戻る。

二人でエントランスホールに足を踏み入れた、その瞬間だった。

「あ……ああああああぁあああ……」

よたよたと覚束ない足取りで、争場が廊下からこちらへ歩み寄ってくる。争場の目は焦点が合っておらず、その手は見えない何かに縋りつくように空を掻いている。

「ちょっ、どうしたんすか、あれ、争場さん——」

大槻が甲高い声をあげる、それに負けないほどの絶叫が——争場の断末魔の叫びが、ホールに響き渡った。

争場の両脚がどす黒い炎に覆われる。肉の焦げる臭いがあたりに立ち込め、争場は半狂乱で炎を払おうとするが、炎はその手にも容赦なく纏わりついて全てを焼いていく。

炎の中からまた一体また一体と天使が現れ、細い手で争場の身体を掴んだ。節くれだった指の一本一本が争場の身体に突き刺さり、焼け続ける彼を逃さない。その間も争場のつんざくような絶叫は止まらない。

「いやっ、何——!?」

騒ぎを聞きつけて宇和島と共に談話室から出てきた伏見が、目の前の惨状に座り込む。こうなればどうすることも出来ない。地獄は人間が手出しの出来ない領域なのだ。

天使が徐々に争場の身体を炎の中に搦《から》め取り、地獄へと引き摺って行く。争場の言葉にならない叫びは、それでも助けを求めていた。だが、そこからものの数秒で、争場の身体は完全に深い虚へ沈んだ。

エントランスホールに痛いほどの沈黙が戻ってきた。あれだけのことがあっても、ホールに敷き詰められた絨毯には焦げ一つない。

「争場が、地獄に堕ちた」

青岸は呆然とした面持ちのままそう呟く。

境界線の話をし、居丈高《いたけだか》に罪悪感から解放されたと言った争場。青岸に尻尾を摑まれることなく、逃げおおせると自信に満ちた態度で言っていた彼が、地獄の炎に焼かれた。天使のルールに例外はない。二人殺せば地獄行きだ。争場はそれに則って裁かれた。

昨日青岸が殺さなかった男が、天使の裁きを受けたのだ。

そこでようやく重要なことに気がつく。争場が地獄に堕ちたということは、館から退場した人間はもう一人いるはずだ。

争場はエントランスホール奥の廊下からやって来た。恐らくはそこに、争場を地獄に堕とした犠牲者がいる。廊下から真っ先に地下室の扉へと向かった。察しのいい青岸を褒めるように、扉が開いている。

階段を半分も降りないうちに、犠牲者が見つかった。

「……小間井さんが」

首にナイフを突き立てられた小間井が倒れていた。血だまりは大きく、一目で死んでいるのが分かる。追いかけてきた伏見と宇和島もその様子を見て絶句した。

間に合わなかった。——間に合わなかったのだ。

全てが明らかになった時に、こういう結末は予想していた。だが、止められるはずだった。

青岸はよろけながら小間井の死体に近寄り、持ち物を確認する。もし青岸の推理が正しければ小間井の持ち物には何か痕跡が残っているかもしれない。

制服の胸ポケットにそれを見つけた。

咄嗟《とっさ》に入れてそのままだったのだろう。破らないように慎重に取り出す。

握りつぶされた紙は変色していて、経年劣化で乾ききっていた。そこには目当ての情報が——倉庫にあるもののリストが記されていた。倉庫の壁から剝ぎ取られたのはこれだったのだ。

「小間井、さん」

背後からか細い声が聞こえる。普段の彼女からは想像も出来ない、弱々しい声だった。それを合図にしたかのように、全員が道を空ける。

「そんな……どうして……小間井さんが……」

倉早は階段を降りると、倒れ込むようにして小間井に縋りついた。あたりには彼女の小さな泣き声だけが響く。

「明日の午前九時だ」

青岸は静かに言った。全員の視線が、探偵に集中する。

「明日の午前九時に、談話室に集まってくれ。迎えの船は午後一時だろう。それまでの時間を俺にくれ」

「何をするつもりなんだ」

固い声で尋ねる宇和島に、青岸ははっきりと答えた。

「この事件の真相を明らかにする」

7

殆ど使っていなかった青岸の手帳には、六人の名前が書かれている。

・常木（心臓を刺されて死亡）
・政崎（喉を突かれて死亡）
・報島（行方不明、地獄に堕ちた？）
・天澤（井戸に転落し死亡？）
・小間井（首を刺されて死亡）
・争場（天使の裁きを受け地獄に堕ちた）

前半四人の分は、推理が固まる前に書いた。今となっては何の意味もない。後半二人は今書いた。推理を披露する覚悟を決めてからの名前だ。

六人の死者。残りは五人。

普通に考えれば、既に計算が合わない。

青岸を抜くと残りは四人。一人につき一件の殺人ノルマをこなしたところでどうにもならない。

それでも、恐るべき執念でそれは達成されたのだ。

一人一人の名前を指でなぞってから、手帳を閉じた。まだやるべきことがある。

その時、部屋のインターホンが鳴った。用事を頼んでいた大槻の顔には隠し切れない笑みが浮かんでいる。

「どうだった」

「ばっちりです。内線の通話記録、調べてきましたよ。結構手間取りましたけど。いやー、確かに常世館に来た時にやり方聞いたんですけど、忘れちゃうもんですね。ここで分かんないことは、大抵小間井さんに聞けば分かったし」

そう言ってから、大槻が気まずそうに目を伏せる。気づかぬふりをして尋ねた。

「これは本当にお手柄だな。あったか？」

「青岸さんの言う通りっすよ。小間井さんが死ぬ少し前に、争場の部屋に内線が掛かってきてます。場所は――」

「天使展示室からか？」

大槻が答えるより早く確認する。

「当たりっす。よく分かりましたね」

「だろうな。……そうじゃなきゃ辻褄が合わない」

先に天使展示室に行き、自らの推理が成立するかどうかは確認済みだ。内線の記録と合わせれば、さっき何が起きていたのか、あるいは何が起こるべきだったのかは大体推察出来る。

そこにどんな意味があるのかも、全部だ。

「小間井さん、宇和島先生たちが移動させたんすよ」

不意に、大槻がぽつりとそう漏らす。

「小間井さんの部屋に寝かせただけですけど、あのまんま地下室に置き去りにするよりいいっすよね」

「……そうだな」

「千寿紗ちゃん、もう大丈夫って言ってましたけど、かなり精神的にきてるみたいです。

千寿紗ちゃんまで死んじゃいそうな感じで。宇和島先生の話だと、伏見さんも結構メンタルやられてたみたいですけどね。二人で談話室にいたのも、カウンセリングみたいなもんで。それなのに、談話室を出て一番最初に見たのが地獄に堕ちる争場なんて、きっついよなぁ」

大槻の引きつった顔を見て確信する。伏見だけじゃない。大槻も傷を負っている。青岸だってそうだ。人間が地獄に堕ちるのを見て、ショックを受けないはずがない。

今でもあの断末魔が耳にこびりついて離れない。地獄に堕ちるだけのことを行っていたとはいえ、実際に目の前で炎に焼かれ引き摺り込まれる様は目を背けたくなるものだった。

「ねえ青岸さん。……どうしてこうなったのか、本当にもう分かってるんすか」

「ああ。お前の報告で全部繫がった」

「そうっすか……」

大槻の目には期待と恐れが入り混じっている。不可解な殺人事件、その解決に至る期待。そして、真実を解き明かした時にどうなってしまうのかという恐れだ。

「この中に、犯人……が、いるんすか」

「そうだな、犯人はいる」

「争場は地獄に堕ちたのに？　てか、犯人って何なんすか？　そいつは地獄に堕ちてないんすよね。だったら、それは罪なんですか？　犯人なんか――」

何かを察しているのか、大槻は懇願するように話し続けた。しかし、それに報いてやることは出来ない。

「俺は探偵だ。誰かを裁くのが役目じゃない。謎を解くのが仕事だ。俺が出来るのはそれだけなんだよ」

今の青岸の中の『探偵』は正義の味方ではない。かつてはそうありたいと思っていたが、今となってはただの憧れに過ぎない。あの炎の中に置いてきてしまった。

この謎を解いて誰かを幸せに出来るとも思えない。夢で聞いた赤城の言葉なんて以《もっ》ての外《ほか》だ。降臨後に求められる探偵になんか、青岸焦は一生なれない。

「聞きたくないなら聞かなくていい。お前もこの島を出るんだろ。こんな事件なんかもう忘れたほうがいいんだ」

「いいや、聞きます。何があったのか、全部知りたい」

大槻は青岸のことを見据えて言った。

「そのために探偵がいるんですから」

8

小間井が面倒を見ていた天使は、もう誰からも顧みられないのかもしれない。いっそ外に放してやろうかとも思うのだが、天使はそれで嬉しいのだろうか。天使は意思も感情も持たず、ただ人間を地獄に引き摺り込むことによってのみ神の御心を示すものだ。この地下と外にどれだけの違いがあるだろう。

「ぅぅうぅぅぅぅううう」

天使の声は、大槻が聞かせてくれた声と同じだった。自分がそんな音を発していることすら天使は知らないだろう。銀色の檻ばかりが綺麗で、あとは全てグロテスクなオブジェクト。その前に、青岸は座り込んだ。

「天国はあるか」

檻の中の天使に語り掛ける。

あの催しの時とはうって変わって、天使は青岸の方を向かなかった。檻の中で蠢《うごめ》きながら、顔の無い頭を左右に揺らしている。

「天国はあるのか」

もう一度語り掛ける。タイミングよく「ぅうううぅぅううう」と天使の声が返ってきたが、それは何の意味もない残響だ。青岸が檻に手を掛けて揺らしても、天使は全く反応しない。なおも青岸は語り掛ける。

「赤城は天国に行ったのか。木乃香は。嶋野はどうなんだ。石神井は元気にしてるのか。天国に車はあるか？　車を買うのが夢だったんだぞ、あいつは。まだ数十キロも走ってなかったんだ」

揺さぶる度に天使の身体が揺れ、喉から音が鳴る。だが、求めている言葉は何一つ返ってこない。人が死んだら土に還るだけなのか。神に祈りを捧げて、天国での再会を誓っても、そんなものは何の意味もないのだろうか？

「教えてくれよ。人間に救いはあるのか。何のために人間なんか作ったんだ。俺たちが愚かなのを見て笑ってるのか」

答えなんか何処にもない。もし赤城昴が神だったら、この世から一切の不幸を取り去ってくれただろうか。誰も苦しむことのないような楽園を作ってくれたかもしれない。

神が存在するはずなのに、この世界は不完全すぎる。ここで人間が生きていかなくちゃいけないなんて、ちょっと冗談がきつい。だったら生きている人間に地獄の存在なんか教えないでほしかった。天に召された後で、改めて地獄に堕としてくれればいいのに。

「……ちくしょう、なんだ、なんだってんだよ……俺にどうしろっていうんだ」

最後の方はほとんど涙声だった。地下室のコンクリートの床に灰色の染みが出来る。しかし、天使は泣いている青岸の方を向くことなく、檻の中で自分の翼を追いかけていた。そうだ、天使とはそういうものなのだ。

長かった常世島での時間も終わる。この事件を解決して、青岸は日常に戻るだろう。結局、天国の在処は分からないままだ。それどころか、青岸は今、誰の為になるかも分からない真実を明らかにしようとしている。青岸は求めていた救いを得られない。救いなんてどこにもない。

少しの間一人で泣いてから、青岸はようやく檻の鍵を開けた。天使は扉が開いたことにも気がついていないのか、しばらくは檻の中を回っている。天使が檻を出たのは、それから二十分後のことだった。

天使はさして嬉しそうな様子でもなく、虫のように檻を這い出してきた。青岸なんか見えてもいなそうな様子に笑いそうになる。何だよ。祝福とか本当に嘘じゃねえか。

地上に向かう扉を開け放してやろうかとも思ったが、地下室を這う天使がそちらのほうに身体を向けないので、そのままにする。彼らには人間と似通う手があり、何処にでも行ける翼がある。

天使より先に地下室を出て、明るい日差しに目を細めた。

この島で得た実感が一つだけある。赤城とのいつかの会話が蘇る。

楽園とは探偵のいない場所のことなのだ。

第六章　楽園とは探偵の不在なり

1

約束の時間、談話室には生き残った五人全員が揃っていた。

出席率は完璧といっていい。最初はこの館に十一人もいたが、今は半分以下だ。二人殺せば地獄行きのルールの中で、まさかここまで減ってしまうなんて。

「さて。俺は今から、この事件の真相を明らかにする」

天使が降臨する前は、こういう「さて」から始まる解決篇もお馴染みだった。それが今では懐かしい。

「言っておくが、俺が真犯人を指摘するのも、この事件を解くのも、俺が探偵だからだ。事件の犯人は地獄に堕ちていない。なら、この世界にいるだろうクソの神はその罪を見逃している。裁くのは天使の役目で、俺のじゃない」

「それってつまりどういう決意なの？」

宇和島がそう尋ねてくる。ややあって、青岸は答えた。

「俺の話なんか聞かなくていいってことだ。第一、ミステリってのはどいつもこいつもどうして探偵の話を聞くんだろうな？　俺はあれを司法の代理だと思ってたんだが、もうこの世界には天使がいる。だから、推理なんか聞きたくないってやつは出て行っていい」

青岸の言葉を聞いても、談話室を出る人間はいなかった。全員が青岸の与太話に耳を傾けてやるつもりらしい。

「でもさ、青岸さん。常木・政崎殺しの犯人は報島で、天澤・小間井殺しの犯人は争場だってことで決着がついたんじゃないの？」

伏見がそう口を挟んだ。

「いいや、俺が真犯人と呼ぶのは、それらを仕組んだ人間の方だ」

「仕組んだ人間？」

「そう。教唆《きょうさ》犯であり実行犯であり、この世界ではとっくに絶滅した六人もの連続殺人を行ってもなお、地獄に堕ちていない奴のことだ」

二人殺しただけで地獄行きの基準において、この罪の重さは破格だろう。しかし、その人物は今も地獄に堕ちずここにいる。全能の神はそいつが何をしたかも観測しているはずだというのに。

だから、余計に分からなくなった。常木王凱や争場雪杉、そして今回の犯人を見逃している神の正義に、一体どれだけの価値があるのか。境界線の外で行われた罪を、神は黙認し続けている。

この点について真犯人の意見を聞いてみたかったが、その表情からは、内面が少しも読み取れない。もしかすると、わざわざ青岸が探偵をやろうとしているのは、その犯人の心に近づきたいからなのかもしれない。どこまでも個人的な話だ。

この事件の犯人は青岸の助手になろうと言った時、一体何を考えていたのだろう？

「順を追って話す。まずは常木王凱殺人事件からだ。結論から言うと、常木を殺したのは報島じゃない。政崎來久だ」

「政崎さんが？　だってそれは……」

宇和島が訝しげに言う。

「あの日の夜、訳あって大槻が外にいてな。政崎の部屋だけ明かりが点いてなかったのを見てる。両隣の報島と争場の部屋、それに天澤の部屋は点いてたそうだ。ということは、政崎は部屋に戻ってない」

大槻が外に出ていた理由は端折《はしょ》って説明をする。

「それに、俺は常木の部屋で万年筆を拾ってる」

「青岸様が私に尋ねてきたものですね」

　倉早の言葉に頷いてから、話を続ける。

「政崎の万年筆が何故あんなところにあったのかが疑問だった。だが、何のことはない。あれは単純な口実作りだ。周りが捌《は》けた後に、万年筆を忘れたって言いながら常木の部屋に戻るためのな。それで、二人きりになった後、常木を刺し殺した」

「怪しい奴が普通に犯人っての、マジであるんすね」

　大槻が少々意外そうに薄く笑った。

　彼の言う通りだ。だが、常木の死体が発見された朝の政崎の狼狽にもこれで納得がいく。言い訳があまりに支離滅裂すぎて逆に怪しめなかったが、あれは単純に嘘を吐くのが下手過ぎただけなのだ。おまけに彼は口実に使った万年筆を置いてきてしまった。

「もしかして、政崎が常木を殺したのは、例の出資の話が原因？」

　伏見が思い出したように言う。

「推測でしかないが、そうだろう。常木は政崎への援助をどんどん打ち切っていた。もし常木が生きていれば、政崎との繋がり自体も切ろうとしていただろう。常木というパトロンを失った政崎の立場は、かなり厳しいものになるはずだ」

実際はそこまで苛烈なことをしなかったかもしれないが、伏見のICレコーダーに録音されていた政崎と報島の会話を思い出す。取り返しがつかないレベルまで思い込みが進行していたら、殺すしかないと思うかもしれない。

「政崎には常木王凱を殺す理由がある。考えてみればそっちの方が自然ですよね」

「でも、それだと次の事件の辻褄が合わなくなる」

納得した伏見に、宇和島が反論した。

「ネックになってるのはそこだった。政崎來久が常木王凱を殺したんだとすれば、報島が地獄に堕ちたという線は無くなってしまう。だから、あの場では半ば逆説的に報島が犯人ってことになったんだ」

「であれば、報島様は一体どこへ行かれたのでしょうか」

倉早が凛とした声で尋ねる。

「……まあ、報島が過去に人を殺していて、政崎を殺して地獄に行ったという可能性は考えなくもなかった。だが、報島も殺されたんだろう。死体は海に捨てれば済むしな」

「政崎を殺した人間が報島も殺したってことですか？　それだと変ですよ。二人を殺せば犯人は地獄行きだ。でも、二人が殺された直後に地獄に堕ちた人間はいないはずでしょ。あの時はまだ八人全員が部屋に揃ってた」

分からないことへの苛立ちを隠さずに、大槻が唇を尖らせる。

「そう。そのルールがあるからこそ、姿の消えた報島が常木殺害の犯人だとされていた。でも、あの場には例外的に二人の殺害が可能な人間がいた」

この推理に至るまでに、何度もあのことを思い出した。犯人が地獄に堕ちるのを見て、燃え盛る車の中にいる仲間のうち、二人の死を確信した日のことを。軽く息を吐いてから、青岸はこう続けた。

「報島を殺したのも政崎來久だ。ただし、地獄に堕ちる前に逃げ切ったんだ」

「逃げ切ったって……どうやって？」

「たとえば、報島を殺した方法が毒殺だったらどうだ？　報島が毒で死ぬより先に、政崎が自殺すれば地獄には堕ちない」

全員が息を呑む。何故気づかなかったのだろう。方程式を誤魔化す方法はある。地獄に堕ちる前に自ら命を絶ってしまえば、地獄に連れて行かれることはない。たとえ政崎が二件目の殺人を犯したとしても、報島が死ぬより先に自らが死んでしまえば、天使の裁きからは逃れられる。

「常木に切り捨てられようとしていたのは政崎だけじゃない。この島に呼ばれていたお偉方の全員だ。ここにいるみんなは気づいているか、あるいは知ってたよな。あいつらが何をしてたのか」

皮肉にも、生き残っているほぼ全員が常木王凱の悪事を知っている。おぞましい同盟を組み、この世で特権的な殺人を行っていた実業家のことを。

「先に言っておく。伏見、お前をここに呼んだのは、恐らく報島司だ」

「え？　何でですか？　だって、私はいわば常木王凱の──あのゲストたちの敵ですよ？　呼ぶメリットがあるとは思えない」

「そう。お前は敵だった。だから選ばれたんだよ。伏見の役割はまんまスケープゴートだ。犯人として疑われやすい人間がいないと疑いの目が向きやすい。お前がいなければ俺、宇和島、大槻、小間井さん、倉早さんの中から常木殺しの犯人を仕立て上げなくちゃならない」

常世館に勤める人間は避けたかったのだろう。すると残るのは青岸になるが、探偵に濡れ衣を着せるのを躊躇う気持ちは理解出来る。世間一般のイメージからすれば、警察と大差無いからだ。

だから、彼女が必要だった。本来なら、政崎が常木を殺して、それで事件が終わるはずだったのだ。後は迎えの船が来るまでに、彼女を犯人に仕立てる証拠を捏造《ねつぞう》すればいい。まだ船が来るまでは四日もあったのだ。

しかし、物事は思い通りにはいかなかった。

一回で終わるはずだった殺人が、彼らを巻き込んで続いてしまったからだ。

「政崎が殺された日の話をしよう。あの日、今後の話をするために、政崎は報島を部屋に呼び出していた。そうして奴は誰かに晩酌の用意をさせたんだよ。自分はいつもの瓶ビール、そして報島には赤ワインを。犯人はこの絶好の機会を利用して、政崎に報島を毒殺させたんだ。勿論、政崎は知らないうちに」

「一体どうやって……」と、伏見が呟く。

「恐らくは、毒が仕込まれていたのはワインのコルクだろうな。そうすれば、この状況が成立する。現場を見た時は気づかなかったんだが、ワインオープナーが左利き用だったんだ。ワインを飲む報島は右利きなのにな」

報島の利き手は喫煙塔でも確認済みだ。報島は青岸にメモを渡す時、右手でペンを持っていた。それを思うと、気づくのが遅すぎる自分に嫌気が差す。本来なら、あのテーブルの上を見た時点で察していてよかったはずなのに。対する政崎は右手に腕時計を嵌め、左手でフォークを使っていた。彼は左利きだ。

「報島があのワインオープナーを使おうとしても上手くいかない。となるとどうなる？左利きである政崎が開けてやることになるだろうな」

「確かに、相当手間取るはずっすからね。かといってワインオープナーを取り換えろってわざわざ言うまでのことでもないし」

大槻が頻りに頷いているのを見てから、話を続ける。

「左利きの政崎がワインオープナーを使って開ける。毒入りのコルクの欠片がワインに入って毒入りワインになり、気づかぬうちに報島に毒を盛ってしまう。程なくして報島が苦しみ始めて、政崎は慌てただろうな。だが、意図していなくても、これは政崎の罪だ」

牧師造薬殺人事件と同じだ。

あの時も、牧師から貰った薬を子供たちに飲ませ死なせてしまった母親が地獄に堕ちている。裁かれるのは、直接手を下した人間だ。水銀の含まれた薬を飲ませた母親は、毒を飲ませた意識すらないまま炎に撒かれたのだ。

世界中で食料庫に鍵が掛けられるようになったのも降臨の影響だ。もし食材に毒でも混入されれば、自分が地獄に堕とされてしまうかもしれない。パニックが起こらなかったのは、地獄を知った人々がパニックによる死者を出すことに怯えていたからだろう。そして、食料品の管理は以前より厳重になった。

「……目の前で報島様が苦しみだして、政崎様は動揺なさったでしょうね」

倉早が表情を変えずに言う。

「これは俺の想像だが——タイミングを見計らって、犯人が部屋に来たんじゃないか。その先の解決策を政崎が思いつくとは思えないからな」

政崎は突発的なトラブルに冷静に対処できるようなタイプじゃない。だからこそ、導いた人間がいるはずだ。青岸が話を再開するより先に、宇和島が言った。

「政崎が盛った毒で報島が死ねば、政崎は地獄に堕ちてしまう」

「ああ、そうだ。犯人がそれを指摘したことで、政崎は究極の選択を迫られた。このまま地獄に堕ちるのを待つか、あるいは報島が毒で死ぬ前に自殺するかだ。どっちを選ぶかなんて決まってるよな」

一同が押し黙る。誰もが一度は目にしたことのある地獄の炎を思い出しているのだろう。この世に生きる人間の価値観を変え、世界を変革した炎と断末魔。同じ状況になったら、青岸だって自殺を選ぶ。

「じゃあ、政崎さんは自殺ってこと……？」

伏見が呆けたように呟く。

「ああ。政崎は犯人が用意した短刀か何かで喉を突いて自殺したんだ。その後に、報島が死んで、めでたく政崎は二人を殺害しながらも地獄行きを逃れた」

2

「さて、ここからは真犯人の動きだ。報島と政崎の死を確認した犯人は、まず政崎の喉に天使展示室から拝借した槍を突き刺した。理由は当然、自殺した時に出来た喉の傷を上書きする為だ」

「傷を上書きしたのは何で？」と大槻が尋ねる。

「傷をそのままにしてたら宇和島が自殺だと判断するかもしれないだろ。だから、判、別出、来ないいくらい傷を損ねる必要があった」

いくら宇和島が優秀な医者でも、傷の形がああまで変形していれば判別は不可能だった。槍を用いる不自然さよりも、傷を隠すほうを優先したのだ。

「さらに報島の死体を海に投げ捨てれば、現場の状況が──政崎を槍で殺した報島が地獄に堕ちたように見える状況が再現出来る」

「ていうか、何でそんな回りくどいことしたんすか。報島さんを犯人に仕立て上げなくちゃいけない理由がよくわかんないんですけど」

なおも質問を重ねる大槻に、青岸は冷静に答えた。

「『報島が政崎と常木を殺して地獄に堕ちた』という筋書きを付けず、単に二人の死体を放り出したらどうなる？　犯人のやった自殺の強制が簡単にバレるだろう。そもそも、報島の死体は毒殺の痕跡が残ってるんだ。この時点で、もう犯人は絞れてしまう。給仕を行って不自然じゃない小間井さんか倉早さんだ」

その言葉で、全員の視線が館のメイドに向かう。

ここにはもう小間井はいない。

生き残った容疑者はたった一人だ。

「そうですね。であれば、私か小間井が疑われていたでしょう」

全員の視線を集めている倉早は、全く動揺した風もなく、穏やかな微笑を湛えている。

そのことに動揺しながらも、青岸は続けた。

「……だから、報島の死体を隠し、いったん報島に罪を着せる必要があった。実際、俺たちもその考えで納得しかけていたからな。順序が逆だってのに、何故凶器に槍を使ったのかなんてことに目を向けさせられた」

「なるほど、報島様の死体を移動させる時間がある私と小間井への疑いがますます強まってしまいますね。死体を移動させる手立ても、館に精通している私どもならいくらでも思いつきますし。……小間井が生きていたら、何か反論したかもしれませんが」

「千寿紗ちゃん、ふざけてる場合じゃ——……まさか、本当にそうなの？」

大槻の顔は蒼白だった。犯人として指名されかけている千寿紗よりも、よっぽど狼狽しているように見える。

倉早千寿紗は自分を裁こうとする探偵を射抜くように見つめ、気高いままで立っている。

青岸の背中を押すように、彼女は言った。

「お話を続けてください、青岸様。まだ終わらないのでしょう？」

「ああ、終わらない。次は天澤斉の殺人を暴く」

倉早の目をしっかりと見つめ返して、青岸はそう宣言した。

「天澤を殺した犯人って……地獄に堕ちた争場なんじゃないんですか？」

伏見が口を挟む。

「その通りなんだが、ここで重要なのは『何故そうなったか』だ。争場の立場に立って考えてみろ。あと一人殺せば地獄行きなのに、小間井さんを殺そうとするか？」

「それなら、地獄行きの覚悟を決めていたということになるけど」

「争場にその覚悟があったとは考えにくいと思わないか？　これもまた同じなんだよ。争場は自分が天澤を殺したことを知らなかった。だから、地獄行きに怯むことなく殺人を犯せた」

「井戸に人を突き落として気づかないなんてことはないだろう」

宇和島が呆れたように反論する。だが、青岸は淡々と言い返す。

「ああ、そりゃ無理だ。だから、天澤は井戸に落ちたことが直接の死因じゃないんだろ」

「じゃあ何が原因だったと思ってるの？」

「実は、俺と伏見は事件が起こる前にあのモーターボート近くの枯れ井戸に行ってるんだよ。その時は井戸につるべも縄もちゃんとあった。落ちそうになった天澤が咄嗟に摑んだ可能性も考えたが、結構な強さと長さがあった。流石にあんな風に切れたりしない。あれが凶器だ。天澤は絞殺されたんだ」

そこまで話してから、改めて倉早に向き直る。

「倉早さん。ここからは犯人の名前にあんたを当てはめて話す。反論があるなら逐一言ってくれ」

「分かりました。青岸様の仰る通りにさせていただきます」

相変わらず全く動揺がない。給仕を言いつけられた時と同じトーンだ。

「まず倉早さんは、天澤をあの井戸まで呼び出した」

「天澤様はお忙しい方です。私などの誘いに応じていただけるとは思えません」

「いいや、応じたはずだ。何しろあそこにはモーターボートがあるんだからな」

常木に次いで政崎が殺され、報島が姿を消した時点で、天澤はかなり精神に恐慌をきたしていた。小間井に泣きついて、どうにかならないかと懇願もしていたそうだ。そんな折りにモーターボートの話をすれば、彼は一、二も無く飛びついただろう。

「そうして井戸の近くまで天澤を呼び出した倉早さんは、スタンバトンで天澤を昏倒《こんとう》させた。不意を突くのは難しくないだろう。天澤は根っからの天使嫌いで、常世島には大量に天使がいる。見るのも嫌な天使から目を逸らしている間は無防備だ」

「……天国研究家の天使嫌いが仇《あだ》となるなんて」

伏見が苦々しく吐き捨てる。本当にその通りだ。

「気絶した天澤を井戸まで運び、首に縄を掛けて中に落とす。もう一方の縄は杭を使って地面に這わせて、モーターボートに繋げる。長さが足りなかったらつるべの方に縄を継ぎ足せばいい。これで、誰かがモーターボートを動かした時に、天澤の首が吊られる仕掛けが出来上がった」

あのモーターボートは錨の所為で数メートルを進むのがやっとだが、この仕掛けにとってはそちらの方が都合がいい。縄にほんの少し持ち上げられるだけでも、人間はあっさり死ぬだろう。

「それじゃあ、モーターボートを動かしたのが争場さんってことになるのか。小間井さんを殺すことで地獄に堕ちたのは彼なんだから」

「ああ、そうだ。争場は争場で常世島からなんとしてでも出たいと言っていたからな。船舶免許を持っている争場も、モーターボートへの飛びつきはよかっただろう」

「おかしいですね。それだと、井戸に落とされた時点で天澤様は生きてなくてはいけません。そうじゃないと、私が殺したことになってしまいます」

倉早の口調はあくまで穏やかだ。

「ですが、あの井戸の深さは十五メートル。井戸に落とした時点で天澤様の命はありません。そもそも、青岸様のお話では、天澤様の首には縄が掛かっていたのですよね。それでは余計に無理です」

それを聞いた大槻が別の可能性を上げる。

「じゃあ、天澤さんがそもそも井戸の外にいたとかは？　船に引っ張らせるんだったら別に井戸の中に置かなくてもいいんじゃないすか。近くに座らせるとか」

「井戸の近くに座ってたら、モーターボートを動かそうとした人が気づいたんじゃないですか。あっちは大分パニックだっただろうけど、井戸の方を見たらすぐに分かるっていうか……」

伏見が微妙な顔のまま、言葉を続ける。

「そうなると、やっぱり天澤の身体は井戸の中になくちゃいけなくて……あれ、結局深さが問題になるよね？」

「深さの問題を解決する方法が一つだけある。井戸をその時だけ浅くすればいいんだ」

「どういうことですか？　まさか、あの時だけ水位が凄く高かったとか？」

青岸の言葉に、伏見が食ってかかる。さらに大槻が反論した。

「そんなわけないって。あれは完全に枯れた井戸だった。千寿紗ちゃんもそう言ってたでしょ」

「ええ。私の知る限り。一夜にしてあの井戸に水が戻ってくることはありません」

「そのくらい俺も分かってる。あの井戸は他のもので埋まってたんだ。しかも、時間が来れば、勝手に無くなるもので」

「砂とか石とかで埋めたわけじゃないのか。勝手に無くなったりしないし、そもそも痕跡が残る。なら、一体何？」

訝しげに尋ねる宇和島に、青岸は答えた。

「天使だよ。あの井戸には天使が詰まってたんだ」

青岸が窓を開けるとぶわっと風が入り込み、カーテンを揺らす。そのままポケットから角砂糖を取り出し、地面に放り投げた。

ものの数秒で天使たちが集まってきた。あののっぺりとした顔と痩せた身体で、どうやって砂糖の存在を嗅ぎつけているのだろう？　天使は地面に這いつくばり、角砂糖に顔を擦り付けている。

集まって来た天使たちの上に更に角砂糖を放ると、天使は折り重なるように互いの身体に載った砂糖を探り、一つの大きな塊のようになった。

代わる代わるに窓の外を覗き込んだ一同が、何も言わずに納得する。人間がただ一つ知っている天使の貪欲な習性。それが今、まざまざと晒されている。これ以上グロテスクさと神々しさを混同してしまわないように、青岸は窓を閉めた。

「手順はこうだ。井戸の底に砂糖を投げて天使を呼ぶ。天使が数体集まってきたら、更に砂糖を追加していく。十体も井戸の底に集まればかなり埋まるだろうな。それで井戸の深さを四メートル程度にしたら、首に縄を掛けた天澤を天使の上に落とす。あとは争場がやって来て、船を動かすのを待てばいい」

争場を呼び出した方法は予想がつく。倉早がこっそり手紙でも出せばいいのだ。モーターボートを見つけた、免許のある争場なら使える。夜中の一時にはガソリンを入れておくので人払いをしているうちにお逃げください、などと。

井戸の中で天澤の絞首縄は吊り上げられ、彼は死ぬ。船はある程度で止まり、争場は引き返してくる。錨を上げようとするが上手くはいかない。やがて争場は館に戻ってくる。

その間、井戸の中では天澤が死んでいる。

「天使は三～四十分くらいすれば砂糖を食べ終えて退散するしな。痕跡は残らない」

天使が去った後は天澤の首に巻き付いている縄を切り、彼を落下させる。地下十五メートルの深さにある死体は回収出来ない。

「死体を焼いたのは、多分念を入れたんだろうな。死体が回収されることはないと踏んだんだろうが、首についた縄の痕を誰かが指摘するかもしれない。表情にも首吊りの特徴が出ていたかもな。舌が出ていたり、目を剝いていたり」

ただ、その所為で井戸の中にあの独特の臭いが残った。微かな砂糖の残りが焼け、甘く焦げたような匂いが出てしまったのだ。

「次に殺されたのは――最後に殺されたのは小間井さんだ」

思わず表情が歪んでしまう。ここから先を語ることを、心が拒絶している。それでも、青岸は止まるわけにはいかなかった。逃げ出すくらいなら、探偵とは名乗れない。

3

「小間井さんの事件はシンプルだ。そもそも、俺たちは争場が小間井さんを殺したことを知っている」

「あれは事故っていうか……誰かが仕組んだ結果ではなさそうな気がするんだけど」

宇和島に向かって大きく頷く。

「ああ、俺も事故だと思っている。少なくとも、倉早さんはそれを想定していなかった。何しろ倉早さんはあの時、天使展示室から内線を掛けていたんだからな」

倉早がぴくりと身を震わせた。

「内線の通話記録が残ってる。天使展示室から争場の部屋に掛けたのは倉早さんだな」

「……だったらどうだというのでしょう？」

「その言質《げんち》が取れただけで十分だ。それで、倉早さんの最後の計画が分かる。盗まれた猟銃と合わせてな」

「盗まれた猟銃って？」

大槻は倉庫事情に疎いようだ。

「あの外の倉庫には元々、猟銃が二挺あったんだ。根拠は後で話す。一挺しか無かったのは、倉早さんが盗んでおいたからだろう。倉早さんの計画には猟銃が絶対に必要だった」

「じゃあ、本来は……倉早さんが争場を猟銃で撃とうとしてたってこと？」

伏見が恐々と尋ねる。

「そうじゃない。だったらわざわざ天使展示室に呼び出す必要はない。争場に部屋の扉を開けさせて、そのまま撃てばいいだけなんだ。天使展示室には他の客室には無いとある特徴があった。それが分かれば、彼女が猟銃とその部屋で何をしようとしていたのかも予想がつく」

「天使展示室と他の部屋の違いって何？　天使に関するものが大量に置かれてるってこと？」

「違う。あの部屋の扉は、この館の中で唯一外開きの扉なんだよ」

あの部屋は元々は小劇場として作られた。五十席ほどの客席にささやかなステージがあったのだろう。万一の時の避難をスムーズに行う為に、大小拘わらず劇場の扉は外に開くようになっている。他の部屋や客室は内開きの扉だから、天使展示室が選ばれたのだ。

「外開きの扉、ですか。確かにそうですね。それがどうかなさいましたか」

「ここにもう一挺の猟銃がある」

部屋の隅に布を掛けて置いていた猟銃を取り出し、手に持つ。そのまま青岸は、左手で受話器を取るような仕草をすると、右手で器用に銃口を自分に向けた。

「これが天使展示室で内線を掛けていた時のあんたの格好だ」

「ちょっ……危な……！」

伏見が悲鳴混じりの声をあげる。そのまま、青岸は引き金を指先で突いた。

「天使展示室の扉の取っ手に紐の一方を結び、もう一方を引き金に結ぶ。そうすれば、天使展示室の扉を開けた人間の手で引き金が引かれるわけだ。これをやるには内開きの扉じゃ無理だろ？　だから、天使展示室を選んだ」

「……銃を下ろしてください、青岸様。万一のことがあっては困ります」

「安心しろ、弾は抜いてある」

「そうですか。……ならよかったです」

倉早は微笑みながらそう言った。

「待って、青岸さん。俺、全然ついてけないんだけど……それって……何かおかしくないっすか？　千寿紗ちゃんがそういうことしたって言ってるけど、それじゃあ千寿紗ちゃんが……」

大槻の想像の中では、倉早の身体が撃ち抜かれているのだろう。その想像は正しい。

「そう。倉早さんは猟銃に撃たれて死ぬはずだった。彼女の目的は、争場に殺されることで、彼を地獄に堕とすことだったんだ」

内線を掛けている時の彼女は、一体どんな気持ちだったのだろうか。誰かを地獄に堕とすために、自分の命まで捧げてみせるなんて。

「しかし、争場は内線に出なかった。その時既に部屋を出て、小間井さんと一緒にいたからだ」

　ここから先は、倉早の知らない部分だ。完遂を急いだ彼女の計画は歪んでしまった。小間井の行動が、彼女の計画を狂わせ、命を救ったのだ。青岸はポケットから折りたたんだ紙を取り出した。

「死んだ小間井さんは備品のリストを懐に入れていた。猟銃が二挺あったという根拠はこのリストだよ。小間井さんは倉庫から無くなっているものは無いと言っていた。けれど、実際は猟銃が一挺足りないことに気がついていた。その犯人が倉早さんであることも」

　疑いを逸らすために、倉庫の備品リストを剝ぎ取って隠したのだろう。小間井は彼女を庇っていたのだ。

　一連の事件の全てを小間井が察していたとは思えないが、倉早が争場に対して何らかのアクションを起こすことは予想していたはずだ。理屈は分からずとも、彼女が犯人だと直感していたに違いない。

　そうでなければ、小間井の行動に説明がつけられない。

「小間井さんは、倉早さんが争場を殺そうとしているんだと思ったんだろう。……地獄に堕とそうとしている、とまで考えたかは分からないが。しかし、説得されて止まるようなら、倉早さんはこんなことをしていない。なら、どうすればいいか？」

　倉早は答えない。ただ、青岸の解答を待っている。

「……自分が先に争場雪杉を殺せばいい。小間井さんはそう考えた」

　そして、小間井は倉早より先に争場を地下へと呼び出した。

「小間井さんは争場をナイフで刺し殺そうとする。しかし、争場は強い抵抗を見せ、ナイフを奪い取り、逆に小間井さんを殺してしまった。自分が天澤を殺したことに気がついていなかった争場は、そのまま地獄に堕ちた。これが事の真相だ」

　内線に争場が出なかったので、倉早は一旦展示室の外に出た。そこで、エントランスでの騒ぎを知ったのだ。自らの命で以て地獄に堕とすはずだった相手が知らぬ間に地獄に堕ちたと聞かされて、倉早は酷く驚いたはずだ。

　その代わりに小間井が死んだと知って、どれだけ絶望しただろう。

　彼女は小間井が自分の計画を察することに、全く頓着していなかった。銃を持ち出した後の彼女の計画は、すぐに終わるはずだったからだ。小間井がこんなに早く行動を起こすなんて思っていなかった。何より、小間井が自分の為に争場を殺そうとするなんて想像もしていなかったのだ。

「小間井さんと倉早さん以外はあの時間帯にアリバイがある。天使展示室で内線を掛けたのは倉早さん以外にありえない。倉早さんも、通話記録なんて気にしてなかっただろ？本来ならあんたは死んでるはずだったんだからな。言い訳をする必要すら無かったんだ」

アリバイも言い訳も何一つ必要じゃなかった。あそこで倉早千寿紗の『殺人』は終わっていたはずなのだから。そう思うと、彼女のミスはミスとも呼べない。

全てを暴かれた美しきメイドは、深い悲しみに浸っているような目をして、ただただ青岸のことを見つめていた。

青岸は、彼女が生きていてくれてよかった、と心の底から思った。

4

「千寿紗ちゃん、本当に……」

大槻が沈黙を破った。彼女を庇うための言葉を探しているのだろう。

「……倉早さんが、どうしてそんなことをしなくちゃいけなかったんですか」

宇和島の声も強張っている。こんなに分かりやすく動揺している彼を見るのは久しぶりだった。

「宇和島先生の言う通りでしょ！　千寿紗ちゃんがこんなことをする理由が無いって！　だって、そんなの……」

宇和島の言葉を受けて、大槻がなおも食い下がる。

「大槻さん、もういいです」

それを制したのは他ならぬ倉早だった。ゆっくりと横に頭を振ってから、改めて口を開く。

「もういいんです。私は元々、罰を逃れようとはしていません。私は、計画が終わるまで時間を稼げればよかったんです。そして、それは果たされた」

「それじゃあ、認めるのか」

「お見事です。青岸様。あなたはやはり名探偵だったのですね」

倉早千寿紗はその言葉と共に、出会った時と同じ美しい笑みを浮かべた。

「一つ、聞きたいことがある」

青岸は振り絞るような声で言った。

「何なりと」

「何で、争場を地獄に堕とそうとしたんだ。自分の命と引き換えにしてまで」

「あの男こそ、地獄に堕ちるべき人間だったからですよ」

倉早は全く惑うことなく、はっきりと言う。

「何処から話せばいいでしょうか。皆さん、常木王凱たちが巻き込み自殺を利用して殺人を委託していたことはもうご存じかと思いますが——元々、初めにその悪事の一端に触れたのは、私の父でした」

「まさか、……檜森百生？」

「ええ。離婚した後、私は母に引き取られ、倉早姓を名乗るようになりましたが。遙か昔は檜森千寿紗という名前でした」

そこが繫がるのか。百から千へ。父親から娘へ。

「そんな、嘘でしょ……。倉早さんが、……檜森先輩の、娘さんなんですか……？」

伏見の手は驚きで小さく震えていた。

「ありがとうございます、伏見さん。……あなたがこの島に来た時、驚きました。……伏見さんは父との約束を守ってくれたんですね」

倉早と見つめ合った伏見は、いよいよ泣きそうな顔になる。

「檜森百生は……正義なんて言葉を芯から愛しているような人で……報道で世界を変えられると本気で思っているような人で……、だから、常木王凱に殺されてしまった」

「森井銀行の爆破事件ですよね⁉　先輩は……先輩は、あの事件で、……子供を庇って」

倉早は静かに頷いた。

「自分の身に危険が迫っていることは……理解していたはずなんです。それでも、父は諦めませんでした。常木への追及の手を緩めなかった。遅かれ早かれ殺されていたでしょうね」

倉早は、まるで目の前で悲劇が再上映されているかのような表情をしている。

「あの事件で用いられたのは『フェンネル』でした。小型ながら殺傷能力が高く、延焼が長く続くのでより多くの被害者を巻き込める。……あの爆破事件の時、父は咄嗟に目の前にいる子供を助けるために走りました。まだ五歳の、小さな男の子です。その子を抱きかかえるように庇って死んだんですよ」

「知ってます。檜森先輩は、その子さえ助けなければ——先輩は死ななかったって。だから、先輩の死には意味があるって」

「伏見さん。……この話には、続きがあるんですよ」

え、と伏見が短く声を漏らす。何故か宇和島が苦しそうに眉を寄せる。その理由はすぐに分かった。

「……檜森は……父は、爆発から男の子を守った時に首に爆弾の破片が突き刺さり、死んだんです。その後、父にはすぐに火が燃え移りました。ご存じでしょう。フェンネルの火は消えない。あっという間に父の死体は火に包まれました。——助けた子供を腕に抱きながら」

「嘘だ、そんな……」

伏見の目からは大粒の涙がぼろぼろと溢れ出していた。伏見には知らされていなかったのだろう。

「子供さえ庇わなければ父は巻き込まれない位置にいました。けれど父は、目の前の子供を見捨てられる人間じゃありません。私は父を誇りに思っています。でも、そんな人間だったからこそ、まんまと殺されたんです。その上、助けようとした男の子まで焼き殺されることになってしまった。もし父がもう少しだけ躊躇っていたら、そんなことにはならなかったのに」

「……酷い。惨すぎる」

そう呟く大槻の顔は真っ青になっていた。恐らく、青岸も同じような顔色になっているだろう。

どうして救いの手が差し伸べられる世界ではないのかと、倉早が真面目な顔で尋ねてきたことを思い出す。もし神様が存在するのなら、どうして善人が虐げられなくてはいけないのかと。それを尋ねながら、彼女は何度も何度も父親の死をリフレインしていたのだろうか。

　あまりに壮絶で理不尽で、人の善意を踏み躙るような事件のことを。

「犯人は元銀行員で、不当解雇に憤《いきどお》っての犯行でした。元上司も客も大勢巻き込んで死んでやろうと。ここまでは多くの巻き込み自殺と変わりません。違うのは用いられたのがフェンネルであることと、彼の家族が死後に謎の金銭的援助を受けていることです。……常木たちの組んだ同盟の遣り口でした。檜森百生が命懸けで摘発しようとしていた手口です」

「殺人にならない殺人、か」

「ええ、そうです。青岸様。この手口を思いついたのは、元々は天澤斉でした。そうして常木に取り入り、同盟の下地を作ったのです。天国研究家の肩書の下で、彼がどんな実験を行っていたか。……次に彼らは争場を引き入れ、この計画に必要な凶器を調達するルートを手に入れた。それだけじゃない、同盟に加わった争場はより効率よく目的を達せられるフェンネルを開発した」

　フェンネルの出現で、世界の悲劇は一段階上に進化した。フェンネルさえ流通しなければ、被害者の数はどれだけ抑えられていただろう。もし赤城たちの命を奪った車に積み込まれていた爆弾がフェンネルでなければ、彼らは一命を取り留めていたはずだ。胸に獰猛《どうもう》な憎しみが込み上げてくる。地獄の炎に焼かれる争場を目の当たりにしてもなお、そんなことを考えてしまう。

「争場の助力を得て、常木の同盟はますます強い力を手に入れました。更に常木は政界に幅を利かせるために政崎を、マスコミに通じるために報島を引き入れ、降臨後の世界をいいように利用してきました。けれど、彼らの罪は天使に裁かれない。私はどうにかして復讐をしてやろうと思いました。神が何もしてくれないのなら、私がやるしかなかった。常世島付きの使用人の求人を見つけたのはその時です」

「よく通ったな」と、青岸は素直な感想を口にする。

「ええ。条件だけ見れば好待遇ですし、倍率も高かったと聞いています。私も通るとは思っていませんでした。――でも、私には在《あ》ったんです。青岸様と同じものが」

「同じもの？」

「『祝福』ですよ」

殆ど呪いのような口振りで、倉早が言った。

「私が面接会場に入った時、窓の外が不意に暗くなったんです。面接官も私も、不思議に思って窓の外を見ました。そこに……大量の天使がいたんです。窓に張り付くように、びっしりと。その所為で日差しが遮られて、まるで夜のようでした」

「そんなことがあるの？　天使は意思を持たないはずなのに」

宇和島が驚いたように言う。

「意思など無かったのかもしれません。何故あんなことが起こったのか、私にも分からないんです。しかし、そのことが伝わって、私は採用されることになりました。常木はこのことも『祝福』と呼び、狂喜していました」

果たして、神は見ていたのだろうか。この時、天使が窓の外に集まっていなければ、倉早は常世島にやって来ることもなかった。彼女がここで働かなければ、六人が命を落とすこともなかった。きっかけは天使で、常木が望んだ祝福だった。

「私は機会を窺いました。父をあんな目に遭わせた常木と争場だけでは足りない。同じように利権を貪《むさぼ》っていた他三人にも罰を与えてやらなければいけない。けれど、地獄に堕ちることを覚悟してすら、二人以上は殺せない。……天澤が仕組んだように、爆弾や火事を利用すれば話は別ですが」

皮肉っぽく倉早が言う。

「全員を巻き込んでの爆殺を考えたこともあります。しかし、争場だけはそれも赦せませんでした。争場は父の魂を焼き尽くした。彼も同じ目に遭わせなければ――地獄に堕としてやらなければいけなかった。父に抱かれて焼け死んだ男の子の気持ちを、そんな結末を招いてしまった父の無念を、欠片でも理解させてやるために。そうして機会が訪れたんです。常木王凱の天使狂いが暴走し、政崎が裏切りを考えるという絶好の機会が」

「きっかけは政崎が常木の殺害を目論んだことだったのか」

「ええ。私は使用人として忠実に仕えながら、彼らの動向を探っていました。そして、常木の精神状態の悪化によって、政崎がもうどうにもならないほど経済的に追い詰められていること、それを察して報島がそれとなく常木を始末するよう唆《そそのか》していることを知ったのです」

結局、彼らが行っていたのは最後まで同じことだったのだ。自分の手を汚さないために、スケープゴートに自らの罪を押し付ける。寛大にして盲目の神は、その汚濁のリレーを見逃してしまう。

「常木殺害の計画を知っていたのは報島だけだったのか」

「恐らくは。そうして常木殺しの罪をなすりつけるために、報島が伏見さんを呼びました。今回しかない、と私も思いました。後は、青岸様のお話の通りです。上手く行っていたはずでした。……私の代わりに、小間井さんが死ぬこと以外は」

倉早が喉の奥を引き攣らせる。

「小間井さんは倉早さんに死んでほしくなかったんだろう」

「ままならないものですね。本来ならば、私は地獄に堕ちるべき罪人です。小間井さんは何の罪も無かったのに」

そうじゃない。小間井もまた葛藤していた。常世館で過ごしている以上、常木王凱の罪と無縁では生きられない。青岸は小間井が苦しげに吐露していた言葉を知っている。見て見ぬ振りをし続けていた小間井も、自分を罪人だと思っていた。代わりに争場を殺そうとしたのは、きっと罪滅ぼしでもあったのだ。

「教えてください、青岸様」

倉早の目からとうとう涙が零れた。この長すぎた常世島での日々を濃縮したような、重過ぎる涙だった。

「どうしてこうなってしまったのでしょう。何故天使が蔓延《はびこ》り、何のために地獄があるんですか。どうして常木や争場のような人間が裁かれず、小間井さんや父のような人間が助からない世界なのですか」

その答えを青岸は持っていない。青岸も神と天使の気まぐれに振り回され、人生を食い荒らされてきた。地獄がある理由も、天国の有無も知らない。そのことを、倉早だって知っているはずなのに。

黙ったままの青岸に、泣きながら倉早が笑う。

「……私はですね、青岸様。後悔はしていません。争場を地獄の炎で焼けたこと、残りの四人も殺せたこと。それは私の誇りです」

「それは、」

「青岸様は、天国を見つけられましたか？」

青岸を遮るように、倉早が尋ねる。

天国の在処を探しにこの島に来た。しかし、ここで引き合わせられたのは、喉を裂かれたただの天使だった。青岸が愛した仲間たちは天国でドライブを楽しんでいるのか、本当に知りたかったその答えはまだ見つからない。

「……いいや。だが、あってほしいと願っている」

結局のところ、全てはそれに尽きた。赤城も、木乃香も、嶋野も、石神井も、あるいは檜森百生や小間井も、天国で安らかにいてほしい。たとえそれが生きている人間が無責任に望むフィクションでも、青岸はそれを捨てられない。

青岸の回答に、倉早が小さく頷く。それがどういう意味なのかは分からなかった。

「ありがとうございます、青岸様。あなたに解いていただけてよかった。青岸様がいなければ、私の怒りも、私の苦しみも、暗闇の中に置き去りにされるばかりでした」

その時、たとえようもない悪寒がした。

倉早までの距離は数メートル。止めるなら今しかなかった。

それでも、また一歩だけ遅れてしまった。

「私は天使に捕まるつもりはありません。天国も地獄も否定します。私が行くのは完全な虚無、ただの脳機能の停止です」

そう言うと、倉早千寿紗は懐から出した短刀を、躊躇いなく喉元に突き刺した。

5

鮮血が噴き出し、細い身体がゆっくりと崩れ落ちた。

倉早が血溜まりの中に倒れ込むのと、駆けよってきた宇和島が傷口を押さえるのとは殆ど同時だった。だが、出血の勢いは弱まらず、みるみる内に倉早の顔は蒼白になっていく。

「誰か！　僕の部屋に診療鞄があるから取って来て！」

「分かった！」

大槻が部屋を飛び出していく。

「……クソ、傷口が深すぎる……」

「どうにかなるのか？」

「分からない。輸血も出来ないし、止血したいけど、それだけじゃ……」

倉早の目からは徐々に光が失われ始めていた。口からもごぽりと血が溢れる。程なくして大槻が診療鞄を持って戻ってきたが、この島で出来る治療では助からないことは分かりきっていた。目の前で倉早が死のうとしているのに、青岸には何も出来ない。どうしてこうなったのだろうか。彼女まで死ぬ必要はなかったはずだ。倉早自身に理由を尋ねてみたくても、もう彼女は喋れる状態ではなかった。

「どうしよう、どうしよう、倉早さんまで、死んじゃう……」

伏見が途方に暮れた泣き声を漏らす。死、という事実が間近に迫っていた。宇和島は懸命に処置をしている。自分の身体に躊躇いなく刃物を突き立てた人間が助かるものだろうか？

このまま神は、倉早千寿紗を殺すのか。復讐だけを考え、この島まで辿り着いた彼女を、むざむざ死なせてしまうのか。

その時、開いていた扉の隙間からするりと天使が入ってきた。天使は回遊魚のように回りながら、談話室にいる五人を見つめている。その天使に気がついたのは青岸だけだった。反射的に飛びかかろうとしたのは、その天使が異様な姿をしていたからだ。全体的に細く長いその天使は、足を縺《もつ》れさせながら徐々に上がっていく。ここまでくると、翼よりも手足の方がずっと目立つ。

悪夢でも見ているような気分で、青岸は天使の行方を見守る。

天使は長い手足を折り畳んで天井に貼り付けると、だらりと頭を垂らした。それに合わせて、天井を無視するように柔らかい光の柱が差し込み、倉早千寿紗を照らし出した。彼女の周囲だけが美しい光で切り取られ、神の御業《みわざ》を厭っていたはずの青岸すら息を呑むほどだった。

話に聞いたことはあるものの、直接見たのは初めてだった。

神の試し、神の愛、アノディヌスだ。

青岸の視線に気がついたのか、大槻と伏見も天使の方を見た。宇和島は治療に集中していたが、その光に身を震わせている。

「神様が千寿紗ちゃんを赦してる」

大きく見開かれた大槻の目から止めどなく涙が溢れていく。

「そうだ、千寿紗ちゃんは神に赦されたんだ！　助かる！……助けられる！」

大槻が祈るような調子でそう繰り返す。

「そうだ、千寿紗ちゃんは何も悪いことはしてないんだ！　神様が赦してるんだ、ずっと見ていただけの神様が、今になって役割を果たそうとしてるんだよ！」

神に赦される。赦されるとは、一体なんだろう。

神は何故ここにアノディヌスを遣わせたのだろうか。治療の見込みも無いような傷を負っているのに、可能性があると——奇跡が起きるとでも言いたいのだろうか。

大槻の言う通り、彼女の殺人は赦されたのだろうか？　復讐によって五人もの人間を殺し、一人を死なせ、本来ならば地獄に堕ちるほどの罪を犯したはずの彼女が？

神の裁量というなら、人間側の青岸は甘んじて受けるしかない。何故なら青岸はただの人間で、単なる探偵だ。

けれど、だからこそやりきれなかった。

ここで彼女を赦すなら、何故神は彼女の父親を助けなかったのか。

どうしてこんな結末に向かわせてしまったのか。

青岸は、ここで死んだ五人は断罪されるべき罪人だと思っている。倉早の罪を暴き立ててもなお、この五人は地獄に堕ちるべきで、殺人犯である倉早の側に立ちたいと——心の中では思っている。神も同じ気持ちであるなら、どうして五人を殺したのが大いなる天罰ではなく、彼女の細い腕だったのか。

それを考えるだけで気が狂いそうだった。窓の外には顔の無い天使が飛んでいる。何の感情も読み取れない、共感すら阻むような顔で、人間の傍《そば》にいる。

「死ぬな」

気づけば、青岸までそんな言葉を口にしていた。

「死ぬな、違う、殺すな。倉早さんを殺すな。頼む、殺すな」

「殺さない、死なせたりしない。今度こそ、今度こそ助けるから……」

宇和島は必死に応えたが、これは青岸に向けた言葉じゃない。ここにいない神に向かって、青岸は必死に頼む。

「頼む。殺すな。助けてくれ。……頼むよ、一度だけでいい」

「お願いです、神様。倉早さんを死なせないでください。お願いします。助けてください。お願いします」

伏見も泣きながらそう祈りを捧げる。

「倉早さん、生きてくれ。頼む。死なないでくれ……」

燃える車の前で手を焼いた時と同じ切実さで、ただ祈った。

——もし世界が少しでも正しいなら、倉早千寿紗を死なせないでくれ。

喉に切れ込みの無い天使は、何も言わず、ただそこにいた。

そうして全知全能の神が光を差し込ませたにも拘わらず、数分も経たないうちに倉早千寿紗は死んだ。

エピローグ

Ubi sunt qui ante nos
In mundo fuere?
Vadite ad superos,
Transite ad inferos,
Hos si vis videre.

先の世に生きていた者たちは
何処にいるのだろう？
天国に行くのだ、
地獄へと堕ちるのだ、
彼らに会うのを望むなら。

（ガウデアムス）

1

『えーっと、これでいいかな。ま、どうせ編集で消すところだし』

　赤城昴はしばらくカメラを睨んだ後、意を決して喋り始めた。

『えー、この映像を誰かが見ている……というか焦さんしか見る人いないんですけど、見てるとしたら、僕はもうこの世にはいないでしょう。僕がこの世にいたら見ないでください！　これは僕が天国に行った後のメッセージです』

　軽く咳払いをしてから、赤城は続ける。

『僕が死んだとしたら、それは十中八九正義のために死んだんだと思います。どういうことで僕が死ぬようになったとしても、その道は必ず正義に繋がってます。だから、僕が死んでも悲しまないでください。僕は自分の人生を誇りに思ってます。あ、なんか泣けてきたな……。あー……ほんと……あー……』

　赤城は涙を拭い、カメラに向き直った。

『僕がいなくなっても、一人になったとしても、焦さんは探偵を続けてください。きっと、焦さんが探偵でいることで、救われる人がいます。だから、絶対、絶ッ対、やめないでください。探偵は誰かを救えるんです』

『何やってんだお前』

『あ！　ちょっと焦さん今は駄目です！　撮影中なんで！』

『何の撮影だよ。死ぬのかお前』

『うわうわうわー聞いてたんですか、最悪ですよそれは……早く言ってくださいよ』

『縁起悪いもん撮ってんなよ。何が死んでも悲しまないでください、だ』

『僕はそのくらいの覚悟で青岸探偵事務所の一員をやってるってことです。正義の味方でいようと思ったら、危ないこともあるかもしれませんからね』

『俺はそんな探偵稼業に命とか掛けらんないぞ。お前、思い詰めすぎじゃないか？』

　青岸は回ったままのカメラにちらりと視線を寄越しつつ、決まり悪そうに笑う赤城を見る。

『覚悟ですよ、覚悟。勿論、そんなことにならないように頑張りますけどね』

『えー、この映像を誰かが見ているってことは……まあ、焦さんとか赤城くらいしか見ないと思うんだけど、や、折角だから私が死んだと同時に各動画サイトに自動でアップロードされるようにしちゃおうかな。私が死ぬ頃には、このしょぼい事務所も結構有名になって、真矢木乃香の名前もすっごい勢いで知られてるだろうし。みんなに追悼させてあげた方がいいかもしれないよね』

木乃香はにやりと笑った後、カメラに向かって続ける。

『私が死ぬってことは、めちゃくちゃ強大な敵がやって来て、多分名誉の死を遂げたんだと思う。死にたくないけど、死ぬならそんな感じかな。どうよ。だからー、まあ泣いてもいいんだけど、天国にいる私に感謝してね』

木乃香が言葉を切る。十秒ほどの沈黙が流れる。

『でも、私がいなくなっても、焦さんと赤城はいるから。探偵、やめないから。この世界も多分大丈夫でしょ。あの二人、絶対諦めたりしないし。私がいなくても、残りのみんながどうにかしてくれるよ』

少し悩んでから、木乃香は背後に映っていたソファに寝転ぶ。

『言うことなくなった。よくよく考えたら、みんなの反応が見れないのに、こんな映像意味ないか』

『あれ、木乃香何してんの?』

ソファに寝転んだ木乃香とカメラを交互に見ながら、赤城がそう尋ねる。遠くで『お前と同じことだよ』と言う青岸の声がする。

『同じことって……』

『あのさー、さっきパソコン漁ってたら赤城が前に撮ったセンチメンタル遺言映像見つけたんだよね』

『え？　あれ見たの？　マジで？　え？』

『いいじゃん。感動的でさ。だから私も真似しようかなと』

『あれ見たのか……うわー……うわあ……』

『若気の至りか？　でもあれそんなに古くないよね？　まあ、何があるか分かんないもんねー。焦さんと一緒にいられて幸せでしただっけ？』

『それは言ってない！』

真っ赤になる赤城の前で、ソファに寝転んだ木乃香はけらけらと笑っている。


『どうも、二十年後の私ー？　石神井充希だけどー？　地下鉄はいよいよ二階建てになった？　ほんと、今朝の通勤も最悪だったのよねー』

カメラの前で笑顔で手を振っている石神井に対し、赤城が呆れたように言った。

『真面目なメッセージを遺すって言ってたの石神井さんじゃなかったでしたっけ』

『あ、そうそう。これを誰かが見てる時、私は死んでるのよね。あー、ちょっと怖い感じ。私は再就職大成功！　青岸探偵事務所に来てよかったー！　ね、この事務所が軌道に乗ったら車を買う構想があるらしいんだけど、これが誰かに見られた時にはもう買ってるのかしら。やっぱりお色はゴールド一択?』

『石神井さん何撮ってるのー?』

通りがかった木乃香が不思議そうにそう尋ねる。

『これ? 未来へのメッセージ。木乃香ちゃんも一緒に映りましょうよ』

『違う。遺言! 何があるか分かんないからって……ほら、僕も木乃香も撮っただろ?』

赤城の言葉に、木乃香がうわーと奇声を上げる。今となっては、あの映像は黒歴史になってしまっているらしい。絶対映んない! という拒絶の言葉と一緒に、木乃香が遠ざかっていく。

『えー、私も正義のために死んだりしたのかしらね』

『うーん……まあそうなるのかな……。石神井さんはちゃっかり生き残りそうな気もするけど……』

赤城がそう答えると、石神井が笑った。

『なら、なかなか悪くない人生だったかもしれないわね。きっと天国でいい生活が出来るでしょうし、マイカーも手に入るし』

『おい、まだ車買えるほど余裕無いぞ』

カメラに気づかないまま入ってきた青岸に向かって、石神井が軽やかに笑ってみせる。

『名探偵さんがいるんだから安泰よ。それに、私たちは自分の愛の為に戦ってるんだから無敵！　ほんと、後悔無いわ』

おじーちゃんおばーちゃんになっても探偵事務所やりましょうね、という石神井の言葉に、画角外に移動した青岸が『流石に隠居しようぜ』と気の無い返事を返す。


『カメラ回してまーす』

赤城の声と共に撮影が始まる。手持ちカメラの画面は盛大にブレていて、見づらい。床には酔い潰れた木乃香が眠っている。毛布に包《くる》まって、大きな蓑虫《みのむし》のようだ。

カメラが動き、真っ赤な顔の嶋野が映る。まだ半分以上残ったワイングラスを手に、嶋野がだらしなく笑った。

『これを見てる時は……見る時は……？　あれ？　まあいい、えー……私が死んでるのかもしれないね？』

『嶋野さん飲み過ぎじゃないですか？』

『まだいけますよ！』

『マジで遺言になるぞ』

そう言う青岸も、まだハイペースで飲み続けている。すっかり出来上がっているのか、隣にいる石神井は手を叩いて笑っていた。

『私は日々充実していますよ。人はいずれ必ず死にます。しかし、私、嶋野の意思は、残りのメンバーに引き継がれていくことでしょう。そうして、やがて世界に私たちの信じた正義が芽吹いていくわけなのです！』

嶋野が高らかにグラスを掲げた。

『我ら、みな常に華の中にあれ！』

映像はそこで終わっている。

2

惨劇が起こってもなお、天使は悠々自適に空を飛び回っていた。自分たちが見守り、目の前で罪を犯し、事件に翻弄されていた人間など見えていないかのようだ。哀れみも蔑《さげす》みも無く、ただ裁きだけを下すもの。

倉早千寿紗が死んだ後、アノディヌスは速やかに解除された、ようだった。

彼女が息絶えると、天井に張り付いていた天使は首を揺らし、這うように部屋から出て行った。まるで、自分の役割は終わったとでも言わんばかりだった。病院にいるアノディヌスは基本的に動くことはないらしいので、その部分も普通のアノディヌスとは性質が異なっている。

天使は奇跡を施さず、治療するチャンスだけを与えて静観した。倉早千寿紗には迷いや躊躇いが欠片も無かった。そんな人間がつけた傷に太刀打ち出来る余地があったのだろうか。

ならば、あのアノディヌスはただの皮肉だったのか？　罪を犯した倉早を嘲笑うためだけに、神が遣わせた天使だったというのか。本当にそうなのであれば、せめて死に際の倉早がアノディヌスの存在を認識出来ていなければいい。そう願わずにはいられなかった。

あるいは大槻がそう信じたがっていた通り、あれは祝福なのだろうか。神が倉早千寿紗を赦し、天国に迎え入れる前段階としてアノディヌスを遣わしたのだろうか。

いずれにせよ、天使に人生を翻弄されてきた彼女にとって相応しい結末には思えなかった。

青岸はゆっくりと両手を握り合わせる。祝福を受けたらしい手は今日も滑らかに動いた。どうして、天使はあの燃える車に降り立ち、青岸のことを遠ざけたのか。その理由を、青岸はずっと考えていた。

しかし、常世島に降り立ち、常木なら祝福と名付けるだろう様々なことに触れる度に、その不可解さこそが天使と神に対する本質なのではないかと思うようになっていた。

勿論、まだ青岸は天国に焦がれ続けている。これから生きていて、きっとその渇望が止むことはないだろう。だが、天使や神に意味を求めること、納得出来る理由を求めることの辺獄からは抜け出せるような気がしていた。神の方程式の答えが分かったのではなく、そこに代入されるべき解が存在しない可能性に気がついたのだ。

天使の降臨により世界の形は書き換わったが、人間はそれでも生きていかなければいけない。元よりそういう生き物なのだ。書き換えられた世界でどのように生きるかという選択肢だけが、人間に与えられた自由なのではないか。

神の真意も天使の真意も、きっと分かるはずがないのだから。

一介の人間でしかない青岸に推し量れるものは、精々、倉早千寿紗の真意くらいだ。

長い間常世島に滞在していたにも拘わらず、倉早千寿紗の部屋には私物と呼べるものがほとんど無かった。館付きのメイドであるにしても殺風景すぎる。彼女はここでどんな時間を過ごしていたのだろう？

備え付けのデスクには赤いペンが二本、×の字に重ねられていた。

他にはノートパソコンと、その横に封の開いていない赤ワインがある。引き出しにも、倉早千寿紗の人となりを知る手がかりはほぼ無かった。強いて言うなら、彼女がどれだけの覚悟で以て今回の計画を実行に移したのかが分かっただけだった。

引き出しを閉めて、もう一度ワインのボトルに目を向ける。少しだけ迷ってから、青岸はそのボトルに手を伸ばした。

「飲んじゃだめだ、焦さん」

背後からそう声を掛けられる。振り返ると、ドアノブを握ったままの宇和島が立っていた。

「……飲みやしないよ」

「今の焦さんならそんなこともしそうだなと思って」

宇和島の顔は強張っていた。きっと、よくない想像をしているのだろう。自ら死を選んだ犯人の部屋、残されたワイン。想像力を働かせるには十分すぎる組み合わせだ。

その上、今の青岸は死んでもおかしくないと思われている。宇和島の洞察は正しい。自分でも、この失意の底でどうしてまだ生きているのかが不思議なくらいだった。ややあって、青岸は静かに言う。

「俺は死のうとしてたわけじゃない」

「……そう」

「それに、このワインは毒入りじゃない」

「どうしてそんなことが分かる？」

「毒なら引き出しに入ってた。薬包紙に包まった粉末、何かは分からないが多分ビンゴだ」

包みは全部で三つあった。死ぬには十分な量だろう。隠されていなかったのは、隠していたところからこちらに移したからだろうか。あの状況下で、彼女が毒を必要としていた理由なんて一つしかない。

「自分で飲むのにわざわざワインに混入させる人間がいるかよ」

倉早千寿紗は元から死のうとしていた。そのための準備もしていたのだ。小間井に命を救われたのに、あるいは救われたからこそ、終わらせる覚悟をしていたのだ。

「それが分かってるなら、そんな顔をしないほうがいい」

青岸には自分がどんな顔をしているかは見えない。宇和島の表情から推し量るに、相当酷い顔をしているらしい。

「もし自分が謎を解かなかったら、なんて思ってる？　そうしなければ、倉早千寿紗は死ななかったんじゃないかって。馬鹿な話だ。あなたは探偵で、謎を解くのが役目なのに。

すか」
「どうして倉早千寿紗が昨日の夜に死ななかったか、焦さんには分かってるんじゃないで
「いきなりまくし立てるなよ。赤城と被《かぶ》るぞ」
それを後悔する権利なんてあなたには無い」

　そうだ。倉早千寿紗は昨日の夜に死ぬことも出来た。青岸の出来損ないの推理ショーなんかを聞かずに、さっさと暗闇の向こう側に行くことだって出来たはずだった。それを踏まえて、青岸は敢えて言う。

「さあ。俺が間違えるとでも思ってたんじゃないか。無能探偵の所為で他の人間が冤罪引っ被せられると思ったら、おちおち死ぬことも出来ないだろ」

「違う。倉早さんは、本気であんたに解いてほしかったんだ。自分の戦いを、青岸焦に解いてほしがっていた」

「いいや。百歩譲ったって、小間井さんの一件がどういうことだったのかを知りたかっただけだろ。倉早千寿紗には、小間井が争場に呼び出されて殺されたのか、それとも小間井が争場を殺すつもりで呼びつけたのかすら分からないんだから」

　あの事件だけは完全に倉早千寿紗の計画の範囲外だ。自分の命を絶つ決断をしたにせよ、最後の心残りになっていたのだろう。

なら、ある意味で倉早は青岸に期待していたのかもしれない。談話室に来た瞬間から、彼女は青岸に行間を埋めてもらいたがっていたのだ。青岸は、それに応えたに過ぎない。

「それは、彼女を救ったことになるんじゃないか」

宇和島ははっきりと言った。

「証拠は揃ってるんだ。倉早さんは青岸さんの推理を聞く前から自殺を決意していた。しかし、最も実行がたやすい夜のうちに、それをしなかった」

「気が変わったのかもな。追い詰められるまでは、彼女は生きようとしていたのかもしれない」

「彼女の決意は固かった。結末が変わったとは思えない。本来、昨日の夜に死んでいるはずだった倉早さんは、焦さんの推理を聞く為に思い留まった。たった数時間だけでも、焦さんは倉早さんの寿命を延ばしたんだ」

「詭弁《きべん》だ」

「ああ、詭弁だ。でも、青岸さんは医者の僕よりもずっと長く彼女を生き永らえさせたんだ」

「聞いてきたように言うんだな。お前の本業は霊媒師か？」

「聞いてきたんだよ。僕は、倉早さんが最後に言った言葉を知っている」

宇和島はデスクに近づくと、机の上に重なっていた赤いペンを二本、床に払い落とした。

「これが倉早さんの最後の言葉だった」

「……どういう意味だ？」

「『ペンを払って』」

最後の瞬間に意識を取り戻した彼女がどうしても伝えたかった言葉には思えなかった。

「だから倉早さんの部屋に来たんだよ。ここに来るまではペンが何のことなのかも分かっていなかったけど、十中八九それだね」

「何でそんなことお前に頼むんだよ。そもそもこのペンって何なんだ。彼女はどうしてそんなこと――」

「分からない。必要じゃなくなったからじゃないの」

「必要じゃなくなった――……」

あることに思い至る。倉早と出会った日、彼女と交わした他愛ない会話の中に、これと同じものがなかったか。あれは確か、船の上でのことだ。退屈を紛らわせる為なのか、それとも好奇心が疼《うず》いたのか、倉早が探偵としての青岸たちのことを聞きたがった。

それに青岸が気がついた瞬間、宇和島が言う。

「探偵は謎を解くだけじゃなくて、犯人をも救えるんじゃないかと、そう思うのはいけないことかな」

「それを俺なんかに託すなよ」

この部屋に入り、倉早千寿紗が死のうとしていたことを知った時、違和感を覚えた。

何しろこの部屋には、倉早の遺書の一つもない。

昨夜、もしこんな状態で彼女が死んでいたとすれば、倉早千寿紗が何故彼らを嵌めたのかも、どうして彼女が死ぬことになったのかも、何一つ分からないままになってしまう。

さっき告白したように、彼女にはやりきれない思いがあった。必死に訴えかけ、常木たちの非道を暴いてみせた。あの思いを誰かに伝えないまま死ぬだろうか？　と。

そうじゃない。彼女はちゃんと伝えていた。

彼女は遺書の代わりに二本のペンを遺したのだ。

もし倉早が予定通り何も言わずに死に、青岸が部屋で遺されたこの二本のペンを見つけたとしたら、何を思っただろう。

答えは簡単だ。彼女のメッセージに応えようと、必死で事件に向き合い、真相を考え続けたはずだ。

「……俺が辿り着く保証は無かった」

倉早千寿紗が犯人であることにも、彼女がどう戦ったのかにも、気づかないまま終わる可能性もあったのだ。青岸焦は天使の降臨した世界で、長らく探偵として腐っていたのだから。

「俺が真実に辿り着くかも分かんないのに、そんなもん遺されても困る。じゃあ、あれか？俺が間違えたらあのペンは重なったまんまだったってのか？」

泣きたくなんかないのに、自分が段々と涙声になっていくのが分かる。床に落ちたペンの像が滲んでよく見えない。赤いペンは、こうしてみるとただの赤い線にしか見えなかった。

「どいつもこいつも、俺なんかに期待しやがって」

「期待したくもなるよ」

宇和島が言う。

「だって焦さんは生きてるんだから」

彼女と交わした会話を思い出す。

——秘密の暗号に入れ替わり、そんなに華麗な解決篇が現実にあるなんて。こう言ってはなんですが、少し憧れてしまいます。

——国際信号旗は暗号ってわけじゃないかもしれないが、あれは船長の機転だな。

──それをちゃんと受け取って助けてくれた青岸様は名探偵ですね。

倉早千寿紗は、そう言って笑っていた。青岸が話した探偵譚に出てきた船と船を繋ぐ静かな交信。

赤い線を二本、×の字に重ねたサインの名前は、ヴィクターという。危険が去れば取り払われる、あの事件で用いられた『暗号』だ。

『私はあなたの助けを必要としています』

3

「船だ……よかった……よかったー!」

船がやって来ると、伏見が大袈裟な歓声をあげた。港に集まっている宇和島や大槻も安心していないわけではないだろうが、それにしても伏見のはしゃぎぶりは大仰だった。

「いや、本当に……本当に怖かった……」

「大丈夫か、お前。散々息巻いてたのはどうした」

青岸が呆れると、伏見が打って変わって真面目な顔をする。

「息巻いてるのは本当です。私の戦いはこれからですから」

港に集まる前に、伏見は同じ台詞を口にしていた。

どれだけ時間が掛かろうとも、常木たちがやってきたことを暴き、彼らが犯した罪を闇に葬らせない。それが、伏見の誓いだった。

「倉早さんは自分の手で裁きを下さなくちゃと思っていました。……確かにその通りです。私は常世島に来て、結局何も出来ませんでした。ただの囮《おとり》に使われた、無能な記者です。檜森先輩に託されたことを、少しも果たせなかった」

伏見が悔しそうに目を伏せる。だが、それも束の間、その瞳がしっかりと青岸を捉えた。

「でも、このままじゃ駄目なんです。裁きを天使に任せるべきじゃない。人間は人間のやり方で、彼らに裁きを与えなくちゃいけなかったんです」

船の気配を察知しているのか、港には天使が集まってきていた。耳障りな翼の音を立てる天使に、伏見は挑むように拳を突き出す。

「同じことは繰り返しません。私は記者として、この世界に正義を取り戻します。絶対に。……だから、」

そこで伏見は言葉を切った。続きを言おうか迷っているようだった。しかし、彼女は意を決したように、その先を口にする。

「青岸さんは探偵として戦ってください」

すぐに返事は出来なかった。

倉早千寿紗の部屋でメッセージを見つけた時、それを取り払うよう宇和島が頼まれたと知った時、青岸の心に小さな漣《さざなみ》がたった。

最後に救難信号を下ろした倉早は、青岸の推理で欠片でも救われたのだろうか。

だとすれば、天使が存在するこの世界で、正義の側に立つ探偵にも意味があったと思える。そう思わなければ、彼女の最後の言葉が無駄になる。

「……ああ、約束する」

頭の中に、赤城の、木乃香の、石神井の、嶋野の撮った映像が過《よ》ぎる。

赤城が一人で撮っていた『遺言』は、気づけばただのホームビデオになっていた。一緒に過ごした四人との大切な軌跡だ。

四人がいなくなってからは、それを見返すことすら出来なくなった。一度でも見返してしまえば、それはホームビデオではなく、本来の用途に戻ってしまう。それが恐ろしくて、ずっと仕舞い込んでいた。

同時に、最初に赤城が頼んだことを、青岸は記憶の奥底に追いやってしまっていた。

どうして忘れていたのだろう。元々、青岸は一人で探偵をやっていたのに。一人になったところで、それを止める道理は無かったはずなのに。常木と同じようなことをしている人間はまだいるだろう。天使が裁くことの出来ない悪があることを、青岸は目の当たりにした。

この世界で探偵がやるべきことは、まだいくらでもある。

「約束する。俺は、探偵を続ける」

「約束ですよ。青岸さん」

伏見がそう言って笑う。

到着した船から常木の部下や警察が降りてくる。この島で起きたことを、青岸はこれから嫌と言うほど話すことになるだろう。天使がこんなにも多く存在する島で起きた戦いと、悪と、正義の話を語るのだ。それは暗く、希望の無い惨劇に捉えられるかもしれない。

船に乗り込む時に、青岸は改めて常世島を振り返った。

晴天の日の常世島は、晴れ晴れとした青空がよく見えた。

何のしがらみも無く眺めたこの島は、美しかった。この世の楽園を名乗るに相応しい。

青岸が求めた四人の姿はない。彼らの幻影ですら、ここに降り立つことを赦されない。

その時、耳障りな物悲しい声が二重に響いた。

誰もが、その声がする方を見る。

船の上空で、二体の天使が優雅に飛び回っていた。彼らが飛ぶ度、その喉から奇妙な音が流れ出る。今の青岸は、あの声の主を知っている。近くでよく見れば喉に切れ込みが入っているのが分かるはずだ。あれは取って付けられた、まがいものの天使の声だ。

今はそれが、出航を報せる汽笛のように高らかに響く。


（了）

■参考文献
『ラテン語名句小辞典』（２０１０）野津寛著　研究社

また、天使を含む世界観設定においてではなく、作品の根底に通じるテーマとして「地獄とは神の不在なり」（『あなたの人生の物語』テッド・チャン著　ハヤカワ文庫ＳＦ）本篇および、巻末にあるテッド・チャン氏の作品覚え書きにおける「美徳は必ずしも報われるわけではないというものだ――悪い出来事は善人の身にもふりかかる」という一文に強い影響を受けています。

装画を手がけてくださった影山徹様、装幀を手がけてくださった内川たくや様、この小説に長い間お付き合いくださった担当編集者の高塚菜月氏に格別のお礼を申し上げます。担当を引き継いでくださった塩澤快浩氏、また、もっと斜線堂有紀のミステリーが読みたいと言ってくださった読者の皆様、お手に取ってくださった皆様に心よりの感謝を捧げます。

解説

ミステリ評論家
千街晶之

天使とは異形である。

背中に二枚の翼がある美形か、キューピッドに似た幼い子供——それが、大抵のひとが思い浮かべる天使のイメージだ。しかし、いかに美しかろうが可愛らしかろうが、人間の姿に翼が生えている時点でそれは異形である。ましてや、キリスト教において上位の天使である熾天使《セラフィム》や智天使《ケルビム》は、多数の翼を持つ異様な姿とされる。一五〜一六世紀ドイツの画家アルブレヒト・デューラーの版画「書物を呑み込むヨハネ」には、太陽のような顔と燃える火の柱のような両足という新約聖書の『ヨハネの黙示録』の記述をなぞった奇怪極まる姿の天使が描かれている。イスラム教においても、一五世紀にアフガニスタンで写本が制作された『昇天の書《ミーラージュ・ナーメ》』には、七十の頭部を持つ天使が登場している。

また、天使はたとえ姿は麗しくとも、その行為は峻厳で恐ろしい。アダムとイヴは炎の剣を持つ智天使にエデンの園を追われたし、ソドムとゴモラを訪れた二人の天使は二つの街を容赦なく滅ぼし、ダビデ王が行おうとした人口調査に怒った神は天使を遣わしてイスラエルに疫病を蔓延させた。ヤコブと夜通し格闘したタフな武闘派天使もいる。

そのためか、文芸の世界には禍々しい天使やそのイメージがしばしば登場する。パトリック・マグラアの短篇「天使」（『血のささやき、水のつぶやき』所収）、山尾悠子『夢の棲む街』、貴志祐介『天使の囀《さえず》り』あたりがその代表格だろう。斜線堂有紀の本書『楽園とは探偵の不在なり』（二〇二〇年八月、早川書房から書き下ろしで刊行）もまた、そのような恐ろしい天使が登場する小説だ。巻頭の一行目で描かれるその姿はどう考えても天使というより悪魔だが、それでも実際に見た者は誰もが天使と呼ぶようになるのだという。若林踏編『新世代ミステリ作家探訪』所収のインタヴューによると、『天使』という名前で登場して、一番嫌な気持ちにさせる造形は何だろう」と考えた著者は、ゲームソフト『ダークソウル3』に登場する、天使のように綺麗な造形なのに凶悪な攻撃を仕掛けてくるモンスターから着想を得て、「『私も見た目からインパクトのあるやつを造形して、読者を怖がらせてやろう』」と思ったという。

五年前、世界中に大量に降臨したこの異様な天使たちは、二人殺した人間を（どんな理由があろうとも、あるいは殺意のない過失であろうとも）問答無用で地獄に堕としはじめた。しかし不思議なことに、殺した人数が一人の場合は何の罰も受けずに済むのだ。一人なら問題なしで、二人なら厳罰を受ける倫理的根拠とは何なのか。だが天使たちは黙して語らず、謎めいたルールに従って人間社会の構造は作り替えられてゆく。

このように作品設定を紹介すると、本書を不条理な幻想小説であると思うひとが出てきそうだが、実は本格ミステリである——それも、第二十一回本格ミステリ大賞（小説部門）にノミネートされたほど完成度の高い。といっても、近年流行の「特殊設定ミステリ」というサブジャンルを知っていれば、天使のいる世界とロジカルな謎解きの同居にさほど驚かないかも知れない。現実と乖離した完全な異世界を舞台にしたり、宇宙人やゾンビや幽霊が実在するものとして登場したりといったスーパーナチュラルな設定が、謎解きのロジックに有機的に組み込まれているミステリのことであり、近年では白井智之、今村昌弘、方丈貴恵らのようにその種の作品をほぼ専門に手掛けている作家も存在する。なお著者は、特殊設定を用いた本格ミステリに挑もうとした理由のひとつとして、未来予知が作中で扱われる阿津川辰海『星詠師《せいえいし》の記憶』を読んだことを挙げている（詳しくは、『星詠師の記憶』光文社文庫版の著者による解説を参照）。また、『円居挽のミステリ塾』に収録された円居挽との対談によると、著者は自分がミステリプロパーではないという意識が強かったため、「代わりに自分が読んできたものはなんだろうと考えて、海外文学のマジックリアリズム作品とか、海外文学の無常観とか、そういうものでプロパーの人と勝負をしなきゃダメだと思ったんです」と考えて本書のアイディアに到達したという。

本書の設定の説明に戻ろう。いかに天使の（または、その背後にいるであろう神の）真意が不明とはいえ、二人も殺すような悪人が淘汰されるのは当然だし、その結果として世の中が平穏になるのなら結構なことではないか、と思う読者も多いかも知れない。だが実際には、天使の降臨以降、一人までなら殺しても罰を受けないなら殺したほうが得なのではという ねじくれた損得勘定に至る者や、どうせ地獄に堕ちるなら一人でも多くの人間を道連れにしようと大量殺人に走る者が続出した。天使の裁きがかえって余計な犠牲者を増やす結果を生んでしまったのだ。

主人公である私立探偵の青岸焦《あおぎしこがれ》は、天使という存在に憑かれた大富豪の常木王凱《つねきおうがい》から、天使たちが多く集まる常世島《とこよじま》という孤島に招待される――「常世島に来ないか、青岸さん。その島で我々は、天国の有無を知ることが出来る」という誘いによって。常世島にわざわざ建てた館で暮らす常木、三人の使用人、青岸を含む六人の招待客、そして招かれざる記者――計十一人が館に集まった。そこで常木は、それまで誰も見たことのない、声を発する天使を訪問者たちに披露する。翌朝、青岸は殺人事件が起きたことを知らされた。ところが惨劇はそれでは終わらず、犠牲者が相次ぐ。

天使の降臨によって、即座に地獄に堕ちる覚悟なしに連続殺人が不可能になった筈なのに、どうして犠牲者は一人でとどまらないのか。犯人は複数なのか、それとも何らかの手段で天使の目を欺いているのか。常世島はクローズドサークル状態であり、事件関係者は十一人に限られる。にもかかわらず、その十一人はどんどん減ってゆくのだ。彼らはすべて、天使の降臨によって倫理のありようが一変した社会に生きる人間である。いわば、私たちが生きる世界とは異なる考え方をする登場人物ばかりだ。それだけに、本書はホワイダニットとハウダニットの両面において、その異形の思考回路を前提としなければ解けないミステリとなっている。

また本書は、探偵の存在意義をめぐる物語でもある。著者のあとがきによると、作品の根底に通じるテーマとして、SF作家テッド・チャンの短篇「地獄とは神の不在なり」および、それを収録した短篇集『あなたの人生の物語』の巻末の「作品覚え書き」にある「美徳は必ずしも報われるわけではないというものだ――悪い出来事は善人の身にもふりかかる」という一文に強い影響を受けたという。「地獄とは神の不在なり」では、人間社会に天使が降臨するようになるが、そのとばっちりでさまざまな被害を受ける人々も出てくる。天使の降臨が単純に救済とは言い難い点は本書も同様で、二人以上殺した人間は地獄に堕ちるとはいえ、そのルールを悪用したり抜け穴を見つけたりした狡猾な悪人は裁かれないし、正義の実現を目指そうとした愛すべき人々が不条理な死を迎えたりもする。青岸焦は、そうした事態の煽りを食らった犠牲者だ。天使の裁きによって探偵という職業の存在意義が失われたのみならず、ある出来事によって、自分が大切に思っていた存在をすべて喪ってしまったのだから。

そんな世界に一度は絶望した探偵が、再び自分に出来ることを見出すべく立ち上がる――本書はその過程を描く物語だ。探偵が必要とされなくなった世界にあっても連続殺人の真相に迫ろうとする青岸焦は、山火事が迫る中でも謎解きを諦めないエラリイ・クイーン『シャム双生児の秘密』の探偵エラリイ・クイーンなどの系譜に属する主人公である（先述の『円居挽のミステリ塾』の対談によると、著者はベン・H・ウィンタース『地上最後の刑事』を意識していたようだ。間もなく小惑星の衝突で世界が終わりを迎えるのに刑事であり続けようとする、ヘンリー・パレスという主人公が登場する物語である）。「Webジェイ・ノベル」掲載の井上真偽《まぎ》との対談「トリックの神様降臨!?」で、著者は「個人的な希望なんですけど、不条理な中でも考えることを諦めなかった人間は、世界を変えられる力はなくても少し報われたらいいなと思いながら書いています」と述べているが、これは先のテッド・チャンの諦念に満ちた言葉への、ささやかな、しかし力強い返答だろう。

天使が世界に齎《もたら》した絶対的な不条理の前で、それでも人間が人間の罪を裁く真っ当な世の中を取り戻そうとする戦い。それは、無力な人間だからこそ、そして探偵だからこそ挑める戦いだ。

最後に、著者の経歴について紹介しておく。

著者は一九九三年生まれ。二〇一六年に第二十三回電撃小説大賞のメディアワークス文庫賞を受賞した『キネマ探偵カレイドミステリー』で翌年に作家デビューした。シリーズ化されることになるこの作品は、秀才だがひきこもりの映画オタクである嗄井戸《かれいど》高久が、映画に関する知識で事件を解決してゆく安楽椅子探偵ものであり、デビュー時からミステリ志向の強い書き手であったことが窺える。

その後、ノワール的な心理サスペンス『私が大好きな小説家を殺すまで』（二〇一八年）で注目を集め、架空の疫病の流行を背景にした恋愛小説『夏の終わりに君が死ねば完璧だったから』（二〇一九年）などで作風の幅を広げていった。そんな中でも、本格ミステリは著者の作風の最も主要な軸であり続けている。『死体埋め部の悔恨と青春』（二〇一九年）は学生二人が死体を埋めるために車を運転しながらその死体をめぐる謎を推理する連作だし、複数の異世界を遍歴しながら元相棒を追う詐欺師が主人公の二つの中篇から成る『詐欺師は天使の顔をして』（二〇二〇年）では初めて特殊設定ミステリに挑んだ。本書は、著者の本格ミステリ路線では初めての長篇にあたる。

一方で著者は、《SFマガジン》《ミステリマガジン》《小説推理》《小説すばる》などの文芸誌、あるいは井上雅彦監修の「異形コレクション」シリーズなどのアンソロジーに、個性的なアイディアが横溢する傑作短篇を数多く発表しているけれども、本書の天使の降臨という奇想からは、それらの短篇に通じるものも感じ取れる。論理と奇想がないまぜになった斜線堂有紀ならではのミステリを、今後も書き続けてほしい。

この作品はフィクションです。実在の人物、団体、事件などには関係ありません。

本書は、二〇二〇年八月に早川書房より単行本として刊行された作品を文庫化したものです。

開かせていただき光栄です

—DILATED TO MEET YOU—

皆川博子

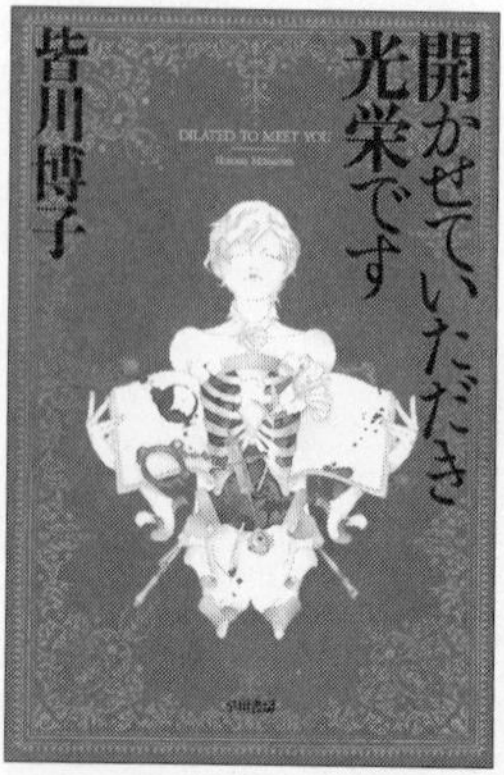

本格ミステリ大賞受賞作

十八世紀ロンドン。外科医ダニエルの解剖教室からあるはずのない屍体が発見された。四肢を切断された少年と顔を潰された男。戸惑うダニエルと弟子たちに盲目の治安判事は捜査協力を要請する。だが事件の背後には詩人志望の少年が辿った恐るべき運命が……前日譚短篇と解剖ソングの楽譜を併録。**解説／有栖川有栖**

第1回アガサ・クリスティー賞受賞作

黒猫の遊歩
あるいは美学講義

森 晶麿

でたらめな地図に隠された意味、喋る壁に隔てられた青年、川に振りかけられた香水……美学を専門とする若き大学教授、通称「黒猫」と、彼の「付き人」を務める大学院生は、美学とエドガー・アラン・ポオの講義を通して日常にひそむ謎を解きあかしてゆく。第1回アガサ・クリスティー賞受賞作。解説／若竹七海

ハヤカワ文庫

錬金術師の密室

紺野天龍

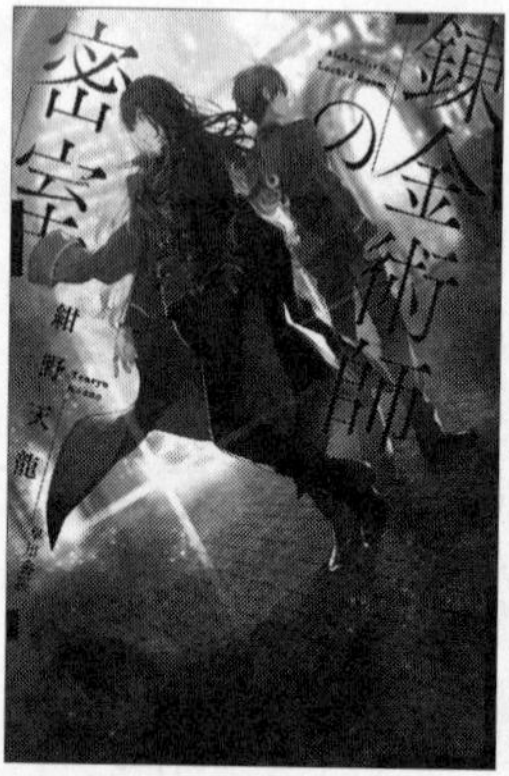

アスタルト王国の錬金術師テレサと青年軍人エミリアは、稀代の錬金術師フェルディナント三世が実現した不老不死の公開式に赴いた。だが式前夜、三世の死体が三重密室で発見され、テレサらに容疑がかかる。処刑までの期限が迫る中、二人は事件の謎を解き明かせるか？　鮮烈な論理が冴えるファンタジー×ミステリ

未必のマクベス

ＩＴ企業Ｊプロトコルの中井優一は、バンコクでの商談を成功させた帰国の途上澳門《マカオ》の娼婦から予言めいた言葉を告げられる――「あなたは、王として旅を続けなくてはならない」。やがて香港法人の代表取締役となった優一を、底知れぬ陥穽が待ち受けていた。異色の犯罪小説にして痛切なる恋愛小説。解説／北上次郎

早瀬 耕

放課後の嘘つきたち

酒井田寛太郎

英印高校二年生の蔵元修は同級生の白瀬麻琴に誘われ、部活間のトラブル解決を担う部活連絡会を手伝うことに。演劇部のカンニング疑惑を探る修は、部長の御堂慎司が黒幕と推理するが……陸上部の幽霊騒動や映画研究会の作品改竄など、放課後の仄暗い謎とその謎が呼び起こす修たち自身の嘘――青春ミステリ連作集

著者略歴　上智大学卒，作家　著書『コールミー・バイ・ノーネーム』『恋に至る病』『廃遊園地の殺人』他多数

HM=Hayakawa Mystery
SF=Science Fiction
JA=Japanese Author
NV=Novel
NF=Nonfiction
FT=Fantasy

楽園《らくえん》とは探偵《たんてい》の不在《ふざい》なり

〈JA1538〉

二〇二〇年十一月二十日　印刷
二〇二〇年十一月二十五日　発行
（定価はカバーに表示してあります）

著者　斜《しゃ》線《せん》堂《どう》有《ゆう》紀《き》
発行者　早川浩
印刷者　大柴正明
発行所　株式会社早川書房
郵便番号　一〇一 - 〇〇四六
東京都千代田区神田多町二ノ二
電話　〇三 - 三二五二 - 三一一一
振替　〇〇一六〇 - 三 - 四七七九九
https://www.hayakawa-online.co.jp

印刷・株式会社亨有堂印刷所　製本・株式会社川島製本所

ISBN978-4-15-031538-2 C0193

本書は活字が大きく読みやすい〈トールサイズ〉です。